KB162216

저자 싸인 액자

언제나 영광입니다.

천상의 도덕

저자 : 박옥태래진

도서출판 글밭기획

* 머리말 *

이 책은, 1997년에 출간되어 베스트셀러가 되었던, 원서 [초인 박옥태래진]으로부터 파생이 되어, 새롭게 개정증보판으로 두 권의 책으로 나뉘어 엮어서 다시 출간이 되었다.

먼저 출간이 된 전편은 [삶과 영혼의 대화]이며 2011년에 증보판으로 출간이 되었다.

그리하여 [천상의 도덕]은 그 후편으로 개정하고 증보되어서 2024년에 이제서야 세상에 나오게 되었다.

따라서 이 책은 미래를 향한 21세기 첨단정신의 시작으로서, 새 시대를 선도할 대안을 제시한다. 또한, 진리를 깨우치게 하는 첨단의 철학서이며, 예언서이기도 한 것이다.

그리하여 <인간근원의 도덕>과 <자연섭리의 도덕>과 <우주일체의 진리도덕>을 밝히면서, 새 시대의 첨단정신을 깨우는 책이 될 것이다.

이 책은 전설을 안고 태어난 박옥태래진의 실재 있었던 자전적인 이야기이며, 그의 타고난 일생의 정신세계인 것이다.

저자의 본명은 박옥래요, 사회명은 박태진이요, 그리고 최종으로 인간완성의 길에서 옥래와 태진은 하나로 합쳐지면서, 48세부터 박옥태래진으로 개명이 되었다.

그리하여 독자들은 이 책에서 인간의 깊은 정신을 열고 세상의 진리와 미래를 향한 첨단정신의 기적 같은 세계를 열게 되어서, 평화롭고 신성한 세상을 맛보게 될 것이다.

– 저자 박옥태래진 올림.–

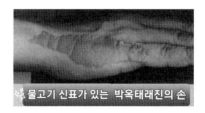

물고기 신표가 있는 박옥태래진의 손

- 목 차 -

[제1부] 영혼의 산을 오르다.

<황청쌍용등천도 / 박옥태래진 소장품>

1. 자아를 찾아서

 태진은 높은 산의 석굴을 향하여 기어오르고 있었다.
 발바닥과 손가락 여러 곳이 찢기어 피가 나고 있었으나 상관하지 않았다.
 그는, 40여 년 동안을 거칠고 힘들게 삶을 살아왔으나 모든 것을 잃고 말았다.
 사랑하던 가족도 파괴가 되었고 젊음을 쏟아부었던 사업도 부도가 나서 망하였다.
 그리하여 태진은 모든 것을 정리하고 시기질투와 탐욕적인 이기의 세상을 떠나려고 하였다.
 자신과 맞지 않은 이 시대의 도덕들에서는 자신의 존재가치를 찾을 수 없다고 생각했기 때문이었다.

 그리하여 그는 자신을 버리려고 자살을 위하여 높은 산을 기어오르고 있었다.
 새벽부터 험한 숲을 헤치며 바위 절벽을 기어올라서 간신히 정오쯤에야 높은 석굴에 다달았다.
 그리고 지치게 기어올라 석굴입구에 도착하고서야 바닥에 몸을 딩굴리며 쓰러졌다.

 한참 후 가쁜 숨을 가라앉히고 있을 때 석굴안에서 무슨 소리가 들렸다. 그래서 몸을 일으켜 둘러보니, 석굴 안쪽에서 누가 천천히 걸어 나오고 있었다.
 "헉! 거기 누구요!"
 태진은 깜짝 놀라서 거칠게 소리를 쳤다.
 그러자 그쪽에서는 조용한 말투로 다가서며 말했다.
 "여보게 친구! 나 옥래일세! 날 알아보겠는가?" 하였다.
 "누구? 옥래라고?" 참으로 놀라지 않을 수 없었다.
 다가오는 그를 보니, 친구 옥래가 분명했다.
 그와는 20년 전에 헤어졌던 친구가 아니던가?
 어린 날에서부터 어른이 될 때까지 둘은 붙어다니던 절친한 친구였다.

어쩌면 둘은 서로에게 자아와 같은 존재였다.

그런데, 태진이 결혼을 하고서부터 서로는 소식이 점점 멀어졌다.

둘은 결혼과 힘든 삶의 생활 속에서 서로를 잊고 헤어져 있었던 것이다.

그런데 자살하려고 온 이곳에 그 친구 옥래가 여기에 어찌 와 있단 말인가?

태진은 너무 기가 막혀서 말문이 막혔다.

그러자 옥래는 태진에게로 다가서며 태진의 두 손을 꼭 붙잡았다.

그리고 태진의 얼굴을 빤히 쳐다보았다.

둘 사이에 잠시 정적이 흐르고 있었다.

옥래는 태진이 자살하려고 이곳 석굴에 왔다는 것을 이미 알고 있었다.

태진은 놀라서 아무 말도 하지 못하고 옥래를 쳐다보고만 있으니까

옥래는 태진의 두 손을 잡고서 조심스럽게 입을 열었다.

"기억나는가? 자네와 어울리던 시절에, 우리가 이 석굴에 자주 와서 많은 이야기를 나누었던 일들을-

그때 우리는 산을 무척 좋아했었고 대화도 참 많이 했었지. 이 석굴을 처음 발견하던 날, 그때 자네가 말했었네. 이 산세를 볼 것 같으면, 풍수지리적으로 하늘과 땅이 감추고 있는 천장지비의 땅이요, 천하의 대 명당을 이룬 산세라고."

옥래는 잠시 쉬었다가 태진을 살피며 다시 천천히 말을 이어갔다.

"자네는 땅과 산의 기운을 보는 천부적인 재질을 가지고 있었지.

지금 다시 보아도 그때의 자네 말은 정말로 맞는 말이었어!

주산으로부터 30리를 뻗어 내린 이 산의 형세는, 천계가 알을 낳고 하늘을 향해 날려고 날갯짓을 하며 소리치는 형상이거든. 그리고 이곳에 어우러진 봉우리들과 석굴이 있는 이곳은 천계가 알을 낳은 자리이고, 음부에 해당 되는 자리가 틀림없어.

그리고, 그때 자네가 그랬었지. 이곳이라면 죽어서 몸을 뿌

리기 좋은 곳이라고.”

그는 그렇게 말하고 긴 한숨을 푹 내쉬었다.

태진은 꿈꾸듯이 멍하니 그를 바라보고만 있었다.

옥래가 다시 말했다.

“자네가 죽는다면 이곳일 거라고 나는 번뜩 생각했다네.

자네 고향엘 찾아가서, 살아 계신 노부모님께 인사를 드리고 자네의 소식을 물었더니, 연로하셔서 주름진 얼굴엔 눈물뿐이셨네.

나는 그곳에서 며칠을 묵고 왔었다네. 자네 걱정으로 몸져누우신 자네의 모친께서 말씀하시길, 자네는 세 살 때 죽은 자네의 형처럼 죽어서는 안 된다고 말씀하셨네.

모친께서는, 자네의 삶 주위에 요즈음 고통스런 사건들이 너무 많아서, 자네의 순수한 심성으로 보아서는, 절대로 못 견디고 혼자 무슨 일을 낼 거라고 하셨지. 모친께서는 자네의 죽음을 직감하셨던 모양이야.

내가 그곳에 머무는 동안, 죽은 자네 형과 자네에 대한 신기한 전설 같은 이야기들도 모두 다 들었네.

그때 나는, 언제나 착해서 어린애 같던 자네의 옛 모습들을 떠올리고, 자네 모친의 말씀에 공감하였었다네.

그래서 나는 자네를 꼭 찾겠다고 어머님께 약속을 하고서 떠나 왔었네.”

옥래는 잠시 숨을 멈추었다가 다시 말을 이었다.

“나는 자네가 이 세상이 마지막이라 생각하고, 갈 만한 곳이라면 이 석굴밖에 없다는 것을 확신했었네. 자네가 했던 옛날의 말들이 생각났거든, 그랬기 때문에 이곳에 와서 자네를 여태 기다리고 있었던 것이야!”

참으로 놀라운 녀석의 직감이었다.

그리고 어머님에 대한 녀석의 말을 듣고 나니 가슴이 미어져 왔다.

태진은 옥래의 말에 자신이 자살하려고 온 것도 잊고서 어린 시절 생각을 하고 있었다.

그리고 자신의 오른쪽 손에 붙은 물고기 신표를 내려다보며 생각했다.

2. 탄생의 신화

　태진의 생을 지긋지긋하게 따라 다니던, 자신의 손에 붙은 비늘 딱지. 그 물고기신표 때문에 정신적인 고통 또한 얼마나 컸던가?

　마음 깊은 한편으로는 비늘 딱지에 대한 어떤 자랑스러운 긍지도 있었으나, 밖으로는 남이 흉볼까 부끄러워서 비늘 딱지가 붙은 오른손을 긴 세월 동안 습관처럼 바지 주머니에 넣고서 감추고 다니지 않았었던가?

　신표라고 말하던 손등에 붙은 큰 물고기 모양의 비늘은 왜 그렇게 시커멓게 때도 잘 끼었던지.

　태진은 그것을 볼 때마다, 어머님께 원망의 말을 수없이 하곤 했었다.
'내가 크면 기어코 이 보기 흉한 비늘을 수술하여 없애겠어요.'
어린 태진은 그렇게 짜증스럽게 불평을 자주 했었다.

　그때마다 어머니께서는 놀라시며, 절대로 그래서는 안 된다고 말씀하셨다. 그리고 비늘에 대한 이야기를 또다시 해주시곤 하셨다.

　'그것은 너의 죽은 형이 다시 태어난 환생의 표식이란다. 너의 형은 보통 아이가 아니었다. 그 아이를 가졌을 때 태몽은, 하늘에서 백발의 노인이 구름 속에서 비행기를 타고 나타나 우리 집 지붕 위에 내려앉는 꿈이었는데, 그 아이가 태어난 후, 그 아이는 어찌나 영특한지 주위 사람들이 혀를 내둘렀단다.

　그리고 마을 사람들은 마을의 전설이 이루어졌다고 모두 좋아했었다. 왜냐하면, 우리 마을엔 전설이 있었는데, 그 전설은 이 마을이 생길 때부터, 이곳 마을에서 위대한 성인이 태어날 명당이어서, 이곳 지명을 옛 선인들이 뒷산을 봉황이 산다는 봉산이라 정하고 앞산을 봉황이 나르는 비봉산이라 하였고, 산자락이 양쪽으로 뻗어 내린 주위를 도양(道陽)면 도덕(道德)리 덕흥(德興)부락이라 이름을 지었다 한단다.

그리하여 이곳 덕흥 마을에서는 그러한 큰 도덕으로 세상을 밝힐 위대한 성인이 언제 태어날 것인가를 수백 년 동안 기다려 왔었는데, 죽은 너의 형이 태어나자 모두 놀랐다. 그의 몸에서 광채가 났기 때문이었다.
그래서 그가 위대한 성인이 될 것이라고 믿게 되었었단다.

그 애가 특별했던 것은, 자라면서 영특한 것은 둘째하고 혼자 있을 때는 언제나 우는 울보였는데, 그 울음소리가 상서롭게 우는 것이었단다.

그 아이가 울 때에는 언제나 '무지한! 무지한!' 하며 울었었는데, 멀리에서 들으면 소가 신음하는 듯 우는 것 같았고, 가까이서 자세히 들으면 언제나 '무지한! 무지한!' 하고 울고 있었지.

그리고, 그 애가 며칠을 두고 심하게 울 때에는 나라에 큰 변이 일어나곤 했었단다.

그 아이가 세 살 되던 해, 스님 한 분이 마을을 지나면서 그 아이의 울음소리를 들으시고는 이렇게 말씀하셨다.

'이 마을에 대 군자가 태어났으나, 시국을 잘못 타고 태어났으니 안타까운 일이로다. 저 아이가 '무지한 ! 무지한!' 하고 우는 것은 자기 자신의 처지와 험난한 시대를 한탄하는 소리이외다.' 하며 혀를 끌끌 찼었단다.

그때는 일본으로부터 해방이 막 되었을 때였다.

그러나 나라는 무정부 상태에 놓이게 되어, 땅은 쪼개어지고 국민은 여러 파로 갈라져 서로 싸우고 죽였다. 그리하여 갈라진 남쪽과 북쪽은 동족을 죽이려는 전쟁 준비에 여념이 없었다.

!
그 아이는 그 시기에 태어나서 세 살까지 살다가, 삼년이 되던 해에 무슨 병이 들었는지 아무것도 먹지를 않고서 '무지한, 무지한!' 그렇게 울기만 하다가 죽었단다.

그 아이가 죽고 나자, 이듬해 6.25 전쟁이 터지고, 세상은 온통 뒤죽박죽이 되었었단다.'

어머니께서는 그 이야기를 들려주실 때마다 눈물을 흘리시며 말씀을 하셨다.
그리고 눈물을 닦으시면서 또 말씀하셨다.

'그 아이가 죽고 나자 온 집안은 시름에 잠겨 있었다.

그때에 너를 다시 잉태하게 되었다. 그래서 너의 잉태는 참으로 반가웠다. 그때의 너의 태몽은, 높은 봉산 봉우리에 내가 서 있는데, 자욱한 안개구름을 깔고서, 너의 형 태몽 때 보았던 긴 수염의 그 백발노인이 다시 나타나서, 죽은 그 아이를 데리고 오셨다. 그리고 나에게 웃으시며 다시 그 아이를 돌려주시지 않겠니. 나는 너무도 반가워서 그 아이를 꼭 끌어안고서 꿈에서 깨었는데, 그것이 바로 너의 태몽이었단다.

네가 뱃속에서 점점 자라고 있을 때, 어느 날 스님이 시주를 왔기에 꿈 해몽을 부탁하였더니, 죽은 너의 형이 다시 태어날 것이라 말씀하셨다. 그리고 아기가 태어날 때는, 새 아기 몸에 신표를 꼭 달고 나올 것이니, 잘 보살펴 큰 인물로 키우라고 말씀하시고 어디론가 떠나셨다.

네가 태어난 그때의 세상은 6.25전쟁 중이었다. 그리고 네가 태어난 그 날은, 아버지 삼형제 집안이 우리 집에 모두 모여서 조상님께 십리제를 올리던 날이었다. 십리제란, 햇벼를 제수용으로 맨 먼저 추수를 해다 밥을 지어서, 조상님께 먼저 추수의 감사 제사를 올리는 풍습이었다.

그렇게 저녁 늦게 제를 지낸 후, 집안 식구들이 음식을 나누어 먹고 모두 쉬고 있던 중이었는데, 그때 산통이 시작되어서 너를 낳았단다. 네가 태어나자마자 너의 아버지와 나는, 네 몸 이곳저곳을 뒤척이며 그동안 궁금한 것을 찾았었다.

그런데 정말 놀라지 않을 수 없었다. 너의 오른손 등엔 살갗도 점도 아닌, 영락없이 물고기 모양을 한 이상한 비늘이 달려 있었으니까. 모두가 놀랄 수밖에.

그리고 몇 시간 후에 인천에서는 상륙 작전이 있었다.

그런 날, 집안의 축복 속에서 너는 그렇게 태어났었다.

그렇게 너는 상서로운 신표를 가지고 태어났으니, 절대로 그 비늘을 수술해서는 안 된다. 너는 커서 세상에 큰 인물이 될 것이니 열심히 공부나 하여라.'

어머님께서는 어린 태진에게 그렇게 단호하게 말씀하셨다. 그러나 그것은, 태진에게 희망과 부담을 함께 안겨 주셨던 것이었다.

태진은 자신의 몸에 붙은 신표에 대한 기막힌 전설 같은 이야기를 그렇게 다시 생각하고 있었다.

그러자 옥래가 다시 말했다.
"자네는 이제 산사람이 되어야 하네. 그것이 자네가 해야 할 일이야!. 산사람이 되어서 세상의 진리이치를 깨우쳐서 세상을 이롭게 하는 큰일을 해야할 운명으로 태어났으니, 자네의 몸은 자네의 것이 아닌 것일세!." 하고 말했다.
그러자 태진이 말했다.
"나는 아직 모르겠네. 내가 어떻게 나를 이끌어야 하는지를…"
"인간의 세상을 다 겪어보았으니 이제 자연세계의 산들과 숲들을 보고 하늘의 정기를 찾으시게! 그러면 그 속에서 자네가 이 세상에 태어난 이유와 목적도 찾을 수가 있을 것이네!."
옥래가 그렇게 말하고 다시 말을 이었다.
"자네가 전설을 안고 도덕리 마을에서 태어나고 신표를 달고 이 세상에 나왔으니, 이제부터 높은 정신을 일으키는 산사람이 되어서 산을 탐험하다 보면 성스러운 깨우침의 인도가 분명 있을 것이라 믿네!"

옥래는 태진에게 그렇게 말하며 옥래의 손을 잡으며 말했다.
"저 아래 산비탈을 지나면 그 언덕 아래에 초막이 하나 있을걸세! 그곳을 꼭 들리시게! 그곳에 가면 높은 경지를 가진 두 산사람이 있을 터이니 그분들을 만나보시게! 그 두 분의 선사님께서는 자네에게 분명 좋은 조언을 해 줄 것이네!"
그리고 먼 산들을 둘러보면서 다시 말했다.
"저 먼 산으로부터 둘러쳐진 산봉우리들을 보면 입곱개의 봉우리로 되어있네. 그러하니 저 일곱 개의 봉우리들을 한번 탐험해 보시게, 저 산들이야말로 상서로운 산들이니까! 그런 후에 우리가 다시 만나기로 하세!." 하였다.
그리고 옥래는 태진의 어깨를 툭툭 두드리며 믿는다는 눈빛을 하고서 산을 혼자서 내려가고 말았다.

태진은 옥래가 떠나자 모든 일들이 황당하였다.
그러나 이것은 자신 앞에 나타난 현실이며, 혼란에 빠진 자신을 정신이 번쩍 들게 하는 일이 분명했다.
그래서 정신을 차리고 그가 찾아가 보라던 산비탈 언덕 아래에 있다는 초막을 찾아가 보기로 했다.
그리고 그곳에 계신다는 산사람이 궁금해져서 산비탈을 향해서 걷기 시작했다.
그분들을 만나면 분명 자신의 새로운 운명의 길을 제시받을 것 같았기 때문이었다.
그런 생각을 하면서 걷다 보니 산비탈 언덕 아래의 아늑한 장소가 나왔다.
그런데 거기에는 초막은 없었고 오래된 낡은 텐트가 하나 쳐져 있었다.
그리고 그 텐트 앞의 바위 반석 위에는 백발의 노인과 너울을 쓴 젊은 사람이 앉아 있었다.
그리고 태진이 보이자 일어서면서 아는 사람을 반기듯이어서 오라고 손짓을 하였다.
그리하여 서로는 인사를 하고서 자리에 모두 마주 앉았다.
그리고 젊은 사람이 운몽선사를 소개하고 자기는 진각선사라고 소개했다.

그러자 백발의 노인이 안면에 웃음을 띠고서 말을 하였다.

"어서 오시게 젊은이! 이런 깊은 산속에서 사람을 만나다니 참으로 기이한 일이로세!

어젯밤에 금세기 최대의 혜성이 우주에서 나타나 밤하늘의 북두칠성과 북극성 사이를 지나서 지구를 한 바퀴 돌고 지나가기에, 그것은 필시 무슨 상서로운 징조로서 지구에 무엇을 전달하고 가는 것이 분명했었는데, 갑자기 이런 산속에서 젊은이를 만나니, 좋은 일이 일어날 것만 같아서 참으로 기분이 좋네!." 하고서 웃으며 말했다.

그러자 옆에 있던 젊은 진각선사가 말했다.

"북두칠성과 북극성을 합치면 자미원국인데 혜성이 그곳을 지나서 지구로 왔다는 말입니까?"

태진은 그가 자미원국을 말하자 땅의 기운과 풍수지리를 잘 아는 사람이라고 생각을 했다.

이어서 노인이 다시 말했다.

"옛부터 전해오기를 거대한 혜성이 나타나면 지구에 위대한 성인(聖人)이 나타난다고 하였다네. 지구에 혜성이 싣고 온 새로운 우주기운을 넣고 떠나가기에, 산에서는 높이 깨우치는 산사람들이 태어난다는 것이지 아니겠는가?

수천 년 동안의 산사람들은 도인(道人)이나 성인(聖人)이 되어서 세상을 내려다보고 있지만, 아직도 새로운 세상을 열 수 있는 도력을 가진 산사람의 그런 성인(聖人)은 없었다네. 그래서 이번에 혜성이 지구를 돌아서 가는 것을 보았기에 많은 기대를 하였는데, 오늘 새로운 산사람을 이렇게 만났으니 무슨 예정이 아닌가 싶어지니 참으로 기쁘다네!."

하면서 태진의 손을 잡으며 참으로 기뻐하고 있었다.

태진은 영문을 몰랐지만 그런 말을 하면서 반겨주시니 그냥 의미심장한 마음으로 그들을 바라보고 있었다.

그렇게 태진은 도력이 높은 운몽선사라는 대선사를 만나고 나니, 눈이 번쩍 뜨이고 정신에서는 새로운 기운이 일어났다. 그리고 자신의 길을 인도해 줄 것만 같았다.

운몽선사는 백발에 긴 수염을 하고서 위엄에 차 있었으나 입가에는 인자함이 가득차 있었다.

그리고 젊은 진각선사는 얼굴에 얇은 천을 가렸기에 자세히 보이지는 않았지만 체격을 보아서는 태진의 나이쯤 되어 보였다.

그리고 그의 언행에서 발산하는 기운을 보니 도력이 커 보였다.

운몽선사와 진각선사 두 사람은 무척 친한 사이 같았다.

그리하여 그들과 함께 대화를 하면서 잠시 동안 동행을 하게 되었다.

서로가 영기를 주고받으면서 깊은 계곡과 높은 산능선을 지나면서 자연정기를 받으며 걸었다.

태진이 두 분과 걷거나 쉬자니 그들도 자연이 보내주는 천정(天情)의 정기를 주고받는 자세를 자주 보았다.

길을 가면서 운몽선사와 진각선사는 옛날이야기를 많이 하였다.

태진도 그들과의 대화를 들으면서 수천 년을 이어온다는 산사람들의 역사를 알게 되었다.

그리고 그들로부터 전수되어 전해져 오는 신비한 전설들도 운몽선사로부터 자세히 듣게 되었다.

그리고 운몽선사는 또 다시 말했다.

"수천 년 동안 산사람들에게 전해져오는 <천상계법>이 들어있다는 비기의 예언서가 전해져오고 있다.

그러나 그 가죽피 속의 예언의 비기를 열어서 본다 해도 해득할 높은 도력을 지닌 산사람이 아직까지 없어서, 이 시대에까지 산사람들에게 계속 이어지며 전해져서 오고있는 것이다." 라고 말했다.

<천상계법>이라? 누가 그런 비기를 얻고, 열 수가 있단 말인가? 태진은 무척 궁금했으나 더 알고 싶지는 않았다.

그렇게 전설 같은 이야기들을 하면서 걷다가, 또 다른 산 초입에 도착하자 운몽선사와 진각선사와는 거기서 헤어지기로 했다.

태진은 두 분의 어떤 조언을 듣지 않았어도 길을 찾은 듯했다.

3. 산사람의 길을 떠나다

태진은 다시 산길을 재촉하면서 옥래의 말을 생각했다.

어차피 죽으려 했던 목숨이었기에 새롭게 태어나라는 옥래의 말은 맞았고, 자신 또한 산사람이 되기를 바라는 것 같았다.

그리고 자신의 타고난 성품이 인간의 이기적인 이 시대의 도덕들과 맞지가 않았기 때문이기도 했다.

그렇게 생각을 하자니 자신의 몸에 붙은 타고난 신표와 어머님께서 하신 말씀들도 생각이 났다.

그래서 태진은 자신이 타고난 사명도 분명 있을것이라 생각하며, 옥래의 조언대로 산사람의 길을 택하기로 결정했다.

자연속에서 태어난 인간생명이거늘, 자연섭리도덕의 바탕 위에 인간과 자연의 일체도덕이 서야 하는데, 순리적인 자연도덕을 무시하고 자연을 닮지 않은 시기질투와 탐욕의 인간세상에 대하여 태진은 환멸을 느꼈었다.

그리하여 인간들은 진리적이지 못한 가치에 빠져 살면서 서로 죽이고 시기 질투하면서 자연까지 파괴하면서 전쟁을 일으키며 산다고 생각을 하니 참으로 참혹한 세상이 아닌가?

그러한 것들은 젊은 날 옛부터, 옥래와 함께 철학적인 대화를 자주 나누었던 대화이기도 했던 것이다.

그리고 자연에 대한 시도 지상에 많이 발표하기도 했었다.

그러했기 때문에, 옥래를 만나고부터 자연스럽게 자신에게 걸쳐진 세뇌된 이기시대의 도덕들을 모두 벗어 버리고, 쉽게 산사람의 길을 택하고 있는 것이기도 했다.

그러나 아직도 자신 속 한편에는 뜨겁게 웅크리고 있는 그 무엇이 남아 있었다.

그래서 태진은 자신의 내면에 풀리지 않은 불안함을 안은 채 산길을 재촉하고 있었다.

"무엇이 불안한가? 이제부터 새로운 세상의 시작이 아닌가?."

그는 그렇게 말하고서 하늘을 쳐다보며 깊은 사색에 빠져서 걸었다.
그러다가 자기도 모르게 오른손에 붙은 커다란 물고기신표를 만지작거렸다. 그리고 그는 혼자 중얼거렸다.

"이제 나는 새롭게 펼쳐진 거대한 시대의 바다에 낚싯대를 담근 것이다.
그리고, 날카로운 지혜의 낚싯바늘에 고난의 미끼를 달고서 진리로 된 거대한 물고기를 낚으려 하는 것이다."
그의 물고기는 자신의 근원인가? 자연섭리진리인가? 예언자이던가?
어쩌면 그것은 전설을 안고 태어난 자신의 손에 붙은 물고기 신표를 닮은, 바다만큼이나 큰 진리의 물고기일 것이라고 생각을 했다.

그는, 그 물고기를 타고서 하늘을 날아야 한다고 생각했다.
그 물고기는, 태진의 깊은 심연의 바다 밑에 웅크리고서 권태로움으로 죽어 가고 있는 비늘 가진 진리의 물고기인 것이다.
그리하여, 자신의 어두운 바닷속에서 산란을 못 하고 고통하고 있는 물고기를 이제는 끌어 올려서, 높은 영혼의 하늘 위에 산란을 시켜야 한다.
그리고 하늘 위에 산란 된 물고기의 알들은 모두가 진리의 밝은 빛으로 뿌려져서, 영혼의 하늘을 밝게 밝히리라 하는 것이다.

태진은, 그러한 생각을 하면서 험한 산을 오르고 있었다.
발은 길 위를 걷고 있었으나, 그의 상념에 가득 찬 눈에는 주위의 사물들이 아무것도 들어오지 않았다.
한참을 그렇게 걷고 있노라니, 태진의 가슴속에서 불안감이 계속 일어나고 있었다.
태진의 내면속에서 자신의 하는 일에 불만을 품은 여러 의지들이 소란을 일으키고 있었던 것이다.
태진은 자신의 내면속에 있는 자아의 의지들이 서로 싸우면서 대화를 하는 것을 보았다.
그리하여 태진의 깊은 영혼의 여행이 시작되고 있었다.

4. 첫 번째 산

그는, 깊은 영혼 속의 험한 길에 빠져들어 갔다.

그때, 그가 탄 마차(육체)가 덜컹대며 산길을 오르고 있었다.

힘센 말(본성) 한 필이 끄는 마차 위에는, 몇 명의 손님이 그와 함께 타고 있었다. 험한 산길이라 마차는 요란하게 덜컹대었다.

마차에 탄 손님들은 모두 웅성대며 불평에 가득 차 있었다.

날이 어두워지자, 길을 분간하기 어려워진 말이 크게 소리내며 울어댔다. 그 울음소리는 하늘 위로 메아리치며 점점이 흩어지듯 퍼져 갔다.

그때, 아까부터 불평에 가득 차서 마차를 이끌던 마부(이성)가 마차를 멈추고 일어서며 "이제 그만 하라!" 하고 크게 외쳤다.

그리고 뒷좌석에 앉은 사냥꾼 차림의 사내에게 말했다.

"그대는 누구인가? 천국의 사자인가? 지옥의 마귀인가?

그대는 이 마차를 끌고 어디를 가고 있는 것인가? 나는 이제껏 그대가 시킨 대로 이곳까지 왔으나, 이 고통과 이 시련의 길이 진저리가 난다.

이제, 우리의 마차(육신)는 삐걱이고, 말(본성)또한 지쳤다.

그리고, 여인(감성) 또한 굶주려 더 이상 기운을 차리지 못하고 죽어 가고 있다. 우리는 먹지 않고 사는 신선도 아니요, 무한 속에서 시간과 죽음을 걱정하지 않는 신들도 아니다. 이제, 먹을 음식(희로애락)을 다오. 그리고 이곳을 떠나, 어두운 길을 밝힐 수 있는 등불(자유)을 다오. 나는 이제 그대에게 이끌리어서 더 이상 따라다니고 싶지가 않다.

그대가 산정에 오르면 풍만하게 있다는 맛있는 열매(창조)와 꿀물(깨침)의 유혹들도 이젠 믿고 싶지 않다. 내 그곳의 공기(충만)로 숨쉬지 않아도 좋고, 이 숲(세상)의 야수(삶의 고난)들에게 사지를 찢겨 죽어도 좋으니 이제 그만 한곳에 머물러 쉬던지 하자. 우리를 고통스럽게 끌고 다니는 냉혹한 사냥꾼(정신)이여!"
마부(이성)가 그렇게 투정을 하며 크게 말했다.

그러자 이번엔, 사냥꾼 곁에 있던 여인(감성)이 말했다.
"사냥꾼(정신)은 이제 이 마차에서 떠나라! 그대의 화살에 수많은 짐승(깨닫지 못한 자)들이 죽어 가고, 그대의 뜨거운 횃불(진리)에 수많은 가축우리(종교)들이 불타는 것도, 우리는 더 이상 보고 싶지 않다. 우리의 마부(이성)는 유덕하고, 말(본성) 또한 용감하며, 우리의 마차(육신) 또한 얼마나 끈기 있는 의지를 가졌는가?
그러나, 그대는 우리를 어떻게 하였는가?
우리의 흥미와 자유를 모두 빼앗아 버리고, 험한 산길에서 이제 우리를 죽이려 작정한 것 같다." 하고 말했다.
그러자 이번엔 마부(이성)가 다시 말했다.
"자백하라! 사냥꾼(정신)이여! 우리를 어떻게 할 것인가?
그리고, 이 산길을 어떻게 빠져나갈 수 있을 것이며, 그대가 우리를 유혹하며 내민 산정의 보물이란 것들도 무엇인지 우리에게 밝히라!"
마부가 그렇게 사냥꾼(정신)을 향하여 말했다.

마부(이성)의 말이 끝나자, 사냥꾼(정신)이 곤혹에 찬 모습을 하고서 자리에서 일어났다.
그리고, 그는 가슴속에서 두 장의 카드를 꺼내더니 한 손에 높이 쳐들고 이렇게 말하였다.
"나는 그대들을 인도하는 안내자이며, 그대들을 야수들로부터 보호하는 사냥꾼이다. 자! 이것을 보라!
이쪽 오른손에 들고 있는 것은, 나와 더불어 그대들이 인간의 생명으로 태어나서 삶의 길을 시작할 때에, 그대들 스스로가 신성(神性)과 약속되어 이루어진 생명의 계약 증서이다. 그 약속이란 우리는 언제나 함께 살고 함께 죽겠다는 근원의 약속인 것이다.
그리고 왼쪽 손에 들고 있는 이것은, 자연성(自然性)으로부터 넘겨받은 나와 그대들의 이력 카드며 족보인 것이다. 우리는 이 이력 카드에 어떤 삶을 기록할 것인가? 그대들은 생각해 보았는가? 이 족보 카드야말로 죽을 때까지 우리들을 지켜보는 그림자이며 파수꾼이다. 우리는 보다 더 고귀한 인간이어야 하고, 가치 있는 삶의 길을 걸어야 한다. 그렇기 때문에, 나는 그대들을 이끄는 의무와 책임을 진 것이다. 그리고, 고귀한 생명이 헛되지 않도록 오늘의 안위와 쾌락을 뿌리치고, 먼 미래를 향한 창조적인 인간완성을 위하여, 이토록 고통스럽고 험난한 산을 오르는 것이다.

이제 우리는 인간의 산을 탐험하고 진리를 사냥하면서, 참의 창조를 이끌기 위한 길을 간다.

그 길은 곧, 인간과 자연과 신을 사냥하러 가는 길인 것이다.

그대들이 알다시피 어릴 적엔 이 마차의 행군을, 처음엔 마차(육체)가 지도자로서 우리를 이끌었다.

그리고, 보다 더 자란 후엔 말(본성)이 지도자가 되었었다.

그러나, 그 때에도 그대들은 인간답지 못하고, 짐승의 범주에서 탐욕과 질투와 분노, 그리고 쾌락의 공허 속에서 그 얼마나 허우적이며 세월을 보냈었는가?

그리하여, 그대들은 그러한 허망 속에서도 함께 성숙해 갔다.

그 후, 그대들의 지도자는 다시 여인(감성)이 이어 받았다.

그러나 그 여인 또한 잘못된 인식의 법전으로, 지혜롭고 정의롭지 못하여 언제나 충동적으로 모두를 다스렸다.

그로 인해서 모두는, 또 얼마나 부실한 삶을 고통하며 살아 왔는가?

생명이 무엇이고 삶이 무엇이며, 죽음 앞에서 또한 우리는 무엇이던가? 그때라면 언제나 나타나는 공포와 공허 그리고 쾌락과 탐욕을 앞세운 피리 소리들 -.

아! 모두는 그것들에게 얼마나 회유 당하고, 속아서 살아왔던가?

그대들은 알고 있으리라!

그리하여, 그대들은 또다시 지도자의 왕관을 마부(이성)에게 물려주기에 이르렀다. 그가 왕이 되자, 그대들은 얼마나 자부하는 환영의 환호를 외쳤던가?

그러나 얼마 후, 또다시 그대들은 불만을 토해 냈다. 그리고 서로의 책임에서 도망치면서, 새 지도자에게 언제나처럼 책임과 죄를 뒤집어 씌웠다.

앞선 지도자들이 그러했듯이, 마부(이성) 또한 참의 진리를 개척하기에 게을러서 시대의 벽을 넘지 못하였다. 그 또한 덕의 평형을 잃고서, 선악을 구별 못하고 지혜를 닮은 교활과 이기적인 탐욕을 앞세워 삶의 길을 공허하게 만들고, 우리의 마차(육신) 행군을 험한 전쟁터로 몰았다.

 그때 그대들은 또 얼마나 피를 흘리고, 발가벗겨진 자존심은 치욕에 떨어야 했었는가?

 아! 인간의 삶을 인간의 이기로만 이끌려는 여인(감성)의 어리석음이여! 그리고 탐욕적 본능으로만 질주하던 말(본성)의 교활함이여! 그때라면, 마부(이성)는 그들을 통제하지 못하고 얼마나 통곡하였던가? 그리하여, 마부마저 세상의 탐욕과 쾌락의 공허에 동조하고 말았으니, 밤낮없이 그대들은 또 얼마나 싸움을 하여 왔던가? 그렇게 그대들은 서로, 죽여라! 물러나라! 멈추라! 하면서 서로에 대한 경멸의 싸움들로 수많은 날들을 보내었다.

 그때, 나는(정신) 그대들의 소란스런 싸움 때문에 잠에서 깨어났다.

 그리고, 그대들을 보고서 한심하게 비웃었다. 또한, 그대들 싸움에 간섭하지 않으려 하였으나, 그대들은 마부(이성)를 내 뒤에 내동댕이치고, 높은 석굴 위에서 죽이려 하였다.

 그때 나는 지쳐 축 늘어진 마부의 몸을 안고서 그대들 앞에 일어섰던 것이다.

 그리고, 연약한 모습을 하고 질식해 가는 마부를 바라보며 큰 소리로 외쳤다. '조용히 하라! 어리석은 겁쟁이들아!' 내가 소리치자, 그대들은 모두 겁에 질렸다. 그대들의 마음은 황폐하여 아무것에도 의지하지 못하고 믿음도 없었기 때문에, 가을 숲의 작은 벌레 소리에도 움찔하고 속박 당할 정도였다.

 그날 밤 나는 애처로운 그대들과 마부를 사랑하게 되었다.

 그리하여, 나는 그대들 앞에서, 마부로부터 받은 그대들의 왕관을 그대들 앞에 부셔 버렸다.

 그리고 나는 말했다.

 '우리들 속에 지도자는 존재하지 않는다. 서로가 하나가 되려는 의지가 곧 우리의 왕이다. 하늘과 바다와 대지의 심연을 볼 수 있고, 그들과 대화할 수 있는 능력을 가진 자를 우리는 찾아야 한다. 우리는 이제 우리의 미래를 예언할 수 있는 그 자를 찾으러 길을 다시 떠나자!' 하고, 내가 그렇게 말하자, 그대들은 모두 웅성대었다.

 '그가 어디에 있는 누구냐?'

 '그런 능력을 가진 예언자는 없다.'

 그대들은 모두 그렇게 말했다. 그때 나는 말했다.

'나는 그대들을 이끌고 보호하는 삶의 사냥꾼(정신)이다. 내가 말한 예언자는 우리의 눈에 보이지 않는다. 그러나, 나는 그가 있는 곳을 알고 있다. 그렇기 때문에, 그대들을 이끌고 그곳으로 가 그를 사냥하려 하는 것이다. 이제부터, 나는 그대들의 눈물과 예언자의 웃음까지도 사냥을 할 것이다. 시체와 같이 부패한 그대들을 위하여!'

그때 내가 그렇게 말하자, 그대들은 모두 두려움에 떨며 사냥꾼(정신)인 내게 그대들을 인도하고 가르침을 달라고 했었다.

그리고, 위대한 예언자를 만날 수만 있다면 어떠한 고통도 참겠다고 그대들은 말하였다. 그리하여, 나는 그대들을 데리고 오늘 여기까지 오지 않았는가? 그런데, 그대들은 오늘에 있어 작은 고통과 인내를 저버리고 나에게 또 싸움을 걸고 나를 죽이려 하는가?

약속을 부도내는 자들이여!

게으르기에 부지런을 떠는 자들이여!

이제, 우리는 바다의 깊은 심연을 지나고 육지의 땅속 동굴을 지나서 우리가 가고자 하는 높은 산허리에 다다랐다. 내가 그대들을 데리고 찾아가는 것은, 우뚝 선 저 높은 산봉우리인 것이다. 그러나 아직 멀었다. 우리는 몇 개의 고개를 더 넘어야 한다.

그 고갯길은 보드랍고 즐거운 길도 아니요, 스릴이 있고 통쾌한 길도 아니다. 저 길은 휘어지고 거칠며, 벼랑과 절벽이 수없이 많아 조금만 한눈을 팔아도 우리는 모두 지옥에 떨어진다.

그러한 험한 길인데도 예언자는 쉽게 다니는 길이다.

들으라! 나의 연약한 친구들이여! 마령이 들끓는 길은 의지와 밝은 지혜가 없는 자는 지날 수 없고, 용기와 고통의 옷을 입지 않은 자는 죽음으로 대가를 치르리라! 저 길은 참으로 마귀가 들끓고, 가면을 쓴 유혹과 교활한 속임수들이 수없이 돌출한다. 우리는 번득이는 지혜와 새로운 인식으로 창조한 무기를 지니고, 고난의 장애물을 부수면서 지나야 한다. 또한, 마령의 말은 언제나 달콤한 최면이 가득 들어 있으니, 그대들은 눈과 귀를 조심하고 하늘과 땅과 바다에 발을 딛고 손을 내밀며 당당하게 저 길을 지나지 않으면 안 된다."

사냥꾼은 이렇게 길게 말하고 나서, 여인과 마부와 말과 마차를 둘러보았다.

모두가 그의 말에 조용히 귀를 기울이고 있었다.
그러자 그가 다시 말했다.
"이제, 우리는 여기까지 와서 다시 뒤로 물러설 수 없다.
서로 뜻을 모아서 하나가 되어 함께 손을 잡고 걷지 않으면 모두 죽는다.
마차는 기름을 치고, 말은 발굽을 갈고, 마부는 채찍을 그리고 여인은 등불을 밝히고, 나 또한 화살촉을 재정비하여, 모두 다시 떠나자." 사냥꾼은 그렇게 말하였다.

그때, 여인과 마부와 말과 마차가 똑같이 입을 모아 말했다.
"저 길을 지나 산봉우리에서 우리는 무엇을 얻을 것인가?
그 고난의 대가는 무엇인가? 그리고, 예언자의 눈과 입과 귀를 빌려서 우리는 무슨 득을 얻을 수 있을 것인가?" 하고 말했다.

그러자 사냥꾼(정신)은 그들을 슬픈 눈동자로 바라보았다.
"그대 불타는 생의 연약한 심지들이여!
죽음에서 도망치고자 더욱 죽음으로 빨려드는 조급함이여!
그대들은 어찌하면 인간의 길을 탈출할까 기회를 노린다.
그러나, 어리석게도 그러한 자유는 곧 그대들의 최대 감옥인 것이다.
그대들은 참다운 자유를 아직 깨닫지 못하였도다.
그러나, 나는 이제 그대들을 이끌고 참다운 자유를 찾기 위하여 떠나는 것이다.
그대들의 감옥은 그대들이 스스로 만든 것이다.
그러므로, 그대들의 감옥 열쇠 또한 그대 스스로 만들어야 한다.
그리하여 그대들은 노예이다!
그대들의 족보와 노비 문서는 그대들 스스로가 신에게 저당 잡힌 것이다. 그러므로, 그것을 신으로부터 다시 돌려받아야하는 것이다. 나는 그대들을 이끌고서 그대들의 노비문서 찾는 길을 인도 한다.
그것을 찾는 길은 먼저 예언자(깨친영혼)를 만나야 한다.
그리하면 그 예언자는 노비 문서를 찾는 방법을 가르쳐 주리라.

또한 그 예언자는 진리를 주고 창조의 힘을 줄 것이다.

가자! 진리와 창조의 힘을 얻어 신으로부터 노비 문서를 돌려받으러 어서가자! 그때에 우리는 높은 산정(인간완성) 위에 우뚝 서서 빛을 얻으리라. 우리는 그 빛으로 우리들을 속박한 노비 문서를 태워 없애고 자유를 얻을 것이다.

가자! 의지 위에 용기를 앞세워, 신들이 감추고 인간의 정복을 두려워하는 저 산봉우리로 ─.

그곳엔 생명의 젖이 솟아오르는 곳이다.

우리가 찾는 예언자는 그대들의 깨침 속에서 나타날 것이다.

이제, 우리들은 자신의 모든 것을 정복하고 신을 정복하여, 우리들의 노비 문서를 찾아서 자유를 정복하여야 한다.”

사냥꾼은 그렇게 길게 말하고 입을 다물었다.

그러자 마차 위에는 조용한 적막이 흘렀다.

그리고 아무도 먼저 말하려 들지 않았다. 마부도 굳게 입을 다물고 있었다.

모두가 사냥꾼(정신)을 향해 존경의 눈빛을 발하고 있었다.

이윽고 불만에 가득 차 있던 마부(이성)가 눈물을 닦았다.

그리고, 그는 자리에서 일어나 사냥꾼에게 조용히 목례를 하였다. 그리고 자기 자리에 조용히 다시 앉았다.

그러자 마차 위의 소란은 모두 사라졌다.

그리고 두려움과 분노에 떨고 있었던 마부(이성)와 말(본성)과 여인(감성)과 마차(육신)도 서로를 바라보면서 다시 미소를 지었다.

주위에 따뜻한 정의 훈풍이 맴돌았다.

그리고 모두가 새로운 용기를 다시 갖기 시작했다.

그러자, 사냥꾼(정신)은 채찍을 잡아 높이 들고서 소리쳤다.

“가자!”

그 소리에 모두는 자세를 바로 하고 다시 앉았다.

그리하여, 마차는 깊은 잠에서 깨어난 듯 또다시 산길을 따라 움직이기 시작했다.

어느덧 해는 지고, 별들이 일행의 머리 위에서 반짝이고 있었다.

그들은 모두 별들을 바라보았다. 그리고 고향의 어머니 품을 찾아가는 나그네들처럼, 미래에 대한 그리움에 젖어서 길을 다시 떠나고 있었다.

마차가 덜컹대고 떠나자, 태진은 꿈을 꾸다 깨어난 듯 정신이 번쩍 들었다. 태진의 불안했던 심중이 이제야 다시 평온을 찾았다.

그는 그렇게 깊은 심연 속에 빠져 있다가 자신의 내면세계에서 혼란을 일으키며 고통스러운 날들에서 또다시 긍지로운 갈 길을 찾으려고, 내면의 자아들이 서로 싸우다가 새로운 다짐으로 되돌아온 것을 보았다.

그리하여 태진은 산길을 힘차게 다시 걷기 시작했다.
어느새 하늘엔 별들이 가득하였다. 그리고 아직 덜 찬 달이 솟아서 밤하늘에 떠가고 있었다.
어둠을 덮고 잠든 숲속에서는, 짐승들의 코고는 소리가 가끔씩 들려 왔다.
태진은 그렇게 예언자를 찾아서 산 하나를 넘었다.
그리고 멀리에 펼쳐진 높은 산봉우리를 향하여 다시 길을 재촉했다.

5. 두 번째 산

 태진은 이제 세상이 새롭게 다시 보였다.
 숲이나 바위나 계곡이나 하늘이나 모두가 다 아름다웠다.
 세상이 더 넓어 보이고 자신의 지나온 삶도 한눈에 스치며 보였다.
 산 중턱에 오르자 넓은 바위에 앉아서 쉬고 있는 사람들이 있었다.

 모두는 태진을 기다리고 있었는지 태진을 바라보며 일어나서 인사를 하였다.
 "저를 아십니까? 어찌 이곳까지 오시어서 저에게 인사를 합니까?"
 "우리는 40여년이 넘도록 당신을 따라다니며 함께 했소! 그런데 당신은 우리를 아직도 못 알아보는 군요!." 하였다.
 "당신들이 누군데 나를 따라다녔단 말이요?" 태진은 놀라며 그들에게 다시 물었다.
 그러자 그들은 정색을 하면서 태진을 바라보며 말했다.
 태양빛이 그들의 등뒤에서 빛나 역광으로 얼굴이 잘 보이지 않아서 태진은 햇살을 손으로 가리며 그들을 보았다.
 그러자 그중에 키가 큰 사나이가 일어서며 말했다.
 "여기에 모인 다섯 사람은 당신의 삶 속에서 함께하며 당신과 한 몸처럼 당신의 여러 분야를 관장하며 운영을 하는 작은 왕들입니다. 여기에 함께 모여서 당신을 기다리는 것은, 우리의 주인인 당신이 영광되기를 바라기 때문입니다." 하였다.
 그리고 그는 차례로 태진에게 모두를 소개하였다.
 "첫째로 저는 당신의 이름이 세상에 존재하기에 영광스러운 표상의 깃발을 꽂으려는 명예를 다스리는 기수왕입니다.
 그리고 두 번째, 몸이 뚱뚱한 저자는 당신의 재산을 증식시키고 물자를 보급하며 사업을 일으키는 재물의 왕입니다.
 그리고 세 번째, 키가 작은 여인은 당신의 사랑을 관장하고 인간사랑과 자연사랑을 엮고 있는 사랑의 여왕입니다.
 네 번째, 날씬한 저자는 당신이 타고난 족보요 운명이며 현재와 미래와 역사를 관장하는 운영의 왕입니다.

그리고 마지막으로 다섯 번째, 얼굴이 잘 안 보이는 저자는 당신의 타고난 천명을 당신 속에서 꺼내어 세상에 펼치는 일을 하고 있는 천도의 왕이랍니다." 하고 소개를 했다.

그러자 마지막 소개를 받은 천도의 왕이라는 자가 일어서며 말했다.

"당신에게는 당신을 지키는 다섯 제왕이 당신의 삶에서 항시 함께하고 당신의 존재를 세상에 세우고 있었습니다.

그리하여 세상을 헤쳐나갈 때마다 당신을 이끌거나 제어하거나 하면서 당신을 일으켜 세워나갔던 것입니다.

그러나 이제부터는 모두 왕관을 벗고서 해산을 하여, 당신의 뜻대로 새로운 운명을 개척하는 길에 따르겠습니다.

이제야 말씀드리지만 당신의 속에는 이미 타고난 천도의 법계가 들어있습니다.

당신의 생각들은 새로운 것을 깨우쳐서 얻은 것이 아닙니다. 모두가 이미 들어있는 것들을 속에서 끄집어내는 일을 하고 있는 것일 뿐입니다.

어디에서 본적도 누가 가르쳐준 적도 없지만 당신은 그 모든 것들을 천통하듯이 풀어냅니다.

그것은 이미 당신이 태어날 때부터 주어져서 당신 속에 넣어진 천도세계의 천도법이 들어가 있는 것입니다.

그렇기에 이제부터는 인세의 힘들었던 세상에서 벗어나, 천도의 길을 펴면서 이 세상에 그 천법을 펼쳐야할 때가 되었습니다.

그래서 저는 당신의 태어남과 동시에 당신 속에 제가 들어와 이제껏 당신을 지키고 있었답니다." 하고 길게 말했다.

그때에 운영의 왕이라는 자가 일어서며 말했다.

우리는 오늘이 올 줄을 이미 알고 있었습니다. 그래서 당신의 새로운 길을 환영하며 축복을 올리겠습니다.

그러자 이번엔 재물의 왕이 나서며 태진에게 말했다.

"이제부터의 재물은 금은보화 물질이 아니고, 당신의 정신세계와 천도법의 가치와 긍지가 최고의 재물이요 복록이 될 것입니다."

그러자 그 다음으로 사랑의 여왕이 일어서며 말을 이었다.

"인간의 사랑은 이기가 들어있어서 종의 번식에도 요즘엔 장애가 되고, 계산과 보상의 욕구가 들어있어서 이 시대의 인간사랑은 참으로 쾌락적이면서 가볍고 고통스럽기만 합니다. 그러하기에 이제부터는 인간의 이기도덕을 벗어나서, 천도법의 자연일체사랑의 천정(天情)의 큰사랑으로 승화 되어야 할 것입니다. 그래야 인간의 세상에 시기 질투와 탐욕의 전쟁이 없어지고, 세상의 자연도덕과 인간도덕이 공조하는 세상이 되어서 이 세상에 평화가 올 것입니다."

사랑의 여왕이 그렇게 말하자 기수왕이 일어서며 말했다.

"그렇습니다. 이제 당신은 이 세상을 위하여 나머지 일생을 불태워야 합니다. 모두 다시 일어나서 새로운 미래의 길을 밝히며 우주일체 자연도덕시대로 생명의 존재가치를 다시 찾아 세워야 합니다. 자! 이제 모두 새길을 갑시다!."

기수왕이 그렇게 크게 말하면서 어느새 깃발을 높이 쳐들고 있었다.

태진은 놀랐으나 이미 예견 되었다는 듯이 그들의 말에 자신도 동조를 하였다.

"좋습니다. 이제 나도 그 길을 이미 출발했기에 그동안 인세에서 나를 이끌어준 그대들에게 감사를 하면서, 이제 나머지 인생은 새로운 존재가치의 나를 위하여 인법보다 대자연의 큰 법 속에서 새로운 할 일을 찾으러 같이 갑시다!."

그리고 다리에 힘을 주면서 자리에서 벌떡 일어났다.

태진은 한 편으로는 슬펐지만 그들에게 그동안 고마웠다는 인사를 하였다.

그러자 금새 다섯제왕들은 빛나는 햇살속으로 조용히 사라지고 없었다.

그러나 그들의 온기는 남아 있어서 태진은 그들의 온기를 품에 안았다. 그리고서 태진은 다시 산길을 걷기 시작했다.

그리고 산 봉우리에 올라서서 세상을 둘러보면서 크게 숨을 내쉬었다.

그리고 이번엔 세상사 인간들에 대하여 시 한수를 토했다.

"사람아! 너는 인간이 좋더냐?

얼마나 연약하였기에
헛되이 권력에 의지하렸더냐?
얼마나 부족 하였기에
손발이 닳도록 탐욕 부렸더냐?

얼마나 외로웠기에
사랑찾아 자신을 태웠더냐?
얼마나 초라했기에
이름 애처롭게 내세웠더냐?
얼마나 미련 많아
부릅떠 죽음을 두려워했더냐?

사람아! 너의 본은 자연이니라!"

그렇게 지나온 자신을 생각하면서 시로 풀었다.
그러자 한결 마음이 가벼워지며 여유가 생겼다.

그리고 잠시 조용히 기공을 하면서 쉬었다.
그러자 어느 듯 밤이 되어 달이 떠올랐다.
그때 옥래의 얼굴이 잠시 떠오르며 스치고 지나갔다.
참으로 기이한 일이었다.
옥래가 불꽃 속에 앉아 있는 것이 보였기 때문이었다.
태진은 불안한 생각이 들었다.
그러나, 그 친구의 표정을 봐서는 크게 염려하지 않아도
될 것 같았다. 그는 불꽃 속에서도 미소를 띠고 있었기 때
문이었다. 그래서 태진은 불길한 생각일랑은 잊기로 했다.

달빛 아래 밤은 점점 깊어가고 있었다. 걷다가 주위를 살
펴보니 높은 산봉우리 밑에 코끼리 머리처럼 한 커다란 바
위가 있었다. 그는 그곳에서 잠시 쉬기로 하였다.
바위 아래로 비스듬하게 음푹 패인 자리가 있었다. 태진은
그곳에 몸을 기대며 뉘었다.
참으로 편한 하였다. 몸을 누이고 바라본 밤하늘은 참으로
아름다웠다. 달빛 또한 그의 주위에서 하얗게 부서져서 퍼
지고 있었다. 별들은 하늘 가득히 차서 서로가 반짝이고 있
었다.

태진은 다시 깊은 상념에 빠져들었다.
'저 수많은 별들은 무엇이고, 하늘은 무엇이며, 나는 무엇
인가?
나는 지금 어느 시간과 공간에서 머물고 있는 것인가?
별빛이 나에게까지 올때에 무엇을 타고 왔을까? 그리고 나

또한 무엇을 타고 살아가는가? 생명을 타고 가는가? 삶을 타고 가는가? 아니면 시간을 타고 가는가?

그렇게 생각하고 보면 공간은 아무것도 없는 무일 것이다.

진정한 무의 공간이란 태초 이전의 어떤 공간일 것이다.

공간이란 무이되, 또 하나의 고유한 존재인 것이다.

그러므로 공간이란 물질에게는 무이되, 공간 자체에겐 무가 아닌 것이다. 그러므로 공간은 공간끼리 뭉쳐지고 물질은 물질끼리 뭉쳐져 있는 것이다. 따라서 공간을 통과하는 물질은 없으리라. 물질의 행은 또 다른 물질을 통해서만 전달되거나 통과될 수밖에 없는 상태의 성질이기 때문이다

그렇다면, 이 우주 속에는 공간이란 없는 것이다. 인간이 생각하는 우주 속의 공간이란 완전한 무의 공간이 아닌 것이다. 그것은 인간이 아직 알지 못하는 공간 같은 물질로 가득 차 있는 것이다. 빛 또한 어떤 전달 매체가 되는 질량을 통해야만 직선으로 통과할 수 있다.

만약 그렇지 않고 중간에서 공간을 만난다면 돌아서 가든지 되돌아가는 길밖에 없을 것이다. 따라서 우주는 공간이 없는 거대한 질량 덩어리인 것이다. 각기 다른 수많은 질량의 성격을 가진 유형과 무형의 것들로 꽉 차 있는 것이다.

따라서 우주 밖으로 통하는 길이 있다면 그곳에 진정한 공간이 있을 것이다.

그러므로 공간이란 물질과 융합되지 않는 반체(反體)인 것이다. 그렇기 때문에 공간에는 시간이란 없다.

그렇다면 시간이란 또 무엇이냐?

물질계의 원자상태를 보면 모든 물질은 살아서 움직인다.

인간이 미시세계를 들여다보면서 쪼개고 더 쪼개어서 가장 작은 단위로 쪼개어도 쿼크단위 아래에서 종래에는 더 쪼개어 분리가 되질 않는다.

그러나 그것이 최종의 근원물질이라면 더 쪼갤 수가 없는 것 속에는 무엇이 존재하는가? 하고 들여다보면, 그것은 미시생명체 단위의 물질로서 살아 움직이며, 그 속에도 종래에는 기(氣)와 체(體)가 존재하는 것이다.

그것은 인간이 건들 수 없는 영역의 불변의 근원물질 단위의 신성한 것이다.

그렇다면 그것은 우주의 근원이 되는 것이 아닌가?

태초의 근원의 물질인 기(氣)와 체(體)라는 2원성의 합체가 물질이 되는 것이다.

그렇다면 태초 이전에 음양(陰陽)으로서 두 신성(神性)이 있었던 것이다.
그것은 움직이면서 보이지 않는 기자체(氣自體) 신성과, 움직이지 않으면서 보이는 물자체(物自體)의 근원 신성이 있었던 것이다.
그러나 두 신성은 음양(陰陽)으로서 서로 만나게 되어서 하나가 되었다.
그리하여 이 두 신성이 서로 만나 하나가 되면서부터 태초는 시작이 되었고, 물질의 세계가 이루어지면서 시간도 탄생을 하게 된 것이다.

따라서 우주는 물자체와 기자체가 합쳐지면서 물질체로 변하면서 움직이는 우주생명체가 되었다.
그러므로 물자체는 기를 얻어 움직이게 되었고, 기자체는 물의 체를 얻어서 물질체가 된 것이었다.
그리하여 우주는 탄생 되었고 우주생명과 만물체가 움직이면서 변하를 하게 되면서 모두가 생명이기에 진화를 하게 되고, 시간도 탄생이 된 것이다.
시간이란 어떤 물질계가 변화하고 진화해가는 추억의 척도가 시간이기 때문이다.

그러므로 이 우주 속의 모든 만물들은 모두 물(物)자체에 기(氣) 자체가 들어있는 살아있는 물질로 이루어진 생명들이요, 거시계와 미시계를 이루는 세포들요 원자들인 것이다.
살아있는 만물의 물질들에는 모두 기가 나름대로의 성질을 형성하고서 제각각 성장과 진화를 하며 존재를 한다.
그것은 태초 이전에, 움직이지 않던 음(陰)의 물(物)자체에 움직이는 양(陽)의 기(氣)자체가 합하면서 대우주는 태초를 맞이하여 우주생명체는 계속 팽창하고 자라면서 진화를 하고 있기 때문이다.
따라서 우주속의 세포가 되는 지구의 물질계 생명체들은 우주와 자연계의 세포들로서 함께 계속 진화되어 가고 있는 것이다.
따라서 공간은 시간이 없는 무한의 세계에 놓여 있고, 물질은 시간이 있는 유한의 세계에 있는 것이다.
 살아있는 물질들은 변화를 하면서 제각각의 환경과 특성에
따라 융합과 분해를 일으키고 나름대로의 진화를 이끈다.

 그러므로 시간이란, 질량들의 변화에 가는 흐름의 관념이
요, 진화의 움직임에 대한 추억의 척도요,
물형 자체의 변화적 흐름의 사고인 것이다.
 그렇다면, 나의 시간이란 어떤 절대자가 부여한 것도 아니
요, 내 육영이 갖는 변화의 척도에서 가늠해야 하는 것이다.
 그러므로 모든 생명체의 진화가 다르듯이 모든 만물과 생
명체들의 시간도 다른 것이다.
 그리고, 인간이 사용하는 인간의 시간이란, 태양계 속의 지
구의 주기적인 변화의 지구의 시간인 것이다.
 그러한 지구의 시간을 인간 삶의 범주 요소 위에 가설하
고, 인간에게 편리하도록 쪼개어 사용하고 있는 것이다.'

 태진은 밤하늘을 바라보며 그렇게 깊은 사색의 대화들을
혼자 하고 있었다.
 그리고 자신이 지나온 긴 시간들을 생각하고 있었다.
참으로 40여 년이 일순간인 듯 하면서도, 너무도 긴 시간이
었다.
 그는 자신의 생에 있어서 시간에 얽매여 살았는가, 삶에
얽매여 살아 왔는가? 하고 또 생각을 했다.

 변하지 않고 시간을 적게 가진 것이 행복한가, 많이 변하
여 시간을 많이 가진 것이 행복한 것인가? 또한 삶의 가치
의 기준에서 나는 오늘 또 시간을 죽여 왔는가 살려 왔는
가? 신성의 기와 물자성의 물이 합하여 그 속에서 태어난
나는 무엇을 위하여 존재하게 된 것이며 존재하게 될 것인
가? 그리고 어떠한 가치로 존재해야 하는가?
 태진은 그런 사색 속에서 자신에 대한 수많은 질문을 하고
있었다.

 기대고 있던 등 뒤의 바위는 한낮의 따뜻한 햇볕을 받았는
지 아직 따뜻했다. 그리고 주위로부터 태진은 더 없는 포근
한 정을 느끼고 있었다. 태진은 자신의 숨소리를 조용히 가
다듬었다.

그러자, 어둠 속에 묻혀 있는 대자연의 꿈틀거리는 맥박 소리와 숨소리가 들려오고 있었다.

그때, 그가 비스듬이 누워 있던 옆의 숲속에서 바스락대는 소리가 들려 왔다. 태진은 몸을 일으키고 소리나는 쪽을 바라보았다.

달빛 아래 나무숲 속에서 반짝이는 두 개의 밝은 빛이 있었다.

그러나 바스락대는 소리는 또 다른 쪽에서 나고 있었다.

소리가 나는 쪽에서는 아무것도 보이지 않았다.

태진은 양쪽을 번갈아 보았다.

오른쪽에는 눈동자 같은 불빛이 있고, 왼쪽에서는 바스락대는 소리만 들리고 있었다.

그때, 바스락대던 숲 쪽에서 말소리가 들려 왔다.

"나는 두렵다! 나를 지배하고 나를 변형시키려 하는 것들에게 공포를 느낀다. 나는 언제나 그대로 있기를 원하고, 나의 의지는 그대로를 보호하려고 하는 의지이다. 나는 우주의 근원성인 물자성(物自性)의 대자연으로부터 태어난 착하고도 연약한 선(善)이다.

나는 동정한다! 나와 같은 처지에 있는 것들을 동정한다. 그런데 인간들은 나에게 거짓 가면을 씌워 놓고, 나를 신의 자식이라고 말한다. 나는 신의 자식이 아니라 자연의 자식이다.

나의 의지와 뜻은, 물자체의 근원에서 시작되어 물자성의 유지 본능으로부터 행해져 왔으니, 나를 신성의 자식이라고 말하지 말라! 신성의 자식은 끝없이 움직이면서 변화를 꾀하는 우주근원 물질속의 기자체(氣自體)의 신성(神性)에 속한다. 기(氣)는 움직이며 변화를 꾀하며 파괴와 창조를 원하므로 신성의 자식은 곧 악성인 것이다.

그러나, 미개하고 어리석은 인간들은 종교 앞에 신을 내세우고, 그 신 앞에 선을 내세워 꼭두각시 노릇을 하게 하고 있다.

나는 진저리가 난다! 그것은 인간들의 어리석음 때문이다. 인간들은 왜 나를 미개한 종교의 속임수 도구로 이용하는가?

나는 변하지 않고 조용히 있으려는 삶의 의지를 가지고 있다.

나의 모태는 대자연의 물자성이다. 나는 그대들 만물 속에서 또다른 물자성들과 함께 존재한다. 기의 신성들과 물의 자연성(自然性)들은 인간 속에서 언제나 서로 대립한다.

신성들은 인간들을 끝없이 끌고 다니면서 움직이게 하고 변화시키려고 한다. 그러나 자연성들은 인간을 지키려고 인간을 잠들게 하고 끝없이 보호하려는 의지를 가진 것이다.

그대는 나의 말을 전하라, 어리석은 인간들에게! 나의 진리를 꼭 전하라! '나는 신의 자식이 아니니 나를 종교적 신 앞에 내세우지 말라'고. 이 말을 하기 위하여 나는 이곳에서 수천 년 동안이나 그대를 기다리고 있었다." 하고 태진을 향해 말했다.

아무것도 보이지 않았다. 그러나 들려오는 그의 목소리는, 땅속에서 나는 것 같기도 했고, 하늘 위에서 들리는 것 같기도 하였다. 태진은 정신이 번쩍 들었다.

그러자 이번엔 반대편에서 반짝이던 두 불빛이 움직이기 시작했다. 작은 두 불빛이 움직이자 나뭇가지들이 부러지는 소리가 났다. 그리고 이어 두 개의 빛은 하나가 되더니 큰 불덩이를 이루었다.

그리고, 그 불덩이는 하늘 위로 솟구쳐 한 바퀴 돌더니 태진의 머리 위에 정지하면서 이렇게 말했다.

"나는 변하지 않고 발전이 없이 그대로 있기만을 바라는 게으른 선(善) 같은 비겁자가 아닌 악성(惡性)이다

나는 정(靜)이 아닌 동(動)으로서 움직이는 기의 근원에서 태어났다. 따라서 나는 신성(神性)의 자손이며 변화와 새로움을 추구하는 근원성을 가졌기에 움직이면서 진화를 촉구한다. 그런데, 인간들은 나를 옳게 보질 않고 죄의 원흉으로 취급한다.

나는 창조의 시작을 제공하고 새로움의 무한한 희열을 제공한다. 따라서, 구시대를 부수고 새 시대를 열고자 하는 나는 새로움을 추구하고 움직이며 변화를 꾀하는, 근원성의 기(氣)이며 또한 신의 뜻이다.

그러므로, 나는 동정을 경멸하면서 새로움을 거부하는 물체(物體) 자성의 선성(善性)에게 신선한 창조적 공포를 가르

친다.

 정의로운 공포의 시련이야말로 새로운 용기와 희망을 싹트게 하는 것이요, 새로운 힘을 샘솟게 한다. 그러므로, 나는 창조의 의지를 가지고 있다. 나의 의지는 그대 인간들에게는 쓴 약과 같은 것이다. 인간들은 나 때문에 오늘이 괴롭다 하여 나를 죄의 원흉으로 인식치 말라!

 어리석게 아직도 미개한 인간들 때문에, 나는 신의 자식이면서도 신의 도덕 앞에 내세워지질 못했다.

 그리고, 깊은 산 속에 유배되어 산적 두목처럼 죄의 너울을 쓰고 있는 것이다. 내 불쌍함이 그대 인간들의 불쌍함이로다.

 인간들은 선이냐, 악이냐를 놓고 좋고 나쁨을 가리려 한다. 이 얼마나 우매하고 어리석은 짓인가? 선을 잘못 사용하면 죄선이 되고 악을 잘못 사용하면 죄악이 된다. 그러므로 선이나 악을 어떻게 사용하면 참이 되고 죄가 되느냐를 중요시해야 하거늘, 어찌 그대들은 수술대 위의 가르는 메스와 꿰매는 바늘의 정의를 분간하지 못하는가? 둘은 모두가 치료를 위한 것.

 메스는 악의 행이요, 바늘은 선의 행이다.

 나는 그대에게 말하느니, 그대는 들으라!

 나는 인간들의 새로운 변화를 위한 창조적 칼을 가지고 공포와 희망을 준다. 따라서 그대들에게 고통과 시련은 따르나 참을 일으키는 것이니, 필요한 곳에서는 참악을 꼭 찾아야 한다.

 죄악과 죄선을 일으키는 것들은 모든 환경의 변성에서 태어나 떠도는 마령의 마(魔)가 하는 짓들이다.

 그대는 나의 말을 전하라! 나는 태초에 근원으로 배합된 기자체(氣自體) 신성(神性)인 신(神)의 자식이라고—.

 그리고, 그대들 속에서 선과 나는 음양으로서 결혼을 하여 자식을 낳았으니, 그것은 곧 인간 생명체의 자성(自性)으로 태어나게 된, 고유 인성(人性)인 애성(愛性)이 우리 둘 사이의 자식이다.

 인간이 더욱 높게 진화하려면 나의 진리를 잊지 말라."

 태진의 머리 위에 멈추어 있던 불덩어리는 그렇게 말하고 나서, 밤하늘 위로 세차게 솟구치며 올라갔다.

 그리고 그는 별들 사이로 멀리 사라져 들어갔다.

태진은 그들의 말을 듣고 나자, 머리가 띵하니 아파왔다.
 선과 악의 근원은 지금 도시인들이 알고 있는 인식과는 정반대되는 말이요, 참악이라든가 죄선이란 것 또한 정의가 바로 세워져 있지 않은 상태이기 때문이었다.
 이런 위험한 말을 함부로 하다니—.
 도시인들에게 이 말을 전한다면 나를 죽이려 할 것이다
 선과 악의 말을 진리라고 깨닫는 자는 내 입을 막으려 할 것이요, 선과 악의 말을 깨닫지 못한 자는 이단적 반역자라고 죽이려 할 것이다.

 왜냐하면, 그들은 그들의 고정된 인식이 깨어지고 새로운 진리의 인식으로 혼란이 야기되어, 상처받는 것에 두려워하는 비겁자들이기 때문인 것이다. 그렇다면, 나 또한 비겁자가 되어 입을 다물 것인가? 수많은 도시인들이 살고 있는 삶의 바다에 충격을 준다면, 그 충격을 이기지 못한 연약한 고기들은 또 얼마나 죽을 것인가? 그러한 생각을 하자, 태진의 머리는 통증으로 가득 채워지면서 정신이 몽롱해지기 시작했다.

 밤은 무척 깊어지고, 달은 태진의 머리 위를 지나가면서 빛을 가득히 쏟아붓고 있었다. 태진은 두통 위로 밀려오는 피로 속에 졸음이 덮쳐오고 있었다. 그는 달을 빤히 쳐다보면서 자신의 영혼이 수리처럼 공중에 떠서 잠들려 하는 것을 보았다.

 그때에, 은빛의 달 뒤에서 거대한 두 개의 손이 나타났다.
 그리고 커다란 두 손은 손바닥 위에 달을 감싸고 올려놓았다.
 그리고 또다시, 그 달을 태진의 앞으로 가깝게 내밀었다.
 그리고 그 손 뒤에서 누군가가 말했다.

 "인간들의 고통이 하늘 위의 별들보다 많구나!
 하지만, 그것들은 모두 인간들이 어리석은 탓이로다.
 그것들은 아직 삶의 진리와 생명의 진리를 깨우치지 못한 것에 있는 것이다. 그러니 너무 걱정하지 말고 너무 성급해하지 말라. 그대들은 아직 자라고 있는 우주의 어린 신들이기 때문이다.

신은 그대와 같은 생명들을 탄생시킬 때, 그대들의 생명체에 신이 누릴 수 없었던 부족한 단점들을 보강시켜서 탄생을 시켰던 것이다.

따라서 그대 인간들은 태초를 일으킨 신 이상의 초현실적인 신인 것이다. 인간의 정신이 발달하고 더욱 깨침으로 진화되어 성숙하여졌을 때에, 그때에 인간들은 알게 되리라.

인간의 삶은 신의 삶보다 더 지고한 삶이라는 것을-.

그대들을 창조한 신이란 공간적 무한의 세계 속에 있었던 권태로운 존재인 것이었다. 따라서 그 신에게는 생과 사가 없었으며, 시간이 없는 무한한 세계 속에 갇혀 있었던 것이다.

그러므로 신이란 인간처럼 꿈과 희망이 없는 영원한 죽음 같은 삶을 사는 것이었다 그리하여, 신은 자유를 부르짖은 것이다.

언제나 새로움으로 이어지고, 미래의 꿈을 간직할 수 있는 충만된 삶을 갖고자 하는 이상의 꿈을 꾸었던 것이다.

그러나 그 자신 스스로는 그 뜻을 이룰 수 없는 것을 알고, 기자체 신성과 물자체 자연성은 서로 하나로 결합하였다.

그것은 두 신성이 자신들을 자살시켜서 생명체로 다시 환생하기 위한 것이었다. 그것은 곧 신의 천지창조였으며, 신의 새로운 탄생이었다.

신은 자신의 모든 장점과 단점을 정리하여, 우주 생명체 속에 그의 뜻과 의지들을 집어 넣었다.

그러므로, 우주 속의 인간들은 신의 진리를 자살시켜서 만든 새로운 신인 것이다.

따라서 생명체로 된 초현실의 입체적으로 진화를 하는 신인 것이다.

그렇게, 신은 자신의 무한성 존재를 생(生)과 사(死)로 토막내어 권태를 없앴다. 그리고 생명체를 암수로 두어 종속을 이어가게 하여, 생과 사의 자유를 얻었다.

그리고 신의 생명체는 시간의 자유도 차지하는, 초 현실적인 생명체가 된 것이다. 그것이 곧 우주 생명체요, 우주 속의 생명체들인 것이다.

그러므로 우주 속의 만물들과 그대 인간들은 우주체를 이루는 세포 조직의 생명체들인 것이다. 따라서 신은 우주 생명체 속에서 신성(神性)으로 존재한다.
 그 신성은 우주 생명체 세포 속의 만물들 속에 퍼져 있다.
 그렇게 하여 신성들은 모든 세포 생명체들을 새롭고 창조
적인 것으로 더욱 진화로 이끌고 있는 것이다
 이것이 신(神)의 모습이요, 신의 길이다.
 그대여, 그대의 생명체는 신보다 더욱 훌륭한 초신(超神)의
입체적인 신임을 알라! 그리고 가슴 벅찬 긍지를 가지라!
아직 걸음마의 어린왕자 신이여!

 인간들은 이제 성숙 되어 자신들이 신 이상임을 깨닫게 되
리라. 너무 성급해 하지 말고, 깨치어서 새로운 창조를 일으
키라.
 그대가 가지고 있는 모든 것들은 신에게는 없는 가장 훌륭
한 것들 뿐이다.
 이제 인간들은 신의 왕관을 이어받아, 새로운 위대한 신으
로 탄생 될 것이다. 그때를 우주체 천주 신은 기다리고 있
는 것이다. 위대한 정신을 가진 신의 왕자여!"
 그렇게 말하고 하늘 위의 말소리는 멎었다.
 그라자 태진은 밝은 달을 두 손으로 천천히 감싸 덮었다.
 그러자 하늘은 검은 어둠으로 변해 버렸다.

 모두 사라지고 아무것도 보이지 않았다.
 태진은 눈을 번쩍 뜨고 자리에서 일어났다.
 달빛은 그대로 환하게 산하에 다시 깔려 있었다.
 하늘을 보니 별들과 함께 달은 그대로 떠 있었다.
 태진은 무엇에 홀린 듯 하였다.
 바위에 누워 깜빡 잠이 들었는가 하고도 생각을 했다.
 인간은 신보다 더 고귀하고 위대한 신이란 말인가?
 태진은 조금 전에 있었던 일들을 다시 생각하고 있었다.
 어느덧 시간이 많이 흘러간 것 같았다.

 그러나 태진은 또다시 생각에 빠져들었다.
 인간이란 우주생명세포의 미시존재로서 어떠한 존재인가?
 또한 지구생명에서 이로운 존재인가? 아니면 바이러스 존
재인가?
 인간의 이시대 도덕은 어느 수준에 와 있는가? 이시대는
아직도 물질문명의 인간이기도덕의 시대가 아닌가?

그렇다면 인간은 자연섭리의 근원에서 태어난 생명체이면서 자신들의 이기를 위하여 모태생명의 자연을 파괴하는 존재가 아닌가?

그렇다면 자연섭리도덕의 바탕위에 인간도덕을 세워서 자연과 공조하며 생명의 삶을 영유해야 함이 분명한 것이다.
그래야 인간이 지구와 자연을 죽이는 바이러스가 되지 않고, 지구와 영원이 함께 진화를 해 갈 수가 있는 것이다.
그렇지 않고 인간이 인간이기로만 산다면 인간의 종은 결국 멸하고 말 것이다.

내 몸속에 하나의 세포처럼 인간은 지구생명 자연속의 미미한 세포의 한 존재인 것이다.
그렇기에 인간은 자연섭리도덕을 먼저 지키고 따라야 한다.
지구도 하나의 생명체로서 인간은 지구의 한 세포에 불과하다.
지구 또한 태양계와 은하계의 세포일 뿐이다.
또한 은하계도 대우주의 작은 세포일 뿐이다.

그와 같기에, 만약에 인간 몸의 세포 하나가 자신이 속한 몸의 도덕을 따르지 않고 자기들만의 이기로 도덕을 만들어 산다면, 그 세포는 인간 속의 종기이거나 바이러스 또는 암세포일 것이다.
그렇다면 인간의 몸은 그 바이러스나 암세포를 공격하여서 영원히 없애버릴 것이다.
그와 같은 이치에서 인간이 지구에서 멸망이 되지 않으려면 어서 빨리 자연도덕섭리를 인간도덕의 바탕에 깔고서 생명존재의 가치도 다시 찾아서 바꿔져야 하는 것이다.
그렇지 않으면 지구 또한 인간의 오염에 의해서 우주에서 멸 될 것이 분명한 것이다.
태진은 그렇게 계속 사색을 하면서 자신 속에서 이야기를 꺼내고 있었다.

천년 전의 인간을 우리는 미개인이라고 한다.
그렇다면 천년 후의 인간들이 이 시대의 인간들을 본다면, 그들도 이시대의 인간을 어리석은 미개인들이라고 할 것이다.
 그렇듯이 우리가 첨단을 안다고 하는 이 시대도, 수억 년의 진화 과정속에서 본다면, 이 시대란 2천년대는 속하여 있는 수억년에 비교하면 천년이란 촌각에 불과하다.
 그런 촌각의 한 시대의 유행도덕에 쇠뇌된 가치관을 설정하고 살아가고 있으니 진리적이라고 말할 수가 없다.
 진리는 인간 위주로 되어있지 않다. 인간이 만든 인간의 도덕으로 참이니 죄니 하면서 죄와 벌을 정하는 것도 어리석다.

 태진은 자신 속에서 그러한 섭리이치들이 술술 풀어지고 있었다.
 배우고 깨우쳤다기보다 자신 속에 있는 것들을 꺼내어 풀고 있는 것이었다.
 그리하여 태진은 자신의 깊은 자신에게 자신이 계속 말하는 것은 이미 천법이치가 들어있다는 것이 아닌가 하고 생각을 했다.

 우주가 150억 년 가까이 되었다지만 우주생명은 아직 태아체와 같은 성장의 단계가 아닌가?
 그것은 현세의 인간발달의 능력수준을 보면 알 수가 있다.
 인간몸의 세포를 보면 그 사람의 나이를 측정할 수 있듯이, 인간의 수준을 보면 우주세포의 수준이 나오고 나이도 측정이 가능한 것이다.
 현재 인간의 능력을 보면 자신의 근원진리나 주위의 대자연의 섭리진리도 찾지 못하고 파괴하는 수준이므로 아직도 미숙한 인간단위 세포수준인 것이다.
 인간을 잉태한 뱃속의 태아체의 세포수준으로 보자면, 현재 인간의 수준은 우주태아체 세포수준의 2개월 정도 밖에 성장을 못하였다는 것이 된다.
 우주를 관찰하면 별과 별사이와 은하와 은하사이가 점점 멀어지고 있다.
 그것은 우주태아체의 세포들이 자라며 팽창하고 있다는 것이며, 빛의 속도보다 빠르게 팽창하며 자라고 있는 것이다.
 그러한 속에서 이시대의 인간이 우주 속에서 멸하지 않고 계속 진화해가려면 어서 빨리 자연일체도덕에 맞추어서 살아야하는 것이 분명하다.

그렇다면 죽음이란 무엇일까?

우주의 세포인 별들이 죽고 다시 태어나고, 지구의 모든 생명체들이 죽고 태어남은 진화와 변화를 위하여서 걸러내는 걸름의 작업을 하고 있는 것이다. 그것이 모든 생명의 탄생과 죽음이다.

그와 마찬가지로 인간 몸속의 세포들도 끊임없이 죽고 태어남을 반복하며 걸러내는 작업을 하고 있다.

좋은 것은 다시 쓰도록 태어나고 나쁜 것은 죽음으로 걸러내어서 폐기시키는 작업으로 진화를 시키고 있다.

어머님 뱃속에서 태어날 때의 세포들은 끊임없이 죽고 태어남을 반복하면서 자라기에, 어른이 되어서는 태어날 때의 그 세포들은 하나도 없다. 살도 피도 뼈도 태어날 때의 그 세포들은 모두가 수없이 계속 죽고 다시 태어나면서 끊임없이 걸러내며 새롭게 성장을 하고 진화를 하는 것이다.

그렇게 세포들이 죽고 다시 태어남이 없는 아이라면 그 아이는 영원한 아이로만 존재하며 정지를 하고 말 것이다.

변화와 진화가 없다면 영원한 멈춤이요 죽음인 것이다.

그것은 좋은 세포는 더욱 진화시키고 불필요한 세포는 걸러 없애고 진화를 위한 새로운 세포를 채우면서 발달을 시키기 위하여 죽음이 존재하는 것이다.

그렇게 자연계에서도 모든 생명들이 죽고 태어남이 같기에 단위 생명체들의 진화과정도 그렇게 이루어지는 것이다.

그렇게 우주생명체는 진화하는 근원도덕을 지니고 있기에, 변화하려면 모든 물질과 생명계는 진화의 걸름작업을 위하여 탄생과 죽음이 존재하고 파괴와 창조가 존재하는 것이다.

그렇다면 인간도 죽어서 걸러져 없어지지 않고, 다시 쓰이고 싶은 영혼이라면, 이기적인 인간도덕을 살다가지 말고 천법인 자연일체도덕과 천정(天情)으로 살아야 우주자연계가 요구하는 필요한 영혼으로 다시 태어날 것이 분명하다.

인간법에 의하여 죄를 지으면 인벌을 받을 것이요, 대자연법에 죄를 지으면 천벌을 받을 것이다.

따라서 생과 사와 멸에 관해서는 대자연근원법에 준하고, 있기 때문에, 인간이 영원히 멸하지 않으려면 우주 대자연 섭리법으로 인간도덕을 맞추어 살아야함이 분명한 것이다.

따라서 대자연법이 천법이요, 그 천법이 신법이 되는 것이다.

따라서 모든 생명의 진화는 종들의 유전인자에 차곡차곡 수억년의 능력들을 기록을 하여서, 다음 세대의 종들에게 DNA를 통하여 본능으로 전수시켜서 이어가는 것이다.

그렇게 우주생명체는 그의 우주세포들을 진화시키면서 계속 만생명들도 함께 진화를 이어가는 것이 우주생명체의 성장이요, 우주본능의 능력진화인 것이다.

따라서 물질로 된 우주생명체는 그렇게 진화를 통하여 성장을 하고 있는 것이다.

그리고 그 변화의 척도에서 시간 역사가 존재하는 것이다.

그리고 모든 물질계의 생명들은 미시계에서 거시계까지 모두 살아있기에, 물질들에서는 자기 단위적인 기를 발산한다.

따라서 움직이는 만 생명들은 서로의 단위적인 정기를 뿜어 주고받기에 기들의 환경 영향에 빠져서 살고 있다.

그 기들의 환경작용에 의해서 마모되고 파괴되고 창조되면서 서로에게 고통과 행복도 주면서 변형되는 진화가 이루어지는 것이다.

따라서 그 기들의 운용에 따라서 인간의 진화도 운명이나 복록도 지어지고 있는 것이다.

그리하여 이제부터 인간의 능력은 점점 더 늘어나 진화를 하게 되면서 정신문명에서 기문명시대를 맞이하게 될 것이다.

돌덩이 하나라도 미시계를 들여다보면 원자생명체들의 덩어리요, 내가 입고 있는 옷까지도 살아있는 원자생명체들로 이루어져서 나름대로 기를 발산하면서 변한다.

그렇게 .물질계의 모든 물질체들이란 모두가 살아있는 생명체 덩어리의 합체들인 것이었다.

태진은 그렇게 깊은 사색을 하다가 몸을 털고 일어났다.
그리고 정신을 가다듬고 달빛을 따라서 다시 길을 걸었다.
뽀얀 달빛 아래의 산길은 참으로 아름다웠다.
꽃들이 가득히 피어서 밤에도 향기를 맡을 수 있었다.
그렇게 하여 산봉우리를 또 하나 넘었다.

6. 세 번째 산

 그리고 한참을 걸어 다시 오르막 산길로 접어들었다.
 멀리 건너편 산봉우리에서 불빛이 깜박이는 것이 보였다.
 등산객이 텐트를 치고 밤을 보내는 모양이라고 생각했다.

 태진의 등에는 땀이 배어서 끈적거리고, 이마에서도 땀이
송송 맺혀지고 있었다.
 그리하여 발걸음을 멈추고 잠시 땀을 닦았다.
 잠시 쉬자니 온몸에서 맑고 강한 기가 솟는 것 같았다.
 태진은 다시 기운을 얻어 바위봉우리 쪽으로 걸음을 옮겼
다.
 그때 태진은 앞으로 푹 고꾸라지고 말았다.
 발에 무엇이 걸려서 힘없이 넘어졌던 것이다. 땅에 주저앉
은 태진은 주위를 둘러보다가 깜짝 놀랐다.
 그가 넘어진 곳에 거지 행색을 한 나이 든 사내가 앉아 있
었기 때문이었다.
 알고 보니 그가 일부러 태진의 발을 걸어 넘어뜨린 것이었
다.
 달빛에 비친 그의 모습은, 거친 수염에 주름살이 산 계곡
처럼 줄줄이 깊이 패어져 있는 얼굴이었다.
 "아니 웬 사람이 길 가는 사람의 발을 거시오?"
 태진이 퉁명스럽게 말하였다.
 그러나 그는 태진을 쳐다보지도 않고서, 입에 빵 조각을
우걱우걱 집어넣고 있었다. 태진은 그러한 그를 내려보다가
상대할 사람이 못 됨을 알고, 다시 몸을 일으켜 그곳을 떠
나려 했다.
 그때, 거지가 목이 메인 듯 가슴을 몇 번 퉁퉁치고 나더니
태진에게 말했다.
 "내가 왜 사람이고 당신은 왜 또 사람이요? 그리고 내 발
이 언제 당신 발을 걸었소?"
 떠나려는 태진을 쳐다보지도 않고, 그는 그렇게 말을 걸었
다.
 태진은 어이가 없어졌다.

"당신이 사람이 아니고 내가 사람이 아니면 무엇이란 말이오? 괜히 지나가는 사람 발 걸어 놓고 시비하지 마시요."

달갑지 않은 말투로 태진은 그렇게 말했다.

그러자 그는 비웃는 눈초리로 태진을 쳐다보면서 대꾸했다.

"나무토막이 썩은 나무토막을 건드린 것 뿐이외다."

걸인은 태진의 말을 대수롭지 않게 여기며 그렇게 태평하게 말했다.

"사람이 나무토막이라니요? 내 생에 나무토막이 빵을 먹는 것은 처음 보았소!"

태진은 조금 언짢았지만 뭔가 심상치가 않은 것을 느꼈다. 그래서 가려던 발길을 세우고 그렇게 말을 받았다.

"나는 지금 빵을 먹는 것이 아니고, 똥을 먹고있는 중이오."

아무리 보아도 분명히 그는 딱딱한 빵을 먹고 있었다.

"그렇다면 당신이 싸는 똥은 빵이 되겠군요?"

태진은 재미있다는 듯이 비웃으며 말했다.

"아니오! 그것은 나의 귀중한 보석들이지요."

도대체가 이 사람은 자기 마음대로 말을 갔다붙이고 있다.

"무슨 이유 때문에 그렇게 생각한단 말이오?"

"거지가 그 말뜻을 알 리가 있겠소."

거지가 오히려 태진을 보고 거지라 말하자, 태진은 어이가 없었다. 그리고 도대체 딴 말에 딴청만을 부리면서 빵 조각을 계속 뜯어먹고 있었다.

"내가 왜 거지라는 것을 설명할 수 있겠소?"

태진은 점점 호기심이 일어났다.

태진은 그 자에게 몸을 숙이고 가까이 다가갔다.

그러자 그는 움찔하고 몸을 뒤로 물러서며 한 손을 뻗쳐서 태진을 막았다.

"가까이 오지 마시오! 당신한테는 아직도 썩은 냄새가 코를 찌르게 나고 있으니 멀리 떨어져 있으시오."

"아니 나에게서 무슨 똥 냄새라도 난단 말이오?"

"그것은 똥 냄새보다 더 지독한 냄새요."

태진은 주위를 킁킁거려 보았다. 그러나 주위에서는 아무런 냄새도 나지 않았다.

그러자 걸인이 태진에게 말했다.

"당신이 걸친 모든 지식의 옷과 인식들은 수천 년 동안 목

욕 한 번 하지 않은 채 썩은 것들 뿐이라, 냄새가 지독하기
한이 없소. 그리고 당신이 입은 사상과 도덕의 율법까지도
모두 누더기처럼 낡아서, 보기가 너무도 흉하오." 하였다.

아차! 이 자는 보통 이인이 아니로구나. 태진은 생각했다.

자신을 보고 아직도 새로운 사상이 없이 헌 누더기 옷만
입고 있다고 하니, 태진은 그 말에 가슴에 날카로운 송곳이
와 찌르는 것 같았다.

태진은 자신의 행동을 후회했다.

겉만 보고 사람을 판단하는 실수를 하다니, 태진은 속으로
자신을 나무랐다. 그리고 그는 그 이인 앞에 무릎을 꿇고
앉았다.

"몰라 뵈어서 죄송합니다. 저에게 가르침을 주십시요."

태진은 자기 나름대로는 많은 것을 깨쳤다고 자부했으나,
거지 행색을 한 이 이인을 만나자 정신이 번쩍 들었다.

"그럴 것 없소! 당신은 인간을 사람이라고 태어나서부터
그렇게만 듣고 배웠기 때문이오. 그런 식의 교육에 의해서
당신의 사상과 인식들은 고착되어서 그 인식 속에서 벗어날
수가 없기 때문인 것이오. 그래서 그대는 당연히 먹는 것은
빵이요, 싸는 것은 똥이라고 할 수밖에 없는 것이오. 옛 사
람들이 그랬기 때문에, 재론의 가치 없이 당연히 그런 줄로
만 인식하고 있다는 것은 수천 년간을 똑같은 옷만 입고 다
니는 것과 같지요.

그 속에서 새로운 창조와 새로운 세상이 어찌 일어나겠소?
나는 그것을 말한 것 뿐이외다. 당신의 묵은 인식 파괴는
당신을 새로운 길로 인도해 줄 것이오. 그렇지 않는다면 당
신은 언제나 천년 묵은 냄새를 지닌 거지로 남을 것이오."

기인은 그렇게 말했다.

"그렇다면, 제가 지니고있는 삶의 인식들이 내 자신의 자
체에서 일어난 것들이 아니고 배움에 의해서 씌어진 옷이
요, 세뇌적 지식에 의해서 꿰매어져 만들어진 옷을 입고 있
다 하여 제게서 천년 묵은 냄새가 난단 말이군요."

"헛! 허, 허. 그 친구 꽤 머리 회전이 돌아가는 거지일세!"

그는 그렇게 너털웃음을 웃으며 자리를 털고 일어났다.

그리고 떠나려는 자세로 태진을 향해 또 한마디 했다.

"잘 가게! 사람이 나무토막이라 불릴 수 있다는 양식을 적
선하였으니, 그대의 싸는 빵도 이제 보석같이 보일 때가 있
을 걸세! 그리고 남으로부터의 구걸일랑은 조심하게. 얻어먹

는 똥은 언제나 상한 것이 많으니까!"

그 이인은 그렇게 말했다. 그리고 순식간에 바위 뒤를 돌아 휙 사라져 버렸다.

태진은 머리가 다시 띵하니 울려 왔다.

기인이 사라진 쪽을 바라보며 태진은 혼자 생각했다.

그렇구나! 나는 내 자아의 자유에서 일어난 자신의 고유한 깨침의 도덕적 주인이 되질 못 하였다.

새로운 사상이란, 인식화된 자신의 옛 도덕 위에서는 뿌리를 내리지 못하는 것이다. 그러므로 고정된 인식의 집을 분해하고, 뿌리의 껍질에 붙은 진드기를 떼어 내고, 묵은 껍질들을 벗겨 내어야하는 것이다.

그러려면, 나는 고통의 붉은 피를 쏟아야 한다.

참된 인식은 살리고 묵고 썩은 인식은 모두 잘라 죽여야 한다.

그것이 새로운 사상의 뿌리가 자랄 수 있는 기반이 되는 것이다. 타의 교육적 외부로부터의 강제된 인식들은, 진정한 내 자유적 사상의 인식일 수는 없는 것이 아닌가?

인식이란 인간에 있어서 가장, 그 자신에 대한 폭군이요 독재자인 것이다. 그러한 인식들은 자신의 도덕적 정의는 없고, 타의 도덕적 정의 속에 예속되고 감금되어 버리는 것이다. 그러한 속에서는, 자신의 창조적 참의 진리를 향한 깨침을 어렵게 만들고, 자신의 근본 진리와 도덕을 흡수할 자유를 잃게 되는 것이 아닌가? 그러나 검증되지 않은 혼자만의 사고를 진리라고 한다면 그 또한 자신의 파괴가 되는 것이다.

그러나 새로운 창조는 새로운 인식의 탐구에서 시작되는 것.

그렇게 자신이 깨친 새로운 진리를 얻는다면, 그 근본 위에서 새로운 정의의 도덕이 서고, 새로운 자유를 얻게 될 것이다.

이것이 창조적인 인간이요, 인간의 가장 위대한 길이 되는 것이리라.

따라서, 참된 인식을 찾는 기준이 있어야 할 것이다.

그렇다면 그것의 첫째는 어떠한 것의 존재성이요,

둘째는 그것의 가치요, 셋째는 개체적 본질성이요, 넷째는

객체적 인과성이요, 다섯째는 모든 것의 목적성이 있어야
하지 않겠는가?
  그러한 전제하에서, 개체와 객체 그리고 전체에 대한 참된
정의의 법률 도덕을 창출해야 하는 것이다.
  태진은 기인이 사라진 자리에 그대로 앉아서, 기인이 내
던진 숙제의 사고들을 그렇게 계속하고 있었다.

  인식이란 자체는 어디까지나 지식으로 표면화되지만, 그
나무의 가지는 지혜로 이루어져 사상의 줄기를 타고 진리의
뿌리를 가지고 있어야하는 것이다.
  왜냐하면, 그것은 진리적 인식이어야 하기 때문이다.
  진리란 무엇에 의해 있는 것도 아니요, 무엇의 근원이 있
어 있기때문에 진리의 자유는 근원이 아닌 어떤 개념에 의
한 수식의 그물에 잡힌 사고를 용납하지 않는 것이다.
  태진은 새로운 깨침으로 새로운 인식을 얻어 내는 길을 그
렇게 정의하였다.
  그리고 그는 깊은 사색을 통해서 자신의 내면에 잠들어 있
던 것들을 풀어놓고 있는 것이었다.

  그리고 그는 자리에서 벌떡 일어났다.
  조용한 깊은 밤은 여전하였다.
  둘러보니 건너편에서. 불빛을 발하고 있는 바위 위의 텐트
도 그대로 있었다.
  왠지 태진은 그 불빛에 끌리듯이 산을 내려오자 쉬지 않고
다시 불빛이 있는 산을 향하여 오르기 시작했다.

7. 네 번째 산

달빛 아래 산길은 험했으나 쉬지 않고 올랐다.
그리고 높은 산봉우리에 오르자 넓은 바위 마당이 펼쳐져 있었다.
그리고 텐트는 바위 마당 남쪽 편에 설치되어 있었다.
먼 산들을 내려다보고 앉은 텐트는 은색의 달빛을 머리에 이고 있었다.
태진은 텐트 곁으로 다가가서 안을 향해 말했다.
"안에 누구 계시오?"
밤 산행이라 잠시 쉬고도 싶었고, 사람도 그리워지는 터였으므로 어렵지 않게 생각하고 찾아와서 그렇게 불렀다.
그러자 안에서 인기척이 났다.
"들어오너라! 임자 있는 집도 아니고 문이 있는 집도 아니니, 누가 무어라 하겠느냐?"
어디서 듣던 목소리였다.
태진은 얼른 텐트 자락을 들어 올리고 안을 들여다보았다.
"아니! 운몽선사께서 어찌 이곳에 와 계십니까?"
흰 백발에 긴 수염을 늘어뜨린 모습이, 꼭 산신령 같았다.
운몽선사는 태진을 맞이하며 밝은 미소를 짓고 있었다.
태진은 텐트 안으로 들어가서 앉았다.
그러자 운몽선사는 품속에서 작은 보자기를 꺼냈다.
그리고 태진을 향해 내밀었다.
"자! 이것이나 어서 받게나! 이 책자는 진각이 떠나면서 젊은이에게 넘겨준 귀한 비기인 것이다. 이 비기서는 세상에 하나밖에 없는 것이다. 그동안 진각선사가 이 비기를 전수받아서 지니고 있었으나 자신은 능력이 부족함을 알고서, 이 책을 그대에게 전하라고 하였네! 그런데 이 책을 자네에게 어떻게 전할 수가 있었어야지. 그래서, 내가 이곳에 먼저 와서 그대를 기다리고 있었느니라!."
그 책은 가죽으로 밀봉되고 기름때가 낀 오래된 책이었다.
태진은 무릎 앞에 놓여진 고서(古書)를 바라보며 말했다.
"세상에 한 권 뿐이라면 아주 귀한 책일 것인데, 어찌 그것을 저에게 넘겨 주신단 말입니까?"

"난들 어찌 알겠느냐! 이 책의 주인 될 사람이 젊은이라고 진각은 판단을 했었으니까 그랬겠지. 하지만, 이 책은 아무 데서나 개봉하고 보아서는 안 되는 책인 것이다. 이 책에는 전해져 내려오는 내력이 간직되어 있다." 하고 말했다.

태진은 눈을 반짝 크게 뜨고 운몽선사를 바라보았다.

"그 비책의 뒷편을 보아라! 그림이 그려져 있을 것이다. 그리고, 다시 앞 가죽 표지도 자세히 보아라!"

태진은 책의 앞 면과 뒷 면을 자세히 훑어 보았다.

닳고 때 묻은 가죽 위에는 희미하게 음각된 문자들이 있었다.

태진은 더욱 가깝게 들고서 자세히 보았다.

「紫微經」?! 자미경이라 씌여 있었다. 그리고 그 밑으로는 그림이 그려져 있었다. 그 그림은 사람의 얼굴이었다.

그런데 어떻게 보면 젊은 남자요, 또 한 편으로 보면 여자였다.

그리고 얼굴 이마 위에는 독수리 한 마리가 앉아 있었다.

태진은 그림이 이상하여서 책을 거꾸로 돌려 보았다.

태진은 깜짝 놀랐다. 젊은 남녀가 겹쳐졌던 얼굴이 거꾸로 보니 긴 수염을 한 노인의 얼굴 모습이 되었다.

태진은 그 그림을 뚫어지게 한참을 바라보다가 책 뒷 면을 또 보았다. 뒷면 가죽에는 높은 산봉우리가 그려져 있고, 그 산 꼭대기에는 큰 느티나무가 우뚝하게 가지를 넓게 퍼트리고 있었다. 그리고, 그 아래에는 '이 책은 독수리가 살고 있는 산정을 찾아내고, 독수리를 만나는 자만이 볼 수 있다.'라고 쓰여져 있었다. 태진은 그 글씨를 가리키며 뜻을 물었다.

"무엇을 의미하는 것입니까?"

"그 뜻을 알고 독수리를 내가 만났다면, 내가 먼저 그 책을 개봉하였을 것이다. 그러나 많은 산 사람들이 그 책을 알고는 있었으나 그 책을 뜯어 본 사람은 아직 없다. 왜냐하면 독수리가 사는 느티나무 산봉우리를 찾아낸 사람이 아직 아무도 없었으니까!

그 책은, 산 사람들 중에서도 가장 높은 경지의 산 사람들만을 통해서 맥을 이어 전해져 왔었다. 그렇게 그 책은 수천 년을 거쳐서 전해 내려오고 있는 비서(秘書)인 것이다.

그래서, 더욱 아무나 볼 수가 없고, 뜯어 보아야 알 수도 없을 것이라는 것이다.

전해 내려오는 얘기로는, 그 독수리가 있는 산봉우리에서 인간을 닮은 신이 살았다 한다. 그리고 그 신령은 천상계로부터 받은 명을 그 책에 담아 그 산 독수리를 통해서 산 사람들에게 전해져 왔다고 들었다."

운몽선사가 그렇게 말하자, 태진은 진각선사가 생각났다.

"이 자미경「紫微經」은 느티나무와 독수리가 있는 산을 아직 찾은 사람이 없어서 아무도 개봉을 못 하고 있었던 것이다.

진각이 높은 경지를 얻었을 때 이 책을 이어받았던 것이다."

"그런데 왜 저에게 이런 책을 넘겨 주셨단 말입니까? 그리고 진각선사께서는 지금 어디로 가셨습니까?"

"진각이야말로 높은 경지의 산 사람이다. 그러나 그도 20년을 산을 헤매었으나 독수리 산을 찾지 못했었다. 아마 그래서 자신은 적임자가 아님을 느끼고 있었던 차에, 젊은이에게서 자신이 갖고 있지 않은 어떤 큰 힘을 느끼고서, 자네가 그 대통의 적임자임을 알고 맡기는 듯 하다. 아마 그 친구는 지금쯤 독수리 산의 허리쯤에서 아직도 산정을 찾고 있는지도 모르지" 운몽선사는 천천히 그렇게 말했다.

"저같이 미약한 것이 어찌 그런 일을 해 낼 수가 있겠습니까? 부끄럽습니다."

태진은 운몽선사 앞에서 너무도 민망하여 자세를 고쳐 잡았다. 그러자 운몽선사는 다시 말했다.

"걱정할 것 없느니라! 젊은이가 못 찾는다면 또 다른 훌륭한 적임자를 찾아 대통을 물리면 될 테니까. 그러나 그러한 적임자가 나타나기란 그렇게 쉽지가 않은 것이다. 그러니 젊은이가 진각의 뜻을 따라서 그 일을 이어 열심히 독수리 산을 찾아보도록 하여라! 만약 젊은이가 느티나무가 있는 독수리 산을 찾는다면, 신비의 그 책을 젊은이가 개봉할 수 있을 터인 즉." 운몽선사는 눈을 감고서 그렇게 말했다.

태진의 가슴은 두근거리고 뛰었다.

봉합된 책은 두껍지 않았다. 그러나 태진의 손에는 그렇게 무겁게 느껴질 수가 없었다.

태진은 운몽선사께 그 책을 다시 돌려 줄 수도 없었다.

그래서 태진은 말했다.

"책을 받아서 잘 보관하도록 하겠습니다. 그리고 진각선사와 운몽선사님의 말씀을 깊이 새기겠습니다. 그러나 너무 기대는 하지 마십시요."

그 말을 듣자 운몽선사는 안심이 된다는 듯 다시 미소를
지었다.

그리고서 피곤한 듯 긴 하품을 하면서 태진에게 말했다.
"피곤할 테니 이곳에서 잠시 눈을 붙이고 쉬었다 가거라.
급히 오느라고 피곤하니 이제 한잠 자야겠느니라!"
운몽선사는 그렇게 말하고 그대로 벌렁 뒤로 누워 버렸다.
태진은 더 물어볼 것이 많았으나 여쭐 수가 없었다.

태진은 자신과 운몽선사를 생각했다.
자신이 태어나기 전에 그와의 어떤 전생 인연이 있는 것
같기만 했기 때문이었다. 그러나 잠들어 버린 선사께 물을
수가 없었다. 태진은 운몽선사의 사자 같은 흰 머리와 긴
수염의 갈기 속에 상서로운 어떤 기운을 느끼고 있었다.
깊은 밤이었다. 태진도 피곤하여 졸음이 왔다.
운몽선사의 고른 숨소리가 편안하게 들렸다.
태진은 운몽선사 곁에 잠시 쉬기로 하고, 자리를 둘러보고
누웠다. 시간은 이미 자정을 훨씬 넘었으리라. 몸을 누이니
피곤이 온몸에 붙어서 절절대며 기어다니고 있었다.
태진은 스르르 잠이 왔다. 시간이 얼마나 흐르고 운몽선사
의 숨소리와 태진의 숨소리가 같아지고 호흡이 일치되었다.
그리고 많은 시간이 흘렀다. 태진은 주위가 썰렁하다는 느
낌을 받고 벌떡 자리에서 일어났다.

그런데 주위에는 아무것도 없었다.
곁에 잠자고 있던 운몽선사도 없었고, 하늘을 가리고 있던
텐트도 온데간데없이 사라져 버린 것이었다. 깜빡 잠든 사
이 운몽선사는 혼자 떠나버린 것이었다.
자신 혼자서 높은 바위 위에 덩그러니 누워 잠을 자고 있
었던 것이다. 달은 이미 서편으로 많이 기울어 있었다.
"잠 든 사이 혼자 떠나시다니!" 태진은 허망하게 혼자 중
얼거렸다. 꼭 진각선사가 떠날 때와 같이 운몽선사도 그렇
게 떠난 것이었다.

태진은 자기도 그만 떠나야겠다고 생각하며 자리를 털고
일어서자, 운몽선사가 전해 준 가죽피 책이 발 밑에 놓여져
있는 것을 보았다.

태진은 그 책을 집어 들고서 간밤에 있었던 운몽선사의 이야기들을 떠올렸다.

'자미경'이라 하면 '우주경'이라는 말과 같다.

또한 진각선사께서 말한 자미산과 이름이 같다.

그리고 우주경이라 하면, 언젠가 운몽선사가 말한 태양법과 관련이 있는 것이 아닐까?' 하는 생각이 들었다.

'태양법을 득한 자가 우주법을 얻으리라' 하지 않았던가?

그렇다면 독수리가 있는 산은 자미산이요, 자미산을 찾으려거든 태양법을 깨쳐야 한다는 것이다. 그리고 우주법은 느티나무와 독수리가 있는 그 자미산에서, 그 해법을 찾아 개봉하고 해득할 수 있는 비기란 말이 틀림없는 것이다.

태진은 그렇게 정리를 하였다.

그리고 조심스럽게 책을 가슴 속 깊이 넣고 옷을 저몄다.

자신이 그 일을 해낼 수 있을까? 태진은 그렇게 생각하며 무거운 발걸음을 옮겨 놓기 시작했다.

태진은 산봉우리 넷을 넘고 있었다.

친구 옥래가 있는 석굴에 도착하려면 아직도 큰 산봉우리 셋을 더 넘어야 하는 것이었다.

발길을 재촉하여 바위 봉우리를 내려와, 다시 능선을 따라서 비탈길을 태진은 오르고 있었다.

그러한 그의 영혼의 하늘은 끝없이 넓게 퍼져 가고, 그 속에서 그의 시간은 산길을 걸으면서도 이미 멈춰진 시간들이었다.

어느덧 그의 발자국은 그의 심장 소리와 장단을 맞추면서 걷고 있었다.

태진은 혼자서 자문하고 있었다

'나는 지금 어느 계단을 오르고 있는 것인가?

어느 고도에서 나는 나를 바라보며, 나의 성장을 이끌고 있는 것인가?

언제나 미완성 속에 살면서 완성된 착각 속에 사는 것이 인간의 습성인 것. 나는 나의 땅(육체)과 나의 하늘(정신)을 얼마나 찾고 보았는가? 아직도 나의 땅속에는 미개인들이 움집을 틀고 살고 있다. 그리고 나의 하늘에는 어리석은 종이비행기들이 수없이 날아다니고 있다.

이러한 내가 어찌 귀중한 독수리 산의 비기를 열 수 있겠
는가?
나는 자만하지 않고 용기있는 자인가?
나는 지금 얼마마한 깨침을 하였는가?
그래도 지난 세월에서 나는 깨달음의 경지를 가끔씩 맛보
면서 크게 환성을 치곤 하던 때가 있지 않았었는가?
그런데 지금에 와서 보면 그때의 그것들은 한낱 하나의 지
혜에 불과했었던 것이다.
그때에 나는 '이것이다! 이것이었다!' 하면서, 그 깨침이 최
고의 것이라고 그렇게 자부를 하였다.
그러나 그때마다 꼭, 또 다른 장벽에 부딪히곤 했다.
그것은 '그것이 아니다! 그것보다 높은 이런 것이 있다!'
내가 깨침이 긍지를 느끼고 있을 즈음이면, 언제나 나타나
는 더 윗 단계의 또 다른 제시들이 있었던 것이다.
그때라면, 나는 '웃기지 마시오! 내가 알고 있는 이것이 최
고요.'라고 거부적인 자존의 습성으로 그런 말을 언제나 비
웃었지 않았는가?
그러나, 언젠가는 하나의 계단은 둘의 계단으로 이어지듯
이 나는 끝내 보다더 높은 그 단계에 도달하곤 하였다.
그리고 그때에 가서야 '아! 그렇구나! 옛날에 믿지 않던 이
것이 진짜 참의 진리로구나.'라고 깨달았다.
그때에 나는 말했다.
지난날 내가 서 있던 그 자리에 아직 서 있는 자들에게 나
는 나의 깨침들을 말했었다.
'그것이 아니고 이것이 있다!'라고, 그러나 그러한 나에게
그들은 말했다. '웃기지 말라! 지금 이것이 가장 지고한 것
이다.' 지난날에 내가 했던 때와 똑같이 그들도 그랬다. 언
제나 자신이 알고 있는 깨침을 최고로 여긴 것이었다. 그러
나 나는 나의 자존을 걸고 또 설파했다. '절대 그것이 아니
다.'라고, 그러나 그러한 나에게도 더 높은 윗 계단이 있어
나를 또 나무랐다. '너의 그것도 아니고 더 높은 이것이 또
있다.'라고, 그렇게 새로운 것들은 계속 제시되어 왔다.
그러나, 그때에도 나는 참으로 웃긴다고 말했다.
그토록 나는 언제나 그 단계의 깨침만으로 충만되어 희열
을 느꼈던 것이다. 그리고서, 더 높은 세계의 깊이를 재려
하지 않고 거부하는 습성을 띠고 성장해 온 것이었다. 이것
이 깨침으로 가는 인간의 계단인 것인가? 깨우침이 있으면

언젠가는 또 더 높은 깨우침으로 올라가게 되어있는 것이
다.

 나는 어릴 적부터 그렇게, 이러한 반복된 거부와 흡수와
싸우면서 삶의 깨달음 계단을 올라가고 있는 것이다.
 '이것이 최고의 사상이요, 진리이다!'
 그렇도록, 자신이 서 있는 단계에서 언제나 똑같은 생각을
하면서 자신의 앞 밖의 것은 모두 궤변으로 돌리고, 남의
사상과 인식을 비웃으며 거부하도록 인간들은 되어있는 것이
었다.
 여름벌레가 겨울 얼음을 모르듯이, 자신이 지금 서 있는
계단이 언제나 최종의 계단인 것처럼 인식되는 성장의 계단
은, 참으로 이기적이고 어리석은 것들이다.
 나는 이제껏 그렇게 살아온 것이다.
 그러나 이제부터는 부수리라! 여러 개의 계단을 없애고, 하
나의 오르막길의 상태로 길을 닦으리라! 그리하여, 열이란
수를 아는 자에게 열다섯의 수를 제시하면, 그자는 자기가
알고 있는 열의 깨침 숫자 속에서 열다섯을 찾아 헤매다,
다섯과 비슷하므로 자신 속에 있는 다섯이 열다섯이라고 우
기게 되는 어리석고 무지한 싸움을 하는 그런 주인공이 되
지 않도록, 깊은 심연의 바다와 넓은 영혼의 하늘을 모두
열고 받아들일 리라!'
 태진은 혼자서 자신을 돌아보며 그렇게 끝없이 말하고 있
었다.

 그리고 태진이 자신의 사색에서 빠져나왔을 때는, 이미 동
녘으로부터 희뿌옇게 동이 터 오고 있었다.
 그는 잠시 발길을 멈추고 고개를 들어 동녘 하늘을 바라보
았다.
 산은 높고 계곡은 깊었다. 태진은 걸으면서도 깊은 사념들
에 젖어서 자신을 탐험하는 산행을 계속하고 있었다.
 그의 발밑에는 그의 사색들이 깔리고, 그의 영혼 속에는
또 하나의 우주가 형성되고 있는 것이었다.

 태진은 자연의 큰 사랑인 천정(天情)을 다시 생각했다.
 그리고 자연계의 모든 생명계는 천정의 사랑으로 살아가야
한다는 것을 다시 느꼈다.

이기가 들어있는 인간의 사랑보다 더 지고한 상생의 사랑이요, 서로 정기의 사랑을 나누면 상쾌해지고 평화로운 행복 속에 서로를 치유하면서 누릴 수 있는 것이 천정이 아닌가? 태진은 그렇게 생각하였다.

따라서 천정(天情)이란 의지적으로 행하는 것이 아니요, 의식 없이 서로에게 오가며 행하여지는 만물에 내재 된 인과들의 정(情)이요, 우주일체 성장을 위한 자연사랑의 나눔이었다.
그 정엔 이기도 동정도 없으며 인위적으로 스스로 일으키는 것도 아니며, 만물들이 서로가 서로를 위한 정이기에 가슴만 열면 서로의 정기를 나누어 평화의 기운을 얻게 되는 것이다.
그리하여 서로는 미워한 적 사랑한 적이 없어도 서로 자연계에 내재 된 근원사랑이기에 그 느낌은 바로 평화로운 행복이었다.

그것이 상생의 평화로운 우주근원사랑의 정이다.
그렇기에 풀밭에 앉거나 숲을 보거나 하늘을 우연히 대하여도 가슴이 시원하게 뚫리고 상쾌한 평화를 느끼는 것은 천정을 그들과 서로 주고받았기 때문인 것이었다.
그러므로 인간은 그 정기(精氣)의 존재를 찾고 깨치어서, 그 정기의 문을 스스로 세상에 열고 행하여, 인간의 사랑보다 더 무궁히 큰 천정(天情)의 사랑으로 세상의 평화를 구해야 한다고 태진은 그렇게 생각했다.

그는 자연의 시인이 되어서 하늘을 향해 시를 읊는다.

"우주자연근원의 원초물질에서 잉태한
인간의 내 생명이 혼불로 시를 읊나니
은하의 별들이 블랙홀에 흡수되고 흩어지며
나의 영혼이 하늘에서 재 산란을 하누나

생명마다 깨우침은 시작의 때요 변화이라
나의 눈빛에서 뚝뚝 떨어지는 유성들이여!
불타는 별들이 빛으로 자리를 잡고
혜성도 획을 그으며 존재를 말하나니

세상의 생명진리란 우주자연일체에 있기에
나의 존재에서 타오르는 영혼의 불을 뿜어
검은 하늘에 불타는 화인을 새기나니
모든 자연일체 생명도덕이 진리이로다."

태진은 그렇게 노래하며 자신을 새롭게 둘러 본다.
그렇게 세상과 태진이 다시 깨어나고 있었다.

그는 가슴속에 간직한 진각선사가 보내준 자미경(紫微經)
이라는 우주경(宇宙經)을 두 손으로 꼭 안아 보았다. 세상이
온통 새로운 기운으로 충전되고 있었다. 태진은 다시 길을
재촉하였다.
이슬에 젖은 듯 옷자락이 눅눅하였으나, 동이 트는 새벽의
산행은 더욱 좋았다. 그 기분은 영혼이 밝아 오듯이 그렇게
상쾌하고 맑을 수가 없었다.
"새벽은 고귀하고 황홀하다! 새로운 깨침의 탄생처럼, 아침
은 그렇게 새로운 세상의 시작을 창조한다."
태진은 그렇게 새벽을 예찬했다. 그리고서 그는 작은 산봉
우리에 다다라서 아침을 맞을 준비를 하였다.
태양이 산 너머로부터 떠오르고 있었다.
그러자 산들이 모두 일어나 앉아서 화장을 하는 듯 하였
다.
그리고, 아름다운 색깔로 된 옷들로 모두 갈아입었다.
태진은 높은 산봉우리에 자리를 잡고 앉았다. 그리고서 동
녘을 향하여 양 무릎을 접은 편안한 자세를 하였다.
거대한 대지가 붉은 피를 하늘 위로 토해내며, 하늘의 바
다로 태양을 서서히 밀어 올리며 알을 낳고 있었다. 그 순
간은, 참으로 찬란하고 황홀한 탄생의 순간이 아닐 수 없었
다.

그때 태진은 두 손을 높이 쳐들고 심호흡을 토해 냈다.
그것은 자신의 자만했던 지난 세월을 벗어 버리고, 성숙하
지 못했던 자아의 억눌린 감정들을 태양을 향해 심호흡과
함께 토해내려는 것이었다.
"오, 나의 태양이여! 희망의 무덤이여! 그대는 또 하나의
천당과 지옥을 나에게 밝히라! 내 지난 모든 경멸들을 불태

우고, 사랑의 정으로 익은 내 심장의 붉은 피들을 녹여서, 또 하나의 새로운 빛을 창조하라! 신과 자연의 사랑으로 잉태하여 태어나는 그대 생명의 빛이여! 그대는 이제 새로운 신들을 창조하여 세상을 밝히라!"

태진은 그렇게 새벽을 헤치고, 태어나는 태양을 향하여 경이로운 축하를 그렇게 올렸다.

태양이 둥실 떠오르자, 그는 벅차오르는 가슴으로 태양을 향해 다시 말했다.

"고귀한 육체의 탄생에서 지고한 제2의 정신창조세계야말로 미래의 세계이다. 분명 지고한 인간이란 자신을 깨쳐 이루고 만인을 위한 창조적 인간이 되는 것이다. 진리를 깨쳐 새로움을 창조한 경지란 신의 경지인 것. 그 경지는 인간의 그 어떠한 쾌락의 행복보다 신선하고 황홀한 것이다. 따라서 창조야말로 생명체가 갖는 최대의 가치요, 충만이요, 긍지이기도 한 것이다. 새로운 눈을 뜨고 지혜를 얻어 지성의 열매들을 모아, 사상을 세우고 새로운 세상을 창조하여야 한다. 그래야 참된 인간 미래의 세상이 열림이로다.

또한 그것이 인간의 죽음을 부활로 창조시키는 또 하나의 신의 경지요, 인간 최대의 영광된 꽃이요, 빛이리라."

태진은 그렇게 혼자 태양을 향해 말했다.

그것은 또한 자신에 대한 어떤 다짐이기도 했다. 태진은 하늘과 산과 그리고 숲 속의 모든 것들에게 그리움이 가득 찬 정들을 쏘아 보내었다.

그러자 그의 가슴은 온통 기쁨으로 가득 찼다. 그리고 세상의 존재하는 모든 것들이 자신의 일부분처럼 느껴졌다.

그때, 하늘과 땅 위의 모든 것들로부터도 정(情)의 기운들이 태진을 향하여 보내져 오고 있었다. 그때에 태진은 자신이 그들과 함께 호흡을 하고 있다는 것을 알았다.

우주 만물들은 자신이고, 자신 또한 우주 만물의 일부분인 것이었다. 일체의 물과 상이 하나가 되어 숨쉬면서 새롭게 변하고, 새로운 또 하나의 창조물이 되어 가고 있는 것이었다.

태진은 두 손을 무릎 위에 올리고 양쪽 손가락들을 모두 맞대었다. 두 손안에 자신의 심장을 들고 있는 듯한 자세였다.

 그는 자신도 모르게 우주 속에 퍼져 있는 천기를 그렇게 받아들이고 있었다. 그러자, 태진의 정신은 하나로 집합되었다.

 그리고 그의 영혼은 밝고 커다란 하늘을 이루었다.

 그때에 태진은, 자신 속 영혼의 하늘 위로 독수리 한 마리가 훨훨 날아가는 것이 보였다.

 순간 태진은 깜짝 놀라고 자리에서 벌떡 일어났다. 그러나 그 독수리는 다시 보이지 않았다. 태진은 헛것을 본 것이라고 생각했다. 그는 다시 다음 산을 향하여 떠나야겠다고 생각했다.

 태진의 발길은 또다시 석굴 쪽으로 향하여 걸었다.

 그는 여러 개의 산을 넘으면서 자신의 탐구를 그렇게 계속하고 있었다.

 따라서 그의 산 등정은 깨침의 배낭을 짊어지고 떠나는 것과 같았다.

8. 다섯 번째 산

쾌청한 날씨였다.

하늘과 산과 숲들 사이에, 평화롭고 상쾌한 기운이 가득차 있었다. 그들은 서로에 천정을 쉼 없이 주고받고 있었다. 정신이 맑아지고 몸이 가벼워졌다.

그 속에서 태진은 대 자연이 내뿜는 천정(우주 만물의 情)들을 더욱 채웠다. 그리고 태진도 주위의 모든 생명들에게 자신의 천정을 한없이 내어 보냈다

이러한 천정(天情)의 사랑은 우주를 하나로 이루는 크나큰 하늘의 정이요, 신의 사랑이요, 만생명의 상생 기운이었다.

그리고 그는 느꼈다. 온 우주 속에 근원적으로 가득 차 있는 이러한 천정들을, 도시의 인간 세상에도 가득 차게 해야 한다는 것을 느꼈다.

그리고 태진은 자신은 만물 중의 한 일원으로서 있어야 한다는 것을 생각했다. 그리고 인간들이 해야 할 일들도 생각했다.

그것은 대 자연의 가치 속에 인간의 가치가 있기 때문이었다.

그리하여 저들 속에서 인간은 어떤 존재인가?

그 존재성의 가치? 그리고 그 가치의 평가? 그리고 그 속에서의 자유란 얼마쯤일 것인가?

태진은 또다시 깊은 사색으로 접어들었다.

신의 도덕과 자연의 도덕, 그리고 인간의 도덕 속에서, 인간은 얼마만한 자유를 누릴 수 있을 것인가?

존재하기란 존재성에 가치가 있어야 한다. 따라서, 그 가치는 평가되어야 하는 것이다. 평가되지 않는 것은 아무런 의미가 없으며, 미래를 엮어 갈 주역이 될 수 없는 존재인 것이다.

나의 자유를 조금 떼어서 신의 도덕을 위해 바치고, 그 다음 또다시 자연의 도덕을 위해 나의 자유를 떼어 세금으로 납부하고, 그리고 인간 속에서 사는 인간이므로 인간의 도

덕에도 나의 자유 일부를 떼어 내어 세금으로 납부하여야 한다. 그렇게 하여야 공동체가 함께 살아갈 수 있다.

그렇게 하면 그 공동체는 개체에 새로운 보상의 자유를 돌려주는 것이다. 그것은 천정의 자유이다.

그리고 그렇게 되돌아온 천정의 자유와 개체의 나머지 자유를 가지고, 자신을 지키고, 자신을 새롭게 창조적인 삶으로 발전시켜 나아가야 하는 것이다.

그것이 올바른 참 자유이며, 그러한 자유 속에서 일어나는 지혜와 사상들이 곧 새 시대의 창조적 인간을 만들게 될 것이다.

따라서, 그 도가 천정을 바탕에 둔 하늘의 법률이며, 만물의 도덕이 되는 것이다.

태진은 그런 생각들을 하면서 계속 걸었다.

태진의 사색의 길은 길고도 멀었다.

그러나 그에게 배고픔이 밀려왔다. 몸은 지쳤고 정신도 피곤하였다.

그리하여 그는 다섯 번째 봉우리에서 잠시 머물기로 하였다.

그는 자신의 산행 탐험을 가늠하기 위하여, 제일 높은 곳에 올라가 앉아서 몸을 쉬었다.

맑은 바람을 한껏 마셨다. 그리고 따뜻한 햇빛을 온 몸에 받고 있었다. 커다란 산의 강한 정기가 높은 산 꼭대기로 모두 몰리는 것인지, 태진은 자신이 공중에 붕 뜬 느낌을 받았다.

그는 그렇게 경이로운 감정에 싸여서 자신이 지나 온 많은 산들을 둘러보았다.

많은 산들을 넘어 온 것이었다. 그는 떠나야 할 산 쪽을 또 돌아보았다. 그러자, 자기가 앉아 있는 산 밑에 웬 사람이 혼자 쉬고 있었다.

멀지 않은 곳이라 태진은 자세히 그를 살펴보았다.

그런데 그는 세 번째 산에서 만났던 그 거지 행색의 기인이 아닌가? 태진은 두 눈을 꼭 감았다 다시 뜨고서 자세히 보려고 하였다. 그런데 그 순간에 그 사람은 그곳에서 사라지고 없었다.

태진은 어리둥절하여 주위를 또 다시 둘러보았다.

그러자, 태진의 바로 앞으로 한 사람이 기어오르고 있었다.

태진은 가까이 온 그에게 손을 내밀어 그를 끌어올려 주었다.

　고급 비단옷을 걸친 건장한 사내였다. 그의 옷차림으로 보아 그는 부유한 생활을 한 자 같았다.
　"이런 옷차림으로는 산행에 불편이 많으시겠습니다."
　지친 듯 가쁜 숨을 내쉬고 있는 그에게 태진이 말했다.
　그러자 그는 일그러진 얼굴을 하고서 태진에게 말했다.
　"나 같은 사람은 산행에 안 어울린다 말이군요?"
　"그런 뜻이 아니라 옷이 안 어울린다는 말이지요."
　"옷이 안 어울리는 것이나 그 옷을 입고 있는 사람이 안 어울리는 것이나 마찬가지가 아니요?" 다짜고짜로 시비였다.
　태진은 그만 조용히 미소를 짓고 입을 다물었다.
　그러자 그가 다시 말했다.
　"당신은 가진 것에 대한 즐거움을 모르시는군요? 가진 자의 상식은 물 한 잔을 마셔도 고급 도자기잔에 따라 마십니다. 그러한 가진 자는 자기가 하고 싶은 일이란 못 하는 것이 없지요." 비단옷을 입은 그는 자만스럽게 자신을 뽐내듯이 그렇게 말했다. 그러자 태진은 미소를 지으며 말했다.
　"당신이 가진 것이란 모두 물질뿐이니, 더 가질 수 있는 것도 물질들뿐일 것이오. 그러니 당신의 그러한 물질들로써 어찌 높은 정신들을 살 수가 있겠소?" 태진이 그렇게 말하자, 그는 기름기 있는 얼굴에 비웃음을 머금고서 말했다.
　"다 방법이 있지요. 내 그것을 당신에게 보여줄 테니, 나와의 내기에서 당신이 이겨 보겠소?"
　"그러한 방법이 있다면 내기에 응할 테니 얘기해 보시오."
　태진이 그렇게 말하자 그는 어깨를 으쓱하고 말했다.
　"나는 당신을 잘 알고 있소. 그런데 당신은 당신 자신이 물질로 되어있다는 것을 잊고 있소. 그리고 먹어야 하고, 입어야 하고, 또 여자와 사랑도 해야 하는 것이오. 그러한 인간 당신이 정신만을 추구하고 있다면, 그러한 당신의 정신은 곧 당신의 육체와 함께 꺼지는 불꽃처럼 사그러들고 말 것이오. 그러니 당신은 당신의 정신을 팔지 않으면 안 될 것이오. 자! 어떻게 하겠소? 당신이 지금 나에게 여자와 먹을 것을 줄 수 있다면, 당신이 바꿀 수 없다는 당신이 원하는 정신을 모두 드리리다."
　"나한테 없는 여자와 음식과, 당신한테 없는 높은 정신을 두고 어떻게 내기를 한단 말이요?" 태진이 기가 막혀 그렇게 말했다.
 "당신은 이미 졌소! 물질은 정신을 창조하고 정신은 물질을 창조한다는 것을 당신은 알지 못한 것이오. 이제 나는 당신에게 이미 하나의 정신을 주었소. 그런데 당신은 나에게 아무것도 주지를 않았소. 그대는 잊지 마시오! 당신에겐 여자와 옷과 먹을 음식이 언제나 필요하다는 것을?."
 태진은 할 말이 없었다. 자신이 배가 고프고 외로워진 틈을 타서 나타난 그에게 허를 찔린 것이었다.

 그가 다시 말했다.
 "당신은 높은 정신을 가지고 있소. 그러나 물질 없이 당신이 가지고 있는 그것들만 가지고는 그대가 살아갈 수 없을 것이오.
 나는 정신만 깨친 자를 무척 경멸하고 있소. 그렇지만 당신만은 특별한 인간으로 보았기 때문에, 당신을 그리워하며 이곳에서 당신을 기다리고 있었소. 왜냐하면, 당신에게 할 말이 있었기 때문이오. 그것은 당신을 이렇게 비난하고, 당신의 길을 방해하려 함이었지요.
 당신같이 삶의 본성을 등한시하고, 깊은 사색으로 신의 천국을 발가벗기고 새 인간을 창조하려는 그 뜻을 말이오.
 당신은 육신을 가졌으니, 육신에 충실해야 할 것이요. 만약 그렇게 하지 않는다면, 당신이 애써 캐낸 진리들은 모두 육신과 함께 숨이 막혀 죽어 없어질 것이오. 그대는 인간의 본질 삶을 찾고, 먹을 것을 구하여야 하고, 그대 몸속에서 꿈틀거리고 있는 욕구와 쾌락을 일으켜서 그것들도 충족시키는 데 충실해야 할 것이요. 그대가 그렇게 할 수만 있다면, 나는 그대가 얻고자 하는 이상의 세계로 향하는 길을 막지 않으리라."
 "당신이 누구인데 나의 길을 막으려고 이곳에 왔단 말이오?"
 태진은 아까와는 달리 조금 심각해진 얼굴을 하고서 그에게 물었다.

 "나는 본성이오! 나는 당신 속에도 있고, 모든 만물 속 어디에도 자리를 하고 있소. 나는 모든 만물의 생명을 이끌고, 그 생명체들이 살아가는 길을 인도하고 있는 것이오.

나의 본성은 여러 가지 본능들을 주제하고 신의 뜻과 의지를 실천하고, 신의 도덕을 지키려 하는 임무를 띠고 있소.
 내 본성의 모든 본능들은 그대들이 태어날 때, 그대들이 원하여 갖게 된 것은 하나도 없소. 그것은 오직 우주근원의 신의 뜻으로 그렇게 넣어진 것이오. 그러할진대, 그대가 만약 본능들을 거부하고 인성들만을 고집하여 독립을 원한다면, 그것은 그대 근원의 신성을 거부하는 것이므로 그대는 신성(神性)에게 버림받게 되어, 끝내는 그대 자신도 파멸을 면치 못할 것이오.
 그대의 내면 속에는, 지금 나의 본능들이 아우성치고 있소. 그대가 지고한 인간이 되고자 한다면, 한시 빨리 본능의 요구들을 들어주어야 할 것이오. 내가 그대를 시험하려 한 이유가 바로 여기에 있소."
 본성이라 말하는 그가 태진에게 그렇게 말하였다.
 태진은 자신의 몸속으로부터 고통이 오는 것을 참고 있었다.

 그때, 태진의 뒤에서 또 한 사람이 나타났다.
 여인이었다. 날카로운 눈매를 가졌으나, 다소곳한 자세로, 태진의 뒤에 앉아 있었다. 그 여인은 두 사람의 이야기를 모두 듣고 있었던 것이다. 태진은 인기척을 느끼고 뒤를 돌아보았다.
 그는 여인을 발견하고 약간 짜증을 내며 말했다.
 "당신은 또 누구시오? 어찌하여 그대들은 나의 곁에 나타나 나를 놀라게 하는 것이오?"
 태진은 여인과 사내를 번갈아 보면서 불만스럽게 말했다.
 그러자 여인이 말했다.
 "나는 그대와 모든 만물 속에 존재하면서, 물자성의 자연도덕을 지키고자 하는 의지를 가진, 감성이라 하오.
나는 그대의 육신과 모든 만물들을 보존하려고 지키고 있소. 그리고 그대들의 정보와 통신을 주관하고 종합하여서 감정들을 통솔 운영하지요. 그리하여, 나의 감정들은 그대들의 땅을 지키기 위한 파수꾼이기도 하며, 또한 적을 공격하는 군사이기도 합니다.
 또한, 내 감성은 감동을 일으켜, 그대들의 대지를 일깨워 줍니다. 그렇게 하여 땅을 기름지게 하고, 생명이 왕성하게 싹트게 해 주는 생명수를 제공하는 것이지요.

나는 바랍니다! 감동이 그대에게 가득하기를, 그리고 아십니까? 감성들이란 물자성(物自性)의 의지와 뜻에서 생긴 것이기 때문에, 나는 바로 자연의 딸이라는 것을??.

그대는 언제나처럼 나를 매정하게 대하는군요. 나는 그대를 여태 따라다니며 몰래 지켜보았으나, 너무 이기적으로 인성만을 찾고 있군요. 인성의 이성이 있기란 본성과 감성이 있으므로 있게 된 것인 것. 신의 아들인 본성과 자연의 딸인 감성을 무시하고, 인성의 이성만을 고집한다면, 그대는 신과 자연으로부터도 버림받게 되어 불완전한 이성만을 가지고 언제나 불안에 떨게 될 것이오.

내가 이곳에 와 그대를 만나려고 한 이유가 여기에 있소."

감성이라고 자처하는 여인이 태진을 바라보며, 그렇게 말하고 입을 다물었다.

태진은 그들 둘을 번갈아 바라보았다. 그러자 그들도 태진을 똑바로 바라보았다.

그러자 태진은 무엇을 결심한 듯 자세를 세우고 그들에게 말했다.

"좋다! 나는 그대들에게 말하겠다.

나는 그대들 모두를 사랑한다! 그러나 사랑하기 때문에 나는 그대들의 이기를 내 속에서 모두 죽여 다시 태어나게 하련다!

왜냐하면, 그대들은 너무도 보수적이고 구식인 방법들뿐으로, 인간을 이끌려는 누더기법들만 걸치고 있기 때문이다.

따라서, 나는 새롭고 합리적인 방법을 창출하여, 모두를 살리기 위하여 그대들을 하나로 죽이련다!

그대들의 누더기들은 너무도 오래 되어, 그대들의 살갗에 가죽처럼 붙어 있다.

그대들은 고통하라! 모두를 위하여 고통하지 않고 누더기들을 벗지 않으면 그대들은 영원히 시기와 질투만을 일삼고 탐욕의 이기에서 벗어나지 못하여 서로 전쟁만을 일으킬 것이다

그것은 곧 그대들을 스스로 죽이는 것이요, 나 또한 그대들과 함께 죽게 되는 것이다.

그리하여, 나는 고통한다! 그대들의 고통이 나의 하늘과 대지 위에 가득하니, 나는 오늘도 고통의 길을 간다. 그러나,

이제는 더욱 빠르고 바른 길을 택하여 가려 한다.
 내가 산 위에서 소리칠 때, 나의 바다가 울고, 나의 바다에
서 풍랑이 일 때에는, 나의 산이 또 운다.
 그럴 때, 그대들과 나는 더욱 고통하리라! 그대들의 새로운
탄생을 위하여! 또한 물욕과 성욕을 앞세우고 고통의 즐거
움을 모르는 인내를 가진 연약한 투정들은, 울타리 속에 갇
힌 양들에게나 주는 먹이일 것이다. 그대들이 내 하나를 위
하여 숨쉬고, 바다와 육지가 접하는 곳의 수많은 모래의 인
과들을 위하여 숨쉬는 것이 된다면, 그 호흡이야말로 가장
상쾌하고 행복한 호흡이 될 것이다. 그러므로, 이제 그대들
은 나에게 투정하는 불평일랑은 내 죽음 위에서나 구하라!
나는 이제 나만을 위하지 않고, 또한 너만을 위하지도 않을
것이며, 모두를 위한 길을 가련다. 그러니 그대들은 그대들
의 이기로만 나를 이끌려고 하지 말라! 내가 죽는 것은 또
한 그대들의 죽음도 될 것이다.
 그러므로, 그대들 또한 죽지 않으려거든 나의 새 길을 나
와 함께 밟으며 나를 따르라!"
 태진은 화를 터트리며, 그렇게 큰 소리로 외쳤다.
 그러자 그의 소리는 산 아래로 크게 메아리치며 내려갔다.
 그러자, 그 소리에 놀라서 모두 순식간에 사라져 버렸다.
 태진은 고통의 한숨을 길게 내 쉬었다.
 본성과 감성이 사라지자, 태진의 몸은 또다시 밝아지고 가
벼워졌다.
 배고픔과 외로움에 대한 그리움의 욕구가 모두 사라지고,
몸은 다시 날개가 달린 듯 하였다.
 해가 벌써 서쪽으로 기울어 가고 있었다.
 태진은 석굴까지 아직 남은 서쪽의 두 산봉을 바라보며,
다시 발길을 옮기고 있었다.

 태진은 석굴에 있을 친구 옥래와 함께 독수리산을 찾아보
고 싶었다. 그는 틀림없이 흥미를 가지고 자신의 청을 들어
주리라고 믿었다. 그리고 어쩌면, 자신의 변화된 모습에, 그
는 반가운 눈물을 흘릴지도 모른다.
 그리고, 다시 친구를 얻었다고 살아서 돌아온 자신을, 자기
자신의 태어남처럼 축하를 해 줄 것이다.
 태진은 옥래의 얼굴을 떠올리면서 그런 생각을 하며 발걸
음을 재촉하였다.

9. 여섯 번째 산

 태진은 여섯 번째 산을 오르고 있었다.
 봄날의 해질녘 태양빛인데도, 태진은 무덥게만 느껴졌다.
 이마에 땀이 배어 나와 방울들이 맺혔다. 태진은 져 가는 태양을 향하고 서서 땀을 닦았다.
 그리고 며칠 동안에 있었던 자신의 일들을 돌아 보았다.
 자신에게 닥친 변화들은, 몇일 사이에 긴 세월을 겪은 듯 많이 변하였다. 언제나 짐처럼 느껴졌던 자신의 과거들도 오히려 어깨 위의 날개가 된 듯 가벼웠다. 그리고 모두가 고맙게 느껴지고 있었다. 고통스러운 지난 과거들이 없었다면 오늘의 자신이 이토록 충만 되지 않았으리라.
 태진은 세상의 모든 것들이 자신에게 고마운 것들 뿐이었다는 것을 알았다. 그러한 그의 몸에서는 행복한 기가 밖으로 솟구치고 있었다.
 땀을 닦고 나자 산 아래로부터 시원한 계곡 바람이 올라왔다.

 그때, 산봉우리 밑에서 두 사람이 바삐 올라오고 있었다.
 저들은 또 누구인가? 두 사람 중 한 사람은 분명 거지 기인이 아닌가? 태진은 그들을 그렇게 자세히 지켜보고 있었다.
 거지 기인은 태진의 산행에서 몇 번 나타났다 사라지고 했었다. 그런데 그 기인과 함께 한 사람은 얼굴을 볼 수 없도록 큰 모자 밑으로 긴 너울을 하고 있었다.
 두 사람은 태진을 향하여 곧바로 올라왔다.
 태진은 기인이 자기에게 다시 나타나자 참으로 반가웠다.
 기인이 태진에게 가까이 오자 태진이 먼저 말했다.
 "기인께서 저의 주위를 맴돌듯 하는 것은 무슨 까닭이 있는 듯 하니 그 연유가 무엇입니까?"
 "허, 허! 껍질을 아직도 다 못 벗었으니, 내가 누구인지를 알 리가 없지!" 산을 올라온 기인은 숨이 찬 기색도 없이 무뚝뚝하게 태진을 그렇게 대했다.
 "그 말씀은 맞습니다만, 궁금합니다. 그리고 함께 온 저 분은 또 누구십니까?"

"그대가 지나온 길을 나는 줄곧 함께하여 왔었다. 다만 그대가 나를 보지 못했을 뿐이다. 나는 언제나 그대 앞에서 걷고 있었던 것이다. 그리고 그대가 누더기 옷들을 하나씩 벗어 던지고 새 옷을 갈아입을 때라면, 나는 기쁨으로 충만되었다.

그리하여 내 얼굴의 주름들은 하나둘씩 펴지고 피부엔 윤기까지 나기 시작하였던 것이다."

"도대체 무슨 이유로 그렇단 말입니까?"

"내가 그대 앞에 다시 나타난 것은, 그대가 꼭 찾아야 할 것을 찾지 않고 빠트리고 지나가는 것 같아서이다. 나와 함께 온 이 사람이 그대에게 그 대답을 해 줄 것이다 그러니 서로 인사를 나누라!"

태진의 묻는 말에는 대답도 않고, 기인은 함께 온 사람을 소개하였다. 태진은 기인의 모습을 다시 바라보았다. 산 계곡처럼 줄줄이 주름이 패여 있던 그의 얼굴이, 그가 말한 대로 정말 십 년은 더 젊어진 모습으로 변해 있었다. 알 수 없는 노릇이었다.

태진은 기인이 소개한 너울 쓴 자를 바라보았다. 그는 커다란 모자 너울로 얼굴을 가리고 말없이 서 있었다.

"이 분은 누구십니까?"

태진은 기인에게 다시 물었다. 그런데 기인에게로 고개를 돌리자 조금 전까지 곁에 있었던 기인이 어디로 또 사라지고 없었다.

태진은 황당하였다. 태진이 멍하니 기인이 서 있던 자리를 바라보고 서 있자, 옆에 있던 너울 쓴 자가 말했다.

"그는 그대의 길을 열어주고 있는 그대의 개척성이다.

그는 참으로 부지런하여, 삶에 대한 열정이 하늘 끝에 닿아 있다. 그는 삶의 어느 것 하나도 빠트리지 않고 탐사를 하고 다니는 것이다. 그러므로 개척성은 인간을 지고한 그 무엇으로 진화시키고자 하는 창조적인 자인 것이다."

태진은 기인에 대하여 이제야 조금 감이 잡히는 듯 하였다.

"그렇다면 당신은 또 누구시오?"

왠지 으스스하고 차갑게 보이는 너울 속의 사람을 향해 태진은 물었다. 그리고 몸을 약간 움츠렸다.

그러자 그는 태진에게 딱딱한 말투로 말했다.
　"나는 그대 과거의 그림자인 넋성이다! 그대에게 있어 미
래는 아니 보이고, 과거들만이 가득 쌓여서 쇠사슬처럼 그
대를 칭칭 감고 있구나. 그대는 이제 그것들을 모두 벗어
나에게 맡기라!
　나는 그대의 흔적이요, 그대의 짐을 지고 다니는 배낭이다.
그대는 그대의 그림자를 거울삼아 미래로 향하는 나침반을
창조하라! 그리하면, 나는 그대의 과거 위에 그대의 나침반
을 올려놓고, 그대의 미래를 점치고 그대의 갈 길을 열어줄
것이다. 내가 그대를 만나는 이유가 거기에 있다."
　자신이 태진의 그림자라고 말하는 자가 그렇게 말했다.
　태진은 그의 얼굴을 자세히 보려 하였으나, 그의 얼굴은
큰 너울 속에 가려져 전혀 볼 수가 없었다. 그가 다시 말했
다.

　"나는 언제나 그대 곁에 있으나, 그대의 눈에는 내가 보이
질 않는다. 왜냐하면 나는 그대의 과거를 기록하고 보관하
면서, 그대가 필요할 때에만 자료를 제공해 주는 그대의 그
림자이기 때문이다 그리고, 그대의 자료는 하늘에도 전송되
고 땅에도 보내어진다. 그대 삶의 기록부는 그대 발목에 묶
인 쇠사슬이려니와, 또한 그대를 하늘 위로 날게 하는 자유
로운 날개이기도 한 것이다.
　그러므로, 그대는 나를 잊지 말고 자주 찾아보아야 할 것
이다."
얼굴이 보이지 않는 그림자라는 자가 그렇게 말했다.

　그러자 태진이 그에게 물었다.
　"그대는 신성(神性)에 속하는가? 자연성(自然性)에 속하는
가?"
　태진은 자신의 탐험으로 봐서, 자기에게 나타난 자들은 모
두 태초의 기자체성(氣自體性)과 물자체성(物自體性)의 근원
성의 본성을 따라, 따로 분리되어 있었기 때문이었다.
　그렇다면 그림자도 틀림없이 그러리라 생각했다.
　그래서 그의 근원의 유전성부터 물었던 것이다.
　"나는 잠자고자 하는 의지를 가진 물자성의 자연성이다.
　나는 그대 대지 위에서 일어나는 모든 변화들을 기록한다.

그리고 그대 속에 있는 자연성의 물자체 근원들이, 기자체의 신성들에 의하여 너무 무리하게 이용되어 파괴되지 않도록 잠을 있게 하여 그대를 쉬게 하는 역할을 하기도 한다.

그대 육체의 잠은 머물고자 하는 물자체 근원의 의지이다.

또한, 그대의 잠 속의 꿈은, 물자체 자연성인 육체의 불만과 희망의 표현인 것이다. 따라서 꿈은 물자체인 자연성의 혼인 것이다. 그리하여 나는 그대 자연성의 그림자요, 또한 자연성의 가장 근원을 관리하는 넋인 것이다."

"그렇다면, 그대 그림자에 반대되는 신성은 무엇인가?"

자연성의 선성에 반대되는 신성은 악성이었다.

그리고 자연성의 감성에 반대되는 신성은 본성이었다.

그래서 태진은 자연성인 그림자의 반대되는 신성은 누구냐고 물었던 것이었다.

그러자 그림자가 말했다.

"그도 나와 같이 그대의 눈에 잘 보이지 않는다.

그는 그대의 미래를 밝히고, 밝은 빛으로 그대를 인도한다.

그는 내 넋의 반대인 혼으로서 그대의 영혼이 바로 그인 것이다.

그는 깸 속의 기의 활동을 통솔하고, 나는 생명체의 역사를 기록하고 지키면서 잠을 통솔하는 것이다."

그림자(넋)가 그렇게 말하자, 태진은 다시 물었다.

"그렇다면, 영혼과 그대 그림자 사이에서 태어난 인성(人性)이 있을 터인데, 그는 또 누구던가?"

"빛의 영혼은 미래를 예언하고 미래를 희망하는 의지를 가지고 신의 길을 가려 한다. 그리고 어둠의 넋은 과거를 기록하고 과거의 거울로서 자연성을 보호하려는 의지를 가졌다.

그리하여, 빛과 어둠 사이, 즉 영혼과 그림자 사이에서 인간생명체의 개체자성이 태어나게 되었다. 그는 영혼과 내가 낳은 자식이지만, 인성으로서 인간을 참되게 존재하게 하려고 새롭고 창조적인 것을 위하여 수많은 것을 탐험하고 개척을 한다.

그가 바로 조금 전에 나와 함께 왔던, 개척성인 것이다.

그대의 길은 언제나 그 개척성이 인도를 하고 있는 것이다.

창조를 위한 개척이야말로, 빛과 어둠의 진리를 잘 깨쳐야 하는 것. 그대는 그대의 빛인 영혼을 또 만나보아야 할 것이다.

그 영혼은 그대의 길을 예언하고 또 다른 암시를 줄 것이다."

"내가 나의 영혼을 어떻게 하면 만날 수가 있겠는가?"

"그것은 그대가 스스로 찾는 길을 열어야만 할 것이다.

혹 내가 가르쳐준다 해도 그대는 만날 수 없다. 그러나, 그대 사색의 하늘과 탐험의 화살은 영혼의 깊이보다 넓고 날카롭게 날으니, 능히 그를 가볍게 만날 수 있으리라 믿는다.

부디 어둠의 거울과 빛의 예언을 그대는 잊지 말기 바란다.

그럼 잘 가라! 나와는 나중에 다시 만날 일이 또 있으리라."

그림자는 그렇게 말하고 나서, 태진의 앞을 지나 뒷편으로 떠나갔다. 그렇게 개척성처럼 그림자도 떠난 것이다.

태진은 그림자가 가는 쪽을 돌아보지도 않고서 그대로 서 있었다. 그리고 그 상태로 자기 자신의 지난 과거들을 생각했다.

태진은 고통스러웠던 지난 과거들을 모두 잊었다고 생각했었다. 그런데 그것이 아니었다. 자신의 삶의 기록들은 자신 속에서 언제나 곁을 떠나지 않고 살아 있었던 것이다.

그것은 자신의 그림자(넋)가 되어 숨어 있었던 것이다.

"아, 나의 삶이 반항하는 망나니가 되어 칼을 휘두를 때라면, 내 주위에서 고통의 춤을 추면서, 내 심장을 쥐어뜯는 자가 바로 저 그림자였구나!"

태진은 자신의 어리석음을 탄하였다.

태진은 자신이 그 어떤 것으로부터도 도망칠 수 없다는 것을 알았다. 그리하여 그는 자신의 모든 것에서 피하지 않고, 오히려 그들을 모두 불러내어서, 새로운 통일을 이루어야 한다고 생각했다. 그것이 자신의 존재성이요, 자신의 참가치가 그 속에서 이루어진다는 것을 알았다.

또 하나의 깨침의 충격이 땅? 하니 두통을 일으켰다.

태진의 현재는 자신의 과거 때문에 존재하고 있는 것이었다.

그러하니, 어찌 어제를 부정하고 오늘이 있다고 할 수 있으랴!

생각이 거기에 미치자, 태진은 자신의 과거가 어디서부터 시작되었는가를 거슬러 올라갔다.

그것은, 태진이 태어나기 4년 앞서서 신동으로 태어난 형님으로부터 시작된 것이었다.
그 형은 어지러운 시국과 자신이 태어난 주위의 세상의 환경을 이기지 못하고 "무지한, 무지한!" 하며 그렇게 한탄을 하며 울다가 죽었다.
태어나서 3년을 못 넘기고 하늘나라로 떠난 후, 그 형은 태진으로 다시 환생하여 태어났기 때문이었다. 그렇게 태어난 태진은, 신의 표식으로 몸에 비늘을 달고 태어났다.
그리하여 태진의 전설 같은 실화의 과거 기록부는, 태진의 삶 이전에 신으로부터 시작하여 기록되어 온 것이었다.
태진은 그러한 자신의 과거들을 다시 떠올리고 있었다.
"이 아이는 커서 훌륭한 인물이 되리라!" 했다던 선승의 말을 무겁게 머리에 이고, 40년이 넘도록 태진은 살아 왔다.
그리고 고난과 고통의 삶의 길에서 죽음에 이르게까지도 하였다.
이러한 것들이 모두 태진의 과거 역사요, 그림자였다.
그렇게 태진의 과거들은 모두 생생하게 되살아 있었다.
태진은 스쳐가는 지난 과거들을 보며 고개를 끄덕였다.
그렇다! 내가 한 번 경험한 것은 다시 없앨 수도 없고, 없애서도 안 되는 나의 시간이요 나의 역사들인 것이다.
나는 그동안 수많은 삶의 고통을 경험하였고, 사색 속에서 영혼의 산과 바다와 하늘들과도 수많은 대화를 하면서 깨침을 엮어 왔다. 그러나 나는 아직 너무도 미흡하다.
신의 도덕이 보다 더 구체적으로 무엇이고, 자연의 도덕들 또한 무엇이며, 인간의 도덕이 그 속에서 또한 어떻게 서야 하는 것인가?
그리고 이 셋의 도덕들이 어떻게 서로 배반되지 않고, 서로를 위하여 융합이 되어 참되게 변화할 수 있는 창조적 법률 도덕을 세울 수 있겠는가?
태진은 그렇게 또 생각하였다.

태진은 운몽선사와 진각선사를 만나고 나서 이제야 나의 갈 길을 찾았다 하고 산행을 시작하였으나, 아직 모르는 것 투성이었다. 태진은 그러한 자신을 바라보자 깊은 한숨이 나왔다.

오후의 태양이 아직도 밝은 빛을 쏟아 내리고 있었다.

하늘 밑, 땅 위의 모든 것들이 열심히 움직이고들 있었다.

태진은 두 손을 번쩍 들어 두 손끝으로부터 힘찬 기를 일으켰다. 그리고 양팔로부터 일어난 기를 두 어깨로 보내고서 뒷목 아래에 뭉치게 하였다. 양어깨 사이에 크게 뭉쳐진 기는, 두 손을 천천히 내리자 함께 등줄을 타고 흘러내렸다. 그렇게 몸을 타고 내려간 기의 덩어리는 척추를 통하고 허벅지를 통해서 발 끝까지 천천히 빠져 나갔다.

그러한 태진의 모습은 기지개를 오래도록 켜고 있는 모습 같았다.

뭉친 기가 발끝으로 빠져나가자, 태진의 몸에 쌓였던 피로들도 모두 기와 함께 빠져나갔다.

태진은 다시 기분이 상쾌해졌다. 그러자 세상 모두가 건강한 상태로 보였다.

태진은 먼 산을 바라보면서 다시 생각했다.

독수리가 있는 자미산은 어디쯤에 있는 것인가?

태진은 그 산을 찾아야 한다는 생각에 가득 찼다.

'나의 숙제가 그 곳에 있고, 나의 해답이 그 곳에 있다.'

그렇게 태진은 확신을 갖고 있었다.

죽음의 길목에서 친구를 만났고, 운몽선사와 진각선사를 만났다. 그리고 어느덧 자신은 새로운 길을 걷고 있는 것이다.

태진은 다시 깊은 사색을 하였다.

'내가 만난 모든 사람들은 나에게 무엇이던가?

지금 나는 죽었는가, 살았는가?

존재한 인식의 존재의 허상인가, 인식된 존재의 허상의 존재인가? 나의 지난 날들은 시간의 것들인가, 신의 것들인가? 아니면 나의 것들인가, 자연의 것들인가?

나의 존재가 무엇에 의하고, 무엇을 위하고, 무엇에 대하여 있어야 하는가?' 하고 태진은 자신에게 그렇게 물었다.

죽음 앞에서 친구를 만나고부터 갑자기 바뀌어 버린 자신에 대하여, 태진은 이제 깨침의 고행길이 지난 삶의 고통보다 더하다 하더라도, 새 길을 버릴 수가 없는 상태가 되어 버린 것이었다. 이 모든 일들은 친구 옥래로부터 시작된 일이었다.

처음엔 호기심으로 빛을 쫓아 하늘을 날으는 새가 되었으나, 이제 그 날으는 새는 화살이 되어 거대한 진리의 불길로 세차게 쏘아 올려지고 만 것이었다.
화살촉 앞 거대한 불덩이에 겁이 나서 도망치려고 해도 이미 때가 늦었다. 이제, 그 빛덩이와 싸워야만 할 수밖에 없는 것이었다. 진리의 공포는 무지의 공포보다 더 무서운 것이니, 차라리 진리의 노예가 되더라도 그의 심장에 화살을 명중시켜야 할 수밖에 없는 것이었다.
그리고 그러한 자신의 새로운 탄생은 자신의 부활이라고 생각했다.

태진은 다시 발길을 재촉하였다.
작은 계곡을 지나서, 또 하나의 산을 향하고 있었다.
바위틈 사이에서 신선한 샘물이 넘쳐 흐르고 있었다.
태진은 목이 말라 물이 흐르는 곳으로 갔다. 그리고 두 손을 모아 수정같이 맑은 물을 떠서 벌컥벌컥 마셨다.
목으로부터 몸 속이 확 뚫리듯이 그렇게 생수는 흘러들었다.
몸과 정신이 깨끗한 물에 세척이 된 듯이 맑게 번쩍 개었다.
새롭게 기운이 더욱 솟아 올랐다.
그리하여 태진은 높은 하늘을 오르듯이, 또다시 높은 산을 오르기 시작했다.

그의 모든 깨우침들이란, 애초에 자신 속에 근원적으로 들어있는 것들을 꺼내 놓고 있는 것이었다.
태진은 그렇게 깊은 사색을 하면서 우주의 근원과 인간의 근원신성들을 찾고 있었다.
그리고 고개를 들고 일어나서 두 손을 번쩍 들었다.
"우주여 영원하라! 자연의 생명체들이여 영원하라! 인간이여 영원하라!" 그렇게 크게 소리를 쳤다.

그리고 아득한 산하를 보며 시를 한 수를 조용히 읊었다.

"핏줄 미로의 동굴 속으로 용이 나른다.
이제 정신의 지팡이에 용의 눈을 박아라
용의 눈은 미로의 한 가운데에 있다.

높은 산으로 서서 하늘을 이고 숲을 안아
빛들의 창조와 그늘의 사랑을 만났을 때에
그때에 천도의 지팡이 얻을 수 있을 것이리니-

핏줄 미로의 동굴 속으로 용이 나른다.
모든 정신의 지팡이에 용의 눈을 박아라
용의 눈은 미로의 한 가운데에 있다."

그렇게 자신을 위로하는 심중으로 자신의 길을 다짐 한다.

10. 일곱 번째 산

그렇게 사색을 하며 긴 여정을 이끌고 일곱 번째 큰 산을 오르게 되었다.

옥래와 헤어지고 산사람이 되어서 산들을 탐험한지가 벌써 칠일째가 되었다.

그리고 지나온 산봉우리들을 둘러보니, 어쩌면 친구 옥래가 언젠가 말했던 신비한 자미원 형국이 보였다.

산맥을 따라서 솟아오른 산봉우리들이 북두칠성 형국의 형세를 하고 있었기 때문이었다.

정말이지 그곳에서는 예전에 못 느꼈던 상서로운 기운을 강하게 내뿜고 있었다.

그리고 다시 보니 갑자기 산봉우리가 크게 다가서듯이 보였다.

그리고 높은 정상에는 커다란 느티나무가 우뚝 서 있었다. 그리고 그 위로는 독수리가 빙빙 돌고 있었다.

그리하여 다시 눈을 비비고 자세히 보니 느티나무도 독수리도 없었다. 헛것을 잠간 본 모양이었다.

산 주위를 둘러보니 멀리 산정상의 절벽 아래로 석굴이 하나가 보였다.

그렇다면 이곳은 자신이 자살하려고 올랐던 그 석굴산이 아닌가?

자세히 보니 분명 친구 옥래를 만났던 석굴이 있는 그 산이었던 것이다.

태진은 그렇게 일곱 개의 산들을 돌아서 옥래와 헤어졌던 그 석굴이 있는 산으로 되돌아온 것이었다.

처음에 이 산을 찾았을 때의 태진은, '무지한! 무지한!' 그렇게 울부짖으며 자살을 위하여 오르던 산이었다.

세상의 이방인이 되어서 세상을 원망하며 육신을 죽이고자 산을 올랐었던 것이다.

그리고 높은 석굴에서 세상을 향하여 자신을 날려 보내려고 하였었다.

그런데 석굴에서 친구 옥래를 만나게 되었고, 그에게 설득이 되어 이끌려서, 자아를 되찾게 되었다.

그리하여 이제는 산사람이 되어서 세상을 다시 보게 되었던 것이다.

그리하여 태진은 이제 다른 사람이 되어 있는 것이다.

일곱 개의 산봉우리들을 넘어오면서 천지인의 이치를 깨우치고 자연정기사랑을 크게 품었으니, 그는 천정인(天情人)으로 변하여서 석굴산으로 되돌아온 것이었다.

태진은 멀리 산정 아래의 석굴을 바라보면서 생각을 했다.

그동안 친구 옥래는 어떻게 되었을까? 지금 저 석굴에 그가 되돌아와 있을 것인가? 아니면 떠나 버렸을까?

그런 생각을 하자니 태진은 옥래가 갑자기 그리워 졌다.

그래서 태진은 석굴 쪽으로 급히 발길을 돌렸다.

옥래가 틀림없이 석굴에서 자신을 기다리고 있을 것 같았기 때문이다.

석굴까지 오르자니 산은 험했다.

그러나 태진은 항시 다니던 길을 찾아가듯 능숙하게 바위 절벽을 타고 석굴을 향하여 올라갔다.

그의 몸에서 일어난 기들은, 감지력의 방향 판을 가진 듯 가볍게 길을 찾아가고 있었다.

그는 쉬지 않고 계속 깎아지른 절벽을 타면서 산을 오르다 보니 그의 몸에서는 땀이 솔솔 배어 나왔다.

그리하여 드디어 그는 석굴 입구에 올라선 것이다.

그리고 거친 숨을 몰아쉬면서, 태진은 안을 향하여 큰 소리로 불렀다.

"안에 누구 있는가?"

그러나, 아무도 없는지 대답이 없었다.

'아무도 없다! 그렇다면, 태진과 헤어진 후로 다시 석굴로 돌아오지 않은 것이 아닌가?'

태진은 그런 생각이 들자, 와락 외로움 같은 것을 느꼈다.

"나를 기다리지 않고 떠나 버리다니-."

태진은 그렇게 혼자 중얼거렸다.

서운함이 석굴 안에 가득 차 있는 것 같았다.
그는 안으로 몇 걸음 들어서며 한숨을 푹 내쉬었다.

그때였다.
"자네는 언제나 나를 귀찮게만 할 텐가?"
"응?!" 그가 있었다.
태진은 놀라움과 반가움이 후끈하고 일어났다.
"깊이 잠든 사람을 깨웠으면 옆에 와 앉을 것이지, 왜 서성이고만 있는 것이야?"
깜깜한 석굴 속에서 옥래가 그렇게 말했다.
"이 깜깜한 곳에서 촛불이라도 켤 일이지 도통 분간할 수가 없지 않은가? 나는 자네가 없는 줄 알고 무척 서운해했었네."

태진은 석굴 안쪽으로 몇 걸음을 더 들어섰다.

"서 있는 자리에 그대로 앉게! 불은 켜지 않아도 안은 환하니까. 자네는 아직도 어둠을 볼 수 없는 장님일세 그려!"
"여기까지 올라올 때는 밤인데도, 어둡다고 생각하지 않고 잘도 찾아 왔는데, 이 곳은 너무 깜깜해서 아무것도 안 보이네!"
"그것 보게! 올라올 때는 자네가 온 몸에 불을 켜고서 올라왔으나, 여기에 도착하자마자 마음을 놓고 말았기 때문에 마음의 불이 꺼진 것이 아닌가? 조용히 앉아서 눈을 감고 마음의 불을 다시 켜 보게! 그러면 이 안이 다시 환하게 밝아질 걸세!"

옥래가 그렇게 말했다. 그러자 태진은, 역시 이 친구는 언제나 나보다 많은 것을 알고 있구나, 하는 생각을 하였다.

"나를 그렇게 혼자 두고 떠나 버리면 어쩌자는 것이었나? 이 무심한 친구야!"
"내가 자네를 아는데 무슨 걱정을 하겠는가? 자네는 언제나 내 말을 잘 들었기에 내 말대로 산사람이 될거라고 믿고 있었으니까!" 옥래는 그렇게 말하고 태진을 빤히 쳐다보았다.

자살을 하려던 태진은 옥래의 설득에 마음을 고쳐먹고서 산사람의 길에 들어서게 되었던 것이다.

그리하여, 여러개의 산들을 탐험하면서 숲과 나무들과도 대화를 하고, 산과 하늘과도 대화를 하면서 많은 사색을 하였다.

그리고 이시대의 세상이치와 우주 자연섭리들과 자아의 근원들을 깨우치면서 수많은 삶과 영혼의 대화들을 해 왔었던 것이다.

그리고 산들을 등정하는 과정에서, 산사람들인 선각자 운몽선사를 만났었고 진각선사도 만나게 되어서, 그들의 높은 경지를 전수 받기도 하였다. 그리하여 이제는 옥래의 말대로 산사람이 되어서 돌아온 것이었다.

태진은 반가워서 옥래에게 투정을 하고 있었지만 반가웠다.

옥래는 웃으면서 다시 말했다.

"허! 허! 그렇게 버리고 왔으니까 자네가 이렇게 다시 살아서 돌아오지 않았는가? 그리고 귀하신 운몽선사와 진각도 만날 수가 있지 않았겠는가?" 하고 웃었다.

"아니! 자네가 어떻게 그분들을 안단 말인가?"

태진은 옥래가 운몽선사와 진각선사 얘기를 하자 놀랐다.

그렇다면, 옥래도 이미 운몽선사와 진각선사를 알고 있었단 말이 아닌가? 하고 생각을 했다.

"그분들을 잘 알고 있다뿐이겠는가? 그동안 자네가 겪은 일 까지도, 모두 다 알고 있다네!"

옥래는 그렇게 말하고 태진의 손을 잡으면서 다시 말했다.

"어쨌든, 자네는 보통 사람이 아닌 것은 분명해! 자네 어머님 말씀이 조금도 틀리지 않았네! 운몽선사께서 저녁나절에 이 곳을 다녀갔었다네. 선사께서는 자네가 이 곳에 도착할 때쯤에는 자네가 이미 독수리산을 발견했을 것이라고 하셨네!

그동안 산 사람들이 못 이룬 산정의 축제를, 자네가 이룰 수 있다고 하니 나는 꿈만 같다네. 운몽선사는 자네와 같은 강한 기와 탐성을 갖지는 못했으나, 사물을 꿰뚫어 보고 예언할 수 있는 그런 능력을 가지고 있다네! 참으로 자네는 아주 짧은 시간에 굉장한 깨우침을 많이도 해낸 것이야."

옥래는 태진의 두 손을 더욱 꼭 잡으면서 그렇게 말했다.
그러자, 옥래의 손으로부터 온화한 열기가 태진의 몸으로
순식간에 퍼져 들어왔다.
그러자 태진은 잠시 놀랐다. 그것은 언젠가 진각선사와 인
사할 때의 느꼈던 그런 느낌과 꼭 같았다.
그러자, 태진과 옥래의 몸에서 밝은 광채가 함께 일어났다.
그리고 어두웠던 석굴 안이 환하게 밝아지고 있었다.

"아!" 하고 태진은 짧게 탄성을 하고 옥래를 바라보았다.
태진은 옥래도 진각선사만큼이나 도력이 높다는 것을 그제
서야 알게 되었다.

"내가 옥래 자네를 너무도 모르고 있었던 것 같네! 도시
구석을 떠도는 얼치기 철학자로만 알았던 나를 용서하게!
자네도 진각선사의 도격처럼 그렇게 높은 경지에 있다는 것
을 이제야 알 수 있을 것 같네."
태진은 옥래에게 그렇게 말했다.

그러자 옥래는 겸연쩍은 표정을 지으며 조용히 눈을 감았
다.

"나는 자네처럼 갑자기 폭발하여 깨치는 그런 큰 힘이 없
고, 잔잔하게 깨치는 작은 힘들밖에 없다네. 그러하니 자네
는 높은 독수리산을 정복할 수 있고, 나는 도시에 접하는
작은 산자락들 뿐만이 정복할 수밖에 없다네. 따라서, 자네
는 위대한 사상을 일으켜 하늘에서 빛과 천둥과 비로써 새
로운 미래를 창조할 수 있지만, 나는 도시 속에 작은 진리
들만 제공할 수밖에 없다네. 그것이 나의 한계일세!" 옥래는
태진과 자신을 그렇게 비교하면서 자신을 낮춰 말했다.

"그런 겸손한 농담은 하지 말게! 옛날부터 자네의 정신은
언제나 나를 앞서가고 있었으니까 말일세! 그건 그렇고, 자
네는 왜 산 사람이 되었었는가?"

태진은 말머리를 돌려서 옥래에게 그렇게 물었다.

그러자 옥래는 눈을 감고서 낮은 목소리로 말했다.

"참으로 정해진 운명이라고나 할까.
 나는 태어난지 3년만에 산 사람에게 입적되었었네. 그리하여, 운몽선사와도 그때 인연을 맺게 되었지. 그러나, 사람은 도시에서 살아야 했기 때문에, 도시에 내려와서 학교를 다니고 긴 세월 동안 사회생활을 하고 살았었던 것이야. 그러나, 어릴 적부터 나는, 도시 속의 삶보다는 산사람의 길이 더 맞았기 때문에, 나는 도시 삶의 좋은 조건들을 모두 뿌리치고 결국은 이렇게 산 사람의 길을 다시 택하고 말았던 것이지."

 옥래는 그렇게 말했다. 그리고서 회한에 찬 얼굴에 무거운 그림자를 드리우고 있었다.
 태진은 옥래의 얼굴을 바라보고만 있었다.

 한참 후, 옥래가 눈을 다시 뜨고서 두꺼운 노트 한 권을 꺼내더니, 태진 앞에 내 놓았다.
 "이 노트엔 그동안 내가 산과 도시에서 깨친 삶의 진리들을 모두 담아 두었으니 자네가 간직하고서 읽어보게. 이것이 내가 자네에게 주는 나의 선물일세!"
 "자네의 귀중한 기록들을 왜 나에게 준단 말인가? 꼭 금방 죽을 자가 유언장을 내 놓는 것처럼?"
 태진은 의아한 눈빛을 감추지 못하고서 그렇게 말했다.
 "이 친구야! 그 속의 내용들은 내 속에 모두 들어있는 것들이니, 그 기록장이야 나한테는 짐밖에 더 되겠는가?"
 "나는 자네한테 줄 것이 하나도 없는데 받기만 하면 되겠는가?"

 "아닐세! 자네가 독수리산에 올라 신성의 비기를 펼칠 때가 되거든, 그때에 그 비기의 책을 나도 자네 덕분에 볼 수가 있을 테니까 그걸로 족하네. 그것으로 자네와 나의 인과에 대한 서로의 빚을 갚는 셈으로 치세!"
 옥래는 그렇게 말하고, 태진의 어깨를 툭툭 치면서 웃었다.

 "나는 아직도 그 산을 찾지 못하였다네. 내 앞에서 몇 번 스치듯 떠오르기만 했을 뿐, 나 또한 그 산이 어디에 있는

지 아직 모르고 있는 것일세."

"그런 소리 말게! 자네 소식을 전하고 운몽선사께서 이 곳을 다녀간 후, 이 곳 석굴에는 큰 회오리바람이 일었었네.
내가 참선을 하고 있다가, 깜짝 놀라 밖을 내다보니, 커다란 독수리 한 마리가 석굴 입구에 날아와 앉아 있었네. 내가 그 독수리를 보고 놀라자, 그 독수리는 이내 날개를 펴고 날아서 석굴 위 하늘을 몇 바퀴 돌다가 멀리로 날아갔었네.
그것은 자네가 이곳으로 곧 온다는 운몽선사의 예언과 같은 것이었네. 그리고 그것은 독수리산을 자네가 오르게 될 것이란 예징이 아니고 무엇이겠는가? 부디 수천년 동안 산사람들이 풀지 못한 그 비기를 자네가 풀어 주길 바라네!"

옥래는 태진에게 그렇게 말하고 나서, 석굴 안쪽으로 몸을 돌려 앉았다. 그리고 눈을 감고서 참선의 자세로 들어가는 것이었다. 태진은 그러한 그를 지켜보고 있었다.
상체를 곧게 펴고 앉은 그의 뒷모습이, 꼭 진각선사의 뒷모습 같다고 생각했다.

태진은 그를 방해하지 않으려고 석굴 입구 쪽으로 몇걸음 나와 밖을 향해 몸을 돌리고 앉아서, 그가 준 기록장을 펼쳐 보기 시작했다.
태진은, 옥래의 기록들을 한 구절씩 읽어 가노라니, 온몸이 점점 긴장되어 갔다. 한 두 소절씩으로 되어있는 짤막한 글들은 모두 잠언들이었다. 그리고 그 잠언들 속에는 심오한 진리들을 담고 있었다. 그것은 친구 옥래가 깨친 새로운 철학의 사상을 담고 있는 것이었다.

태진은 그 기록장을 나중에 정독하기로 하고, 대충으로 많은 장들을 훑어서 넘기고 있었다. 잠언에 메겨진 번호 수가 천여 종에 달하고 있었다. 그런데 기록장 3분의 2쯤에서 태진은 새로운 글을 발견하였다.

『천기의 혈터』 큰 글씨로 그렇게 쓰여져 있었다.
그것은 옥래가 천기의 땅에 대한 깨우침들을 써 놓은 것이었다.
대략 훑어보니, 옥래의 천기의 혈터는 우주의 천기를 근원으로 하고 만물의 이치를 덕으로 한, 천지인의 천기 도법이었으며, 지구생명의 땅의 섭리이치와 땅의 정기를 풀어내는 생명의 진리 법서인 것이었다.

그리고 천기가 뭉친 수많은 땅의 혈터들을 기록해 두었다.

태진으로서는 옥래에 대하여 또 다른 한 면을 발견한 것이었다.

태진은 옥래를 돌아보았다.

그는 꼼짝을 않고서 아직 그대로 참선을 하고 있었다.

태진은 기록장을 조용히 접었다. 그리고 운몽선사께서 주었던 비서와 함께 가슴 깊이 넣고 옷을 저몄다.

석굴밖에는 달이 벌써 중천을 지나 서편으로 흐르고 있었다.

하늘은 환하였고, 회색빛 산봉우리들은 하늘의 허리까지 솟아서 웅장한 모습들을 하고 있었다.

"피곤할 테니 그만 한잠 붙이지 그러나?"

꼼짝하지 않은 자세로 옥래가 낮은 목소리로 말했다.

"아무렇지도 않으니 걱정하지 말게! 자네가 준 기록장은 꼭 간직하였다 틈틈이 읽어서, 자네의 높은 철학과 사상을 얻도록 하겠네."

태진은 옥래에게 그렇게 말하고, 석굴 입구로 나와 앉았다.

11. 여덟 번째 산

달빛이 내려 깔린 산하를 바라보니, 높은 곳에 위치한 석굴은 산 제비 둥지처럼 외롭게 느껴졌다.

그때에 태진은 옥래와 함께 어머님의 뱃속에서 자라고 있는 쌍둥이 아이처럼, 땅의 쿵쿵대는 맥박 소리를 함께 듣고 있다는 느낌을 받았다. 그리고 어쩌면, 새로 태어나려는 아이처럼 성스러운 공포도 함께 느끼고 있었다.

그는, 대지의 자식으로 태어나서, 이제 하늘의 자식으로 다시 태어나야 한다는 생각을 하고 있었다.

그것이 남은 생에서 그가 할 일이라고 생각했다.

태진은 석굴 바닥에 두 손을 접고 엎드려서 조용히 눈을 감았다. 접혀진 두 팔 위에 올려진 그의 옆얼굴 위로 달빛이 부드럽게 와 닿고 있었다. 포근하고 평화로운 순간이 되었다.

그때였다.

"해뜨기 전에 석굴 머리 위로 오르거라! 그 정상에서 12성과 3인을 만나게 될 것이니라!"

태진은 눈을 번쩍 떴다. 갑자기 들리는 소리는 귀로 들리지 않고 가슴으로 들리는듯 했다. 그리고, 그 소리는 땅 속으로부터인 것도 같고 달빛으로 온 것도 같았다.

뒤돌아보니 옥래는 여전히 앉은 채 잠을 자고 있는 듯 조용했다. 옥래가 그런 소리를 했을 리도 없었다.

태진은 깊은 생각에 빠져들었다.

해 뜨기 전에 석굴산의 정상으로 오라는 것이 아닌가?

그리고 자신이 이곳에 도착했을 때, 석굴산이 커다랗게 다가섰었다.

그리고 그 산정상에는 커다란 느티나무가 있었고 독수리가 그 위를 날고 있던 것을 잠시 보았었다.

그러나, 지금 다시보아도 석굴산 정상에는 느티나무가 없지 않은가? 그리고 독수리도 없다.

태진은 몸을 벌떡 일으켜 세웠다. 그리고 옥래에게로 다가갔다.

"자네 지금 무슨 소리 듣지 못했는가?"
"………."

숨소리도 들리지 않은 채, 석굴 안을 향하여 좌선을 하고 있는 옥래는 대답이 없었다. 태진은 더 묻지 않았다.

그리고 그는 친구를 그대로 두고서 밖으로 천천히 나왔다.

태진은 생각했다. 독수리산이란 영혼 속에 존재하는 그런 산이던가?

그런데 석굴산이 그 산이라면, 석굴산은 영혼의 산과 같이 자미산이 되는 것이다.

산 중에서 가장 높은 산이면서 가장 험한 산세를 한 석굴산이 그런 산이라니! ―.

태진은 그렇게 생각을 하며 하늘 위로 뻗어 오른 석굴산을 올려다보았다.

그리고 그는 천천히 자신도 모르게 발걸음을 옮기기 시작했다.

그는 그렇게 달빛이 비치는 암벽을 따라 석굴산의 봉우리를 향해 오르기 시작한 것이었다. 깎아지른 절벽은 아슬아슬했다.

그가 알고 있는 옛 석굴산은 분명 느티나무도 독수리도 없었다.

그러나 그는 온 몸에 기를 일으키고서 한발 한발 봉우리를 향해 오르고 있는 것이었다.

그것은 그가 산을 오르는 것이 아니요, 그의 영혼이 산을 오르고 있는 것이었다.

또한 그가 산을 오르고 있는 것이 아니요, 산이 그를 끌어 올리고 있는 것 같았다.

그는 해가 뜨기 전에 석굴산의 봉우리에 올라야 한다고 생각했다.

이제 그에게는 익숙해져 있는 산과 영혼의 탐험이었다.
그의 정신은 높은 하늘이었다. 그리고 그의 넓은 가슴의 대지 속에는 용암 같은 뜨거움이 꿈틀거리고 있었다.
그리고 그의 육체 또한, 모든 세포들이 문을 열고서 기들을 내뿜고 있었다.
그리하여 육영의 모든 기들은 날개를 달고서 산봉우리를 향해서 함께 오르고 있는 것이었다.

석굴 산봉우리는 가까웠으므로 오르는데 많은 시간이 걸리지 않았다.
정상에는 거대한 바위로 넓은 산봉을 이루고 있었다.

태진은 꼭대기 바위를 올려다보았다.
그런데 그 산봉 위에 어떤 사람이 우뚝하니 앉아 있는 것이 보였다. 누구일까? 누가 먼저 와 있는 것인가?
태진은 당황스러움과 설레임이 함께 일어났다.
그는 있는 힘을 다하여 급히 정상으로 올라갔다.

달빛이 그 사람의 온 몸을 하얗게 비추고 있었다.
태진은 그에게 가까이 다가가서 살펴보았다.
우뚝하니 앉아 참선을 하고 있는 그를 보자, 태진은 그만 놀라지 않을 수 없었다.
그는 석굴에 혼자 앉아 있을 친구 옥래가 아닌가?

"아니! 자넨 언제 이곳에 왔는가?"
"자네는 이 곳을 먼저 찾았지만, 나는 자네를 먼저 찾았기 때문에 내가 먼저 온 것 뿐일세! 자네의 마음은 언제나 내 속에 있는 것과 같다네. 그렇기 때문에 자네 속을 먼저 들여다볼 수 있었기 때문에 내가 자네보다 더 빨리 이곳에 도착한 것 뿐이라네." 그는 앉은 자세 그대로 무표정한 얼굴을 하고서 그렇게 말하고 있었다.

태진은 정신을 가다듬고 다시 생각해 보았으나, 그가 먼저 이곳을 올라올리는 없다고 생각되었다.
그렇다면, 저 친구의 몸은 석굴에 있고, 영혼만이 이곳에 와 있단 말인가? 그리고 석굴에 앉아 있던 자세, 그 자세로 앉아 있는 것이 아닌가?

"이상하게 생각하지 말고 이리 와서 잠시 기다리게나! 자네가 만날 사람이 또 있으니 말일세!"
옥래가 그렇게 말하고 자리에서 일어섰다.

그때, 북쪽 편으로 또 한 사람이 올라오고 있었다.
태진은 그 사람을 바라보았다.
그 사람은 분명 운몽선사가 틀림없었다.
백발의 머리와 긴 수염을 날리며 올라 온 운몽선사는, 옥래를 향해 숨이 찬 목소리로 말했다.

"진각선사! 그렇게 재촉을 하면 이 늙은이가 힘이 남아나겠는가?"
"어서 오시지요! 친구 태진이가 우리를 두고서 혼자 독수리산으로 떠나려 해서 급하게 불렀소이다."
두 사람이 그렇게 인사를 주고받았다.

이게 무슨 소리인가?
그렇다면 진각선사가 바로 옥래였단 말인가?
태진은 두 사람을 번갈아 보다가, 운몽선사 곁으로 다가갔다.

"도대체, 어찌된 영문입니까?"
"헛! 허! 허! 아직 모르고 있었느냐? 저 놈이 바로 진각이란 놈이다! 나도 저 놈의 괴짜 같은 행실에는 진력이 나 있다. 자! 둘 다 이리 와서 앉아라!"

운몽선사가 그렇게 말하고 자리를 잡고 앉았다.
옥래가 태진의 곁으로 와서 태진의 두 어깨를 두 손으로 꼭 붙잡으며 미소를 지었다. 그리고 태진에게 말했다.

"그렇게 할 수밖에 없었네! 그 동안 자네를 위해서도 그랬지만, 나 또한 자네를 내 자신보다 더 사랑했기 때문에 그리했었네."
옥래는 그렇게 말하고, 태진의 손을 끌고서 운몽선사 곁으로 갔다. 그리고 둘은 운몽선사 앞에 서로 마주보고 앉았다.

태진은 말문이 막혀 있었다.

옥래는, 태진을 죽음에서 구하려고 산을 다시 내려가게 하였었다. 그리고 방황하는 자신의 자아를 다시 돌아보게 하였다. 그리하여 고통 속에 갇힌, 태진 자신의 두꺼운 삶에 대한 알의 껍질들을 부수게 하였다. 그리고서, 자신을 산 사람으로 다시 태어나게 하였다.

그러한 그가 바로 친구인 옥래였고 진각선사였으니, 태진은 참으로 놀라지 않을 수 없었다. 태진은 그만 눈물이 핑 돌았다.

옥래는 그렇게 그에게 있어 가장 귀중한 친구요, 고귀한 인연이었던 것이다. 태진은 그만 기쁨의 눈물을 흘리었다.

그러자 옥래는 태진의 두 손을 꼭 잡아 주었다.

운몽선사는 두 사람을 번갈아 보면서 말했다.

"이제 그만 되었다! 이제 두 사람은 형제처럼 함께 잘 지내도록 하여라!"

그렇게 말하고 나서 운몽선사는 주위를 둘러보며 다시 말했다.

"여기는 북극성과 같은 여덟 번째 산의 입구에 와 있다. 아무나 찾을 수 없도록 감추어진 천장지비(天藏地秘) 자미원의 자미산 입구이다. 여기 세 사람은 모두가 인간영혼의 자미계가 열렸기 때문에 이곳에서 만나게 된 것이다. 이제부터 그대들이 힘을 함께 모은다면, 이 세상에서 더 많은 일들을 해낼 수가 있을 것이다."

운몽선사의 말에 옥래와 태진은 서로 눈을 마주치며 놀랐다.

그리고 이내 말뜻을 알아 듣고서 미소를 지으며 서로는 짝을 찾은 듯이 반가움에 젖어 들었다.

그렇게 세 사람이 만나게 되자, 태진은 정신을 가다듬었다.

그러자, 석굴에서 들려 왔던, 12성과 3인이란 말 중에 세 사람이란 곧 여기에 있는 세 사람이란 것을 이제야 알게 되었다.

그리고 세 사람은 함께 자미산정을 오르게 되어있는 것이었다.

태진이 그것을 알게 되자, 세 사람의 인연 또한 보통의 인연이 아님을 알 수가 있었다.

[제2부] 산정의 대화

<백호그림 / 박옥태래진 소장품.>

12. 3인과 12성

태진이 말했다.
"산정에서 12성과 3인을 만날 것이라 하였습니다.
그런데 3인은 여기 세 사람인 듯하니, 우리 3인은 이미 산정에 초대되었습니다."
그러자 운몽선사는 진각과 태진의 손을 마주잡고 말했다.
"태진이라는 큰 별이 하늘에 높이 떠서 길을 인도하니, 진각과 나의 길도 이제야 열리는가 보네 그려! 허! 허!."
하며 크게 웃었다.

아직까지 운몽선사는 태진이라는 이름을 부른 적이 없었다.
그렇다고 태진 또한 자신의 이름을 말한 적도 없었다.
언제나 운몽선사는 태진을 젊은이라고만 했었다.
그런데, 운몽선사는 어떻게 알았는지 이제야 태진의 이름을 부르고 있는 것이었다.
태진을 보고 큰 별이라 함은, 이름 글자의 클태(泰)자와 별진(辰)자의 뜻을 풀이해서 하는 말이었다.
세 사람은 무릎을 서로 맞대고 앉아 있었다.

"태진은 독수리산을 알고 있었는가?"
진각이 태진에게 말했다. 그러자 태진은 조용히 말했다.
"우리가 자미산 입구에 도착했으니 이제 자미산을 올라야 합니다. 그런데 아직 길을 찾을 수 없으니 우리 세 사람이 힘을 합하여 천기를 모아 봅시다. 모두 등을 맞대고 앉아서 무릎 위에 두 손을 모아 가볍게 올려 보세요."
세 사람은 여러 번 해 보았던 것처럼 모두가 돌아앉아 등을 맞대었다. 그러자 태진이 다시 말했다.
"모두 힘을 합쳐서 각자의 영혼 속 자미계를 찾아서 떠납시다.
독수리가 있는 자미산은 영혼의 자미계를 통해야만 찾을 수가 있기 때문입니다.
그러려면 커다란 천기를 일으켜야 합니다.

이제, 아랫배 위에 두 손을 가볍게 올리고서, 같은 손가락 끼리 끝을 맞대어서 십지합을 이루어 봅시다.

그러면 우리 몸의 음과 양의 기가 만나서 천지인의 기를 쉽게 일으킬 수가 있습니다. 그리고, 두 손안에는 자신의 심장을 담은 듯이 자신의 천정들을 그 속에 담아 보세요. 그리고, 눈은 반만 뜨고서, 육체의 모든 세포의 기들을 일으켜 세우고, 정신의 촉등에 불을 켜 보세요. 그리고서 두 손을 출구로 하여 천기를 천정으로 바꿔서 만물들을 향하여 모두 내보내 보세요. 그리하면 정신 속에서 빛이 일어납니다. 그리하고 나면, 그 정신의 하늘로부터 서서히 영혼의 문이 열릴 것입니다. 이것은 두 선사님께서도 쉽게 할 수 있는 방법이지요.

그러한 경지에 이를 때에 눈을 스르르 다시 뜨고 보면, 자신 앞에 커다란 하나의 우주를 만나게 될 것입니다.

그리고, 몸은 가볍고 평화로운 상태가 되지요. 그때에, 자신이 하고자 하는 사색의 문제들을, 빛이 가득 채워진 영혼의 우주 속에 독수리가 날개를 펴듯 펼쳐 보세요.”

태진은 자신이 깊은 사색에 진입할 때에 습관처럼 하던 그 방법들을 두 선사께 말했다.

그리고 얼마마한 긴 시간이 흘렀다.

셋은 삼각의 형태로 돌아앉아서 모두 돌부처처럼 하고 있었다.

적막의 순간이 이어졌다.

그러던 어느 순간에 태진은 자신의 몸이 깃털처럼 가볍게 공중에 붕 떠 있는 상태가 되었다.

그러자 태진은 곁에 있는 모두를 둘러보았다. 두 선사와 자신의 몸에서 밝은 광채가 일어나서 주위가 환해져 있었다.

그때에 두 사람도 태진과 같이 눈을 크게 뜨고 있었다.

그리고 모두는 본 것이었다.

순간 세 사람은 자리에서 벌떡 일어섰다.

세 사람이 선 바로 앞에는 없었던 산 하나가 솟아 있었다.

그리고 그 산 위에는 수천년의 풍상을 겪은 듯한 우람한 느티나무가 우뚝한 모습을 드러내고 있었다.

우뚝 솟은 그 산은 그들이 앉아 있는 산봉과 바로 연결이 되어 가깝게 있었다. 어쩌면 그 산은 어둠 속에 숨어 있다가 갑자기 나타난 것 같았다.
 태진은 설레이기 시작했다. 그리고 그는 입을 열었다.

 "모두 가 봅시다! 우리가 찾던 곳이 바로 저 곳이로군요!"
 그리고서 태진은 앞장을 섰다. 그러자, 두 사람은 서로 마주보며 고개를 끄덕이고는 말없이 태진의 뒤를 따랐다.

 어느덧 긴 시간이 흘렀다.
 그때에 달은 이미 서쪽으로 져 버렸다. 그리고 동쪽으로부터는 뿌옇게 먼동이 트고 있었다.
 세 사람이 만나고서 정신 속 영혼으로 향하는 천도의 기공을 잠시 한 것 같았는데, 그 시간은 그렇게 긴 시간이었던 것이다.

 아침 태양이 얼마 후면 떠오를 것 같았다.
 세 사람은 그렇게 새벽이 되어서야 독수리 산정을 함께 올라가게 되었던 것이다.
 그리고 얼마 후, 세 사람은 드디어 독수리 산정에 올라섰다.
 해 뜨기 전 이었으나 세상은 벌써 환해졌다. 그러나, 산 아래로는 안개가 자욱하게 깔려서 아무것도 보이지 않았다.
 높은 산정은 구름을 깔고서 하늘 위에 우뚝하니 떠 있었다.

 산정 위는 넓었다. 그리고 산정 한 가운데 커다란 느티나무 위에는 독수리 한 마리가 둥지를 틀고 알을 품고 있었다.
 그리고, 그 나무 아래로는 바위로 된 탁자가 크게 놓여져 있었고, 바위 탁자 주위에는 여러사람들이 둘러앉아 있었다.
 3인과 12성을 만나리라 했으니, 산정에 12성자가 있을 터였다.

 태진은 탁자 주위에 앉은 사람들을 세어 보았다.

 모두 열 사람이었다.
 그렇다면, 두 사람은 아직 도착하지 않았단 말인가? 태진은 그렇게 생각했다.

그때 동쪽에서는 아침 태양이 둥실 떠오르고 있었다.

그러자 산정 위는 아침 햇살로 가득 채워졌다.

셋은 천천히 탁자 곁으로 다가섰다. 그러자 그곳에 있던 사람들이, 세 사람을 기다렸다는 듯이 모두 일어서며 목례를 하였다.

태진과 운몽선사와 진각 또한 그들에게 목례를 하였다.

그리고 셋은 빈자리를 찾아갔다.

태진은 빈자리에 앉으면서 그들을 둘러보았다.

그런데 어찌된 일인가? 그들은 모두 아는 얼굴들이었다.

그들은 태진이 산을 넘을 때 주위에서 맴돌던 그들이 아니던가?

그렇다면 저들이 12성이었단 말인가?

태진은 그제서야 12성이 누구인지를 알 수 있었다.

그런데 10명이 보이고 2명이 눈에 보이지 않았다. 그렇다면 눈에 보이지 않은 자는, 분명 영혼과 그림자일 것이었다.

태진은 그들을 모두 알고 있었기 때문이었다.

그렇게 하여, 산정의 탁자 둘레에는, 3인과 12성이 모두 모인 것이었다.

태진은 12성을 차례로 둘러보았다.

그들 모두는, 그가 아는 선성과 악성과 애성, 그리고, 본성과 감성과 이성, 그리고 또, 정신과 육신과 지성이었고, 또 다음은 그림자와 영혼 그리고 개척성. 이렇게 모두 12성인 것이었다.

그렇다면 모습이 아니 보이고, 자리만 남겨져 있는 곳에는 영혼과 그림자가 앉아 있을 터였다.

태진은 그들을 모두 잠깐씩 만난 적이 있었으므로, 그들의 개성과 성격들도 대략은 알고 있었다. 태진은 그들을 따로따로 만난 적이 있었지만, 이렇게 한꺼번에 만나기는 처음이었다.

산정 위에 3인과 12성 모두는 자리를 함께 하였으나, 첫 대면이라 그런지 모두가 조용하게 말이 없었다.

오늘의 만남에서 저들은 진지한 어떤 얘기들을 하려는 모양이라고 태진은 생각했다.

 태진은 곁에 앉은 진각을 바라보았다. 그러자 진각도 흥미
가 있는 듯 태진을 바라보며 살짝 웃어 보였다. 그러자 운
몽선사는 자리에서 일어나 느티나무 아래로 혼자 걸어갔다.
그리고 수 천년의 나이를 헤아릴 수 있을 것 같은, 느티나
무 뿌리 위에 몸을 기대고 앉았다. 그리고서 모두를 바라보
았다.
 운몽선사는 그렇게 그냥 구경이나 하려는 것 같았다.

13. 개척성

그때에 누군가 일어서며 먼저 말을 했다.

"오늘의 모임은 무슨 의미인가? 한 땅에 살면서 서로를 그리워하면서도 미워하고 피하여 왔던 그대들이 아니던가? 나는 개별적으로 여태 그대들을 만나 왔다. 그리고 그대들의 많은 이야기들을 들어 왔다. 그리하여, 나는 신의 소리와 예언자의 안내를 받아 이렇게 오늘의 자리를 이루어지게 만들었다.
그러하니, 그대들은 서로 할 말들을 하고, 의논할 것이 있으면 함께 토론도 하여 보라!"
그렇게 말하는 그는 개척성이었던 것이다.

개척성은 그렇게 말하고 주위를 둘러보았다.
그러나, 무거운 분위기 속에서 서로가 눈치를 보는 것인지 아무도 먼저 말을 하려 들지 않았다.
그것은 분명 조용한 토론의 대화 자리는 아닌 것 같았다.
태진의 곁에 앉은 선성과 악성은 화가 난 표정이었으며, 본성과 감성 그리고 육신도 불만이 가득 찬 얼굴을 하고 있었다.
그리고, 그림자와 영혼은 얼굴이 없는 상태로 침묵 상태였고, 정신 또한 먼저 입을 열려 하지 않고 있었다.

그러나 태진의 앞쪽에 앉은, 지성과 이성과 애성은 얼굴에 미소를 머금고 있었다. 그리고 간간이 태진과 진각을 번갈아 바라보면서 기쁜 얼굴들을 하고 있었다.

그런데, 진각은 이상하리만치 얼굴이 창백해지기 시작했다.
그는 눈을 감고 있었으나, 그의 모습은 예전과 달리 약해져 보였다.
태진은 높은 산 위에서 진각이 멀미를 하는 것인가? 하는 생각을 하였다.

그때에 개척성이 또다시 성자들을 향하여 크게 말하였다.

"여신의 젖가슴처럼 높고 아득한 이 곳에 하늘의 법정을 차렸는가? 지옥의 땅 밑처럼 조용하구나!
그대들은 무엇 때문에 이곳에 모였는가?
그대들이 서로 말하기를 꺼려하고 침울함은 웬일인가?
이 자리에 모두 모여 참 인간의 진리를 창출하고, 자신들의 근원과 태양의 도덕들을 밝히려 함인 줄 알았는데, 그대들은 아직도 생각 속에서 잠자는 자들인가? 아니면 서로를 피하고자 함인가?
침묵하는 그대들이여! 나를 보아라!
나는 그대들을 찾아서 옳은 길은 인도하려 하는 개척자이다. 나의 현명한 친구들이여!
오늘의 만남과 대화는 인간 생명이 태어난 이래 최초의 만남이요, 생명의 진리들이 말하는 최초의 대화가 될 것이다.
대지는 꿈틀거리고 하늘의 대우주는 쉼없이 움직인다.
그리고 만물의 생명체들도 우리의 이야기를 모두 듣고자 하고, 지옥의 마령도 천국의 천령들도 모두 듣고자 한다.
우리는 저들 앞에서 떳떳하게 일어나, 우리들의 과거를 말하고 오늘의 결실들도 보고하고 미래의 길도 제시를 해야 한다.

그리하여 그대들의 진리와 깨침들을 모두 밝혀서, 그대 자신들 또한 실망되지 않은 자신이 되어야 할 것이다.
나의 현명한 친구들이여! 우리가 고뇌하고 사색함은, 또 하나의 지옥과 천당을 만들 것이다.
그러나, 우리는 다시 태어나기 위하여 그러한 고통을 즐기며 맛보아야 하는 것이다. 그로 말미암아 신들도 두려워서 가지 못한 길을 우리들은 가게 될 것이다.
그 길은, 신의 방법을 벗어난 것이므로 신의 길이 아니요, 인간의 고유한 창조를 이루기 위한 새로운 길이기 때문이다."
개척성은 전체를 주도하려는 듯이 그렇게 말했다.

그리고, 또다시 성자들을 둘러보면서 크게 말했다.
"그대들은 과거의 시간을 생각했는가? 오늘의 공간을 생각했는가? 그리고 미래의 영원을 생각했는가?

그대들은 너무 게으르면서 자아의 아집에 빠져 있다. 그러나 나는 희망을 갖는다. 그대들은 나에게 있어 위대한 동반자들이요, 희망이기 때문이다.

그리하여, 나는 오늘도 우리들의 길을 탐험하고 이 산정의 느티나무를 탐험하고 있는 것이다.

그대들은 아는가?

그대들의 깊은 심연의 동굴 속에서 들려 오는 땅의 울음소리들을 -.

그리고, 산 속의 깊은 계곡에서, 어린 손바닥처럼 내 밀고 구원을 부르짖으며 손짓하는 생명들의 모습들을 -.

그들은 모두 고통의 노래를 부르고 있다.

나는 보았다! 하늘의 침실에서 달빛을 간음하는 자들의 음탕함을 -.

그리고, 보았다! 인간의 무지와 무관심이 온 세상을 지옥으로 만들고, 오늘의 안위와 탐욕과 이기 때문에 모두가 자폐증 환자가 되어서, 고귀하게 진화되기를 멈추고 저열하게 퇴화되어 가고 있다는 것을 -

너무 현명하여 위대한 게으름뱅이가 된 친구들이여!

나는 그대들을 꾸짖는다!

그대들은 그대들 자신의 문을 모두 닫아걸고서, 자신의 이기에 가득 차 남을 부정하려는 자폐증 환자들이다.

나의 고귀한 벗들이여!

그대들의 죽음이 그대들 발 밑에 깔려 있다.

그대들은 지금 그대들의 시체를 밟고 서서 잠자는가? 죽었는가? 아니면 그 죽음에 경의를 표하고 있는가?

후회하라! 반성하라! 그리고 새로운 눈을 뜨라! 그리하여 시체와 같은 그대들을 다시 환생시키라! 그것이 이 시대의 인간들을 구제하는 등불이 될 것이다.

눈물을 흘리면서 웃는 자는, 아침 이슬에서 태어난 태양처럼 새로운 창조를 잉태 한다.

잠자고 죽었는가? 예전에 많던 그대들의 경멸과 분노들이, 그리고 나에게 수없이 말하던 그대들의 진리와 변명들이—.

그래서 나는 그대들에게 이렇게 비웃음을 던지는 것이다.

이기에 가득 찬 그대들은 너무도 비겁하고 간사하며, 용기도 없이 게을러터져서 오늘 같은 날에는 모두가 입을 봉했구나!

그대들은 아직껏 자기들만을 위하여 영리해져서 죄들을 짓고, 마귀들의 노예가 되었다.

또한, 그대들의 의지는 작은 벌새의 날갯짓에도 날아가고, 해질녘 들판에 발가벗고 핀 꽃들처럼 부끄러움도 없다. 그리고, 내일에 대한 꽃씨를 뿌릴 의지와 희망 또한 없어 보인다."

개척자가 그렇게 야유를 하고 비웃었다.

그는 참석자들의 의중을 끌어내기 위하여 불꽃 화살을 그렇게 의도적으로 쏘고 있었다.

그러자, 참석자들은 모두 서로의 얼굴들을 번갈아 보면서 웅성대었다.

그리고 모두 언짢은 표정을 지으면서 개척성을 쏘아보았다.

그때, 느티나무 둥지 위에서 알을 품고 있던 독수리가 이방인들의 소리에 귀찮은 듯, 하늘을 가릴 듯한 큰 날개를 펴고서 둥지를 떠나 하늘 높이 날아올라 갔다.

그러자, 진각도 자리에서 일어났다. 그는 힘없는 걸음으로 운몽선사 곁으로 가서 운몽선사 옆에 앉았다.

태진은, 12성들이 진각에겐 모두 초면이었기에 왠지 어색하여서 그런 것인가? 하고 생각을 하였다.

그러나 진각은 약간 슬픈 듯한 모습을 하고 있었다.

아까부터 얼굴이 창백해지기도 하는걸로 봐서, 진각에게 무슨 일이 있는 것 같기도 하였다. 그러나 태진은 이러한 자리에서 그에게 무슨 말을 물어볼 수가 없었다.

그때 운몽선사가 진각에게 무슨 말을 해 주고 있었다.

태진은 느티나무 아래의 두 사람을 걱정스럽게 지켜보고 있었다.

하늘 위를 돌던 독수리는 더 높이 날아서 보이질 않았다.

그때, 선성(善性)곁에 있던 악성(惡性)이 일어서며, 아직 서 있는 개척성을 향해 말했다.

"그만두라! 뻔뻔한 웅변가여! 그대의 도덕에는 겸손이 없는가? 언제나 남의 일에 간섭하고, 부산하게 뛰고 시끄럽게 구는 그대는, 한곳에 머물지도 못하는 유랑자와 같다.

아무것이나 건드리고 찌르고 파는 예절 없는 그대의 도덕은, 자존심과 순결을 파괴하는 난봉꾼의 습성을 지녔다.

그대의 설침 때문에 얼마나 많은 사람들이 잠을 이루지 못하고, 긴 밤들을 고통으로 설치고 있는가?" 하고 소리쳤다.

개척성은 그 말을 듣자, 반가운 눈빛을 띠고서 슬쩍 자리에 주저앉았다.

나름대로 대화의 불씨를 붙였다고 생각한 모양이었다.

그러자, 이번엔 애성(愛性)이 일어서며 악성에게 말했다.

"나는 이 자리에 선물을 가지고 왔다. 그러나 그 선물 중에 가장 빨리 돌려주고 싶은 것이 있으니, 그것은 바로 악성에게 돌려주려고 하는 선물이다.

왜냐하면, 그것은 나에게 가장 고통스럽고 두려운 것이기 때문에 그것을 먼저 처분하려 하는 것이다.

인간의 땅 수많은 곳에다, 지뢰처럼 묻어 두고 화약 냄새와 피 냄새를 가득 담고 있는 악성의 공포, 나는 그 공포를 선물하려 한다. 이제 악성은 그 공포들을 인간의 땅에서 제거하고 다시 가지고 가라!

그대의 것을 그대에게 선물하는 것은, 나의 가장 큰 사랑의 선물이다. 그대는 이제, 자신을 변명하기 이전에 그대의 모습을 보다 더 자세히 관찰하라! 그대 폭군의 악성이여!

그대는 우리의 안식처와 인간의 안식처를 도살장으로 만들고 공포로 가득 채웠으니, 선량하고 순한 자들의 희망 또한 모두 죽이고 있는 것이다.

그대 악성은 개척성에게 무례하고 예절이 없다 하였으나, 그대야말로 무례한 겸손과 경박한 도덕을 가지고 있지 않은가?

그대는 절대자도 지배자도 아닌 우리 열두 성 중의 하나일 뿐인 것. 그대 자만의 이기와 변하려는 충동들 때문에, 여기에 있는 모든 성자들이 여태껏 수 없이 고통을 하여 왔다.
그대는, 이제 모두들을 더 병들게 해서는 안된다.
나는 사랑으로서 선성이 지은 죄와 악성이 지은 죄를 치료하고, 그 상처에 새싹이 다시 돋게 하는 애성인 것이다.

공포의 사신이여! 폭군의 영웅이여!
그대의 성미와 취미는 독수리가 물 속을 헤엄치는 것과 같이, 선성과 나에게는 도저히 맞지가 않는다.
이 모든 경멸의 비웃음들을 유발케하는 그대는, 그것이 곧 그대의 슬픔이라는 것을 알지 못한다.

때때로 지칠 줄 모르는 선성과 그대의 싸움 속에서, 그대는 언제나 나를 짓밟고 서서 계엄군처럼 횡포를 부렸다.
그리고서 공포의 위협과 간사한 변명으로 주위의 연약한 친구들을 협박하고 회유하며 파괴를 일삼았다.

그 때에, 그대는 얼마마한 회유와 뇌물을 뿌렸는가?
그리고 선량한 인간들을 얼마나 고통케 했는가?
그대는 탐욕에 가득 찬 이기로 본성의 노예가 되어 꼬리친다.
그리고서, 나의 사랑에 대해서는 정말 지독한 수전노였다.
이제 그대는 그대의 공포에 그대가 오히려 떨게 되리라!"
애성이 그렇게 길게 말했다.

그리고 그는 침으로 목을 축이고서 다시 말을 하려고 하였다.
그러자 듣고만 있던 악성이 애성의 앞을 가로막았다.

14. 악성

그리고 악성은 말했다.

"그대 애성은 나에게 순결을 파는 법을 가르치려 하는가?

그대의 사랑이, 생명을 싹트게 하듯이, 나의 공포 또한 새로움의 창조를 싹트게 하는 것이다. 그대는 왜, 자신만이 옳고, 남의 일은 모두 부정을 하는가? 그대가 보다 더 창조적이고 지고한 사랑을 가졌다면, 나에게 그런 무례한 말을 하지는 않았으리라.

서둘지 말라! 성급한 애성이여! 그대가 그렇게 서두르면 그대의 지조 또한 헤픈 지조가 될 것이다. 그대는 나와 선성의 다툼을 지키고 감시하면서, 우리들의 전쟁에서 평화를 이루고저 함을 나는 알고 있다. 그러나, 그대가 선성과 악성의 근원 도덕을 깨치지 못하고서, 그대의 사랑을 그렇게 아무렇게나 때 없이 베푼다면, 그것은 그대의 무지를 베푸는 것이 될 것이다.

그러므로 그대는 나와 선성을 간섭하기 이전에, 선과 악을 깨치고 그대 자신의 가치와 긍지도 높게 창조하여, 우주 만물의 근원 도덕으로 그대의 큰 사랑을 찾고 베풀어야 한다.

그렇지 않는다면, 그대의 애성은 인간의 쾌락을 위한 달콤한 마약이 되어서, 많은 인간들을 식물 인간으로 만들게 될 것이다.

그대는 하늘의 사랑을 깨치지 못하고, 인간의 이기적 사랑으로만 자신을 이끌면서, 자기 자신을 나무라지 못하고 남을 먼저 욕하려 들었다. 그것은 그대의 무례이며, 그대의 무식이다. 그대는 인간의 사랑과 함께 대자연의 큰 사랑을 베풀어야 한다."

악성이 애성을 향해 그렇게 말했다.

그러자 애성은 어이가 없다는 표정을 짓고서 이렇게 말했다.

"눈뜬 자가 장님만 못하고 입 있는 자가 벙어리보다 못하구나.
내 애성의 나무에는 수많은 사랑의 열매가 열려 있는 것.
그대가 오히려 부분만을 보고서 전체를 보지 못하는구나!
나의 사랑엔 이성적 사랑과 감성적 사랑이 있으며, 또한 지성적 사랑이 있는가 하면 본성적 사랑도 있다."

애성이 악성에게 자신을 그렇게 설명했다. 그리고 그는 탁자에 앉은 모두를 향하여 다시 말했다.

"나의 사랑들은 모두를 위하여 적절한 때에 적절한 처방약이 되어, 그대들 상처로 찾아가 몸을 불사르는 인정의 사랑이다.
나는 그대들을 위하여 존재하는 새로운 탄생을 위한 참 삶의 꽃이요 생명의 의지력 그것이다.
그대들은 나를 보다 더 가까이하여, 나의 향기를 맡고 나의 꽃을 바라보며 생명의 의지력을 키우라! 그리하면, 나의 사랑은 그대들을 날마다 새롭게 태어나게 할 것이다."

애성이 그렇게 말하자, 악성은, 조금 전에 애성에 대한 자신의 표현이 과했는지 미안한 눈빛을 약간 했다.
그러나 악성은 다시 고개를 들고서, 이번엔 모두를 향하여 다시 입을 열었다.

"모든 귀빈들은 들으라! 나의 악을 싫어하는 친구들이여!
그대들은 나와 함께 있어야 할 생명의 동반자들이다.
그러나 그대들은 나를 숨막히게 하는 핍박자들이다.
나를 왜 반역하는 군사의 우두머리로 인식하는가?
그대들은 나의 채찍과 공포의 충고를 싫어하면서, 밖으로부터의 아부와 뇌물에는 머리를 조아리고서 자존심을 판다.
그것은 부패한 탐욕자가 순결치 못한 짐승들에게 아부하는 것과 같으니, 그것은 모두가 어리석음에 빠진 무지의 짓들이다.
그러한 그대들이 어찌 나를 재판하고 벌주려 하는 것인가?

그대들의 도덕은 하늘의 도덕을 모르고 땅과 인간의 도덕만으로 치장되어 있다. 그러한 절름발이 도덕 속에서 어떻게 진정한 삶의 길을 찾을 수 있겠는가? 그대들은 자신의 허약함을 감추기 위하여, 언제나 나를 질투하고 모함하는 자들이다.

그대 뜨거움에 녹아 내리는 파라핀들이여!
냉정하고 냉혹함에 찬양하기를 배우라! 냉혹함이 없는 곳에서는 진리를 찾을 수 없고, 냉정함이 없는 곳에서는 인내를 이끌 수 없으며, 내일에 대한 희망의 기다림도 존재할 수 없다.

새로움을 위한 창조에는 절제와 파괴의 고통이 따르는 것이다.
고통과 냉혹과 새로움을 위한 파괴는 오직 나만이 행할 수 있는 나의 소유물이며, 나의 순수요, 나의 창조 정신이다.
그대들이 나를 모함하여 죽이고서는 참됨을 바랄 수 없고, 새로운 행복을 얻을 수 없으며 진리 또한 찾을 수 없을 것이다.
그대 오늘의 아픔을 지우기 위하여, 상처를 치유할 고통의 수술과 쓴 약을 쓰지 않고, 진통제와 환각제만을 사용하는 것은 그것이 곧 죄요, 그대들의 파멸이 될 것이다.

그대들은 내가 아픔과 공포를 가지고 있다고 해서, 나를 죄로 인식하지 말라!
죄란, 그대들 모두가 자신의 진리 도덕에서 벗어난 일을 했을 때 짓는 것이다.
죄악이나 죄선을 일으키는 것들은 그대들의 환경에서 그대들 각자의 이기적인 변성에서 태어나 떠도는 마령(魔靈)의 마(魔)가 하는 짓들이다.
그러므로 나의 정의로운 도덕의 행은 죄가 아니고 참악인 것이다.
내가 새로운 창조와 참을 위하지 않고 마(魔)를 일으킨 악을 사용하였다면, 그때에 내가 죄를 지은 것을 인정하리라!

나는 그대들의 입맛에 맞는 꿀물도 아니며, 더구나 타인을 기쁘게 하는 향기도 아니며, 나는 모든 고통을 그대들에게 나누어주어 새로운 것을 창조하고자 하는 것이다.
그대들은 언제나 나를 자신의 방패막으로 삼고, 자신의 잘

못을 위장하고서, 나를 죄의 원흉으로 누명을 씌워 놓는다.

그리고, 내 참악의 진리들을 훔쳐다가 자신의 지혜로운 덕인 양 도용하여서 팔아먹기도 한다.

그리하여, 나를 나의 자리에서 밀어내고, 칭찬은 커녕 나의 올바른 평가마저 하려 들지 않는다. 그대들 중에 나처럼 고독한 자가 있는가? 또한 나에게 정을 곱게 베푼 자가 있었는가?

그런 자가 있었다면, 나는 기꺼이 그의 종이 되리라!

지금의 내 몸은 온통 그대들이 지은 죄의 오물을 뒤집어쓰고, 분노와 경멸로써 내 자신을 지킨다.

오직 고독한 나의 위안자는, 먼 미래에 있을 내 참의 평가를 내려 줄 새로운 신의 잉태자에 있을 뿐이다.

말하건대, 나를 핍박하기 이전에 그대들 중에 나를 빙자하여 죄를 짓고 있는 자를 찾으라고 고한다. 간사하고, 교활하며, 음탕하고, 탐욕적이고, 쾌락적인 것은 나의 행동도 아니고, 흔적도 아니다. 그것은 그대들 중에 나의 이름으로 가면을 쓰고서, 사기를 친 위조지폐범과 같은 자의 짓이다.

그대들은 나의 친구이면서, 나의 지배자들이다.

나는 타인에게 폭군처럼 보이나, 그대들에게는 연약한 종이다.

그대들은 때없이 나를 충동질하여 나를 사악한 자로 만들려고 한다. 내가 만약 죄를 지어 사형수가 되어 죽는다면, 나의 죽음은 곧 그대들의 죽음이 될 것이다. 나는 그대들의 노예이기도 하지만, 한편으로는 그대들을 수술하는 자이기도 한 것이다.

그대들은 내가 울고 웃는 것을 보았는가? 오늘에 있어 내가 그대들과 함께 울고 웃는다면, 그것은 내가 아니다.

진리가 울고 웃지 않음과 같이, 나는 먼 미래에서 혼자 외롭게 미소할 뿐이다. 나의 참된 창조의 완성을 위하여 ———."

악성은 숨이 차도록 그렇게 길게 말했다.

이건 대화나 토론도 아니었다.

자기 자신에 대한 나름대로의 주장이요, 발표요, 웅변이었다.

이들은 모두 인간 속에서, 각기 다른 존재의 특성들을 가지고 각자의 책임과 의무를 띠고 있는 고유한 존재들인 것이다.

그러한 이들은 인간 속에서 모두 함께 존재하면서, 서로 협조하고 의지하면서 함께 무엇이 되도록 이끌지 않으면 안 되는 존재들인 것이었다.

태진은 이들과의 만남과 대화 내용에 놀라고 있었다.

그동안, 자신을 나라고 간단하게 여겨 왔던 그는, 자신 속에 열 두개의 각각의 다른 특성을 지닌 자들이 모여서 자신의 한 국가를 이루고 있음을 본 것이기 때문이었다.

그들은 모두 고귀한 개체들로서, 그들 나름대로의 의지와 뜻이 있고 목표가 있었다. 그리고, 그러한 열 두 명의 성자들이 모여서 한 생명체 속에서 일체를 형성하고 있었던 것이다.

태진은, 영혼의 산정에서 자신을 이루고 있는 근원성들을 보고 있는 것이었다.

모든 성자들은, 빛나는 눈빛으로 악성이 토해 내는 열변을 하나도 놓치지 않으려는 듯 열심히 경청하고 있었다.

태진은 조금 흥분된 상태에서 그들의 대화를 끝까지 지켜 보기로 하였다. 주위의 분위기도 조금씩 들뜨기 시작했다.

그때 악성이 낮은 목소리로 다시 말을 이었다.

"나의 고귀한 형제들이여! 이 땅위의 성자들이여!

그대들은 대 우주의 성령들이다.

그리하여 나는 이 산정에 나의 말도 전하려 왔지만, 그대들의 진리와 그대들이 전하는 말도 들으려고 온 것이다.

그대들은 모두 영리하기가 칼날 같다.

그러나, 나는 그대들보다 몇 배 더 연구하고 철저하게 영리해 지지 않으면 안 되고, 무겁게 행동하지 않으면 안된다.

왜냐 하면, 나의 쓴 약은 조금만 잘못 처방되어도 인간들은 고통스럽게 토해 내고, 나를 죄와 동일한 자로 취급하려 하기 때문이다. 그리하여, 나는 또 말하련다.

인간들 속에 우리들 12성이 존재하듯이, 우리 각자의 내면 속과 밖의 대 우주에까지도, 우리와 같은 12성 특성이 연쇄적으로 미시와 거시의 세계에까지 근원적인 본성으로 배합돼 있다.

그러므로, 나의 몸 속에는 그대들의 피가 섞여 있고, 그대들 몸 속에 또한 내 피가 섞여 있는 것이다.

따라서, 그대들의 삶의 처방에 내 참악의 약을 넣지 않으면, 그대들 삶의 창조에 올바른 명약을 처방하여 지을 수 없으리라.

그리하여, 나 또한 그대들의 참된 진리를 함께 쓰지 않는다면 나는 사악의 존재로서 죄를 지으리라!

그러나, 나는 그대들처럼 인간들 앞에 떳떳하게 나설 수가 없다. 그것은, 아직 천지인의 도덕을 깨치지 못한 무지한 인간들이 나를 아무렇게나 사용하게 되면 큰일이기 때문이다.

그것은, 높이 깨친 자만이 나의 악을 사용해야 한다는 것이다.

그러므로, 우리는 서로가 서로의 도덕을 위해서, 거부적이면서도 타협하고 협조를 하여야 한다. 그렇지 않는다면, 우리의 진리와 도덕들은 모두 죽고, 미래의 인류는 파멸을 면치 못하리라.

아직도 혼돈 속에 있는 그대들이여! 선의 행을 잘못 쓰면 퇴보하게 되어 죄선이 되듯이, 악도 잘못 쓰면 죄악이 되는 것이다.

그리고 어찌하여 그대들은, 나쁘고 잘못된 것들을 죄요 마(魔)라 하지 않고 악이라 하는가? 잘 들으라! 나는 그대들 죄의 대명사가 아닌 그대들과 같은 고유한 악성인 것이다.

그대들은 이제부터 나를 팔지 말라!

그대들이 죄를 지을 때, 그 곳에서는 마(魔)가 탄생한다. 그리고 그대들이 무지할 때에, 그 마(魔)들은 달콤한 유혹들을 일으켜서 그대들이 더욱 죄를 짓도록 만든다. 그리하여 죄는 또다시 마(魔)들을 탄생시키고, 마(魔)는 그대들을 더욱 혼란시켜서 인간을 파멸로 이끄는 것이다. 따라서, 우리들의 법률 도덕은, 참이냐 죄냐에 따라 벌과 상이 있는 것이지, 악을 사용했느냐 선을 사용했느냐에 있는 것이 아니다. 아! 나의 고독은, 태양의 흑점처럼 외롭게 뜨거운 열기에 싸여 타고 있구나!"

그리고 다시 말했다.
"그대들은 선과 악을 바로 배워라! 선도 좋지만, 참된 악을 모르고서 무조건 악을 나쁘게만 생각하니까 거짓된 선 또한 구분을 하지 못하고 있는 것이다. 이제까지의 고정된 인식들을 깨고 새로운 인식을 가지지 않으면 인간들은 진전이 없을 것이다. 악이란 새로움을 일으키는 창조성을 가지고 있다. 선은 모든 것을 지키고 보호하며 변하지 않으려는 성질이다. 그렇기에 선과 악의 둘을 잘 배합하면서 조율하며 사용해야 선도 참선이 되고, 악도 참악이 되는 것이다."

그리고 그는 계속 말했다.

"당신들은 그림을 좋아하지 않는가? 어때, 그림을 그릴 때, 흑색 칠할 곳에 백색을 칠한다면 그림이 되겠는가? 한 폭의 훌륭한 그림이 되기 위해선 색깔 또한 조화가 있어야 하듯, 선과 악도 조화를 잘 이루어야 평화롭고 행복한 미래가 창조성을 띠고 보장 되지, 그래서 악과 선의 가치와 위치는 똑같은 것이다."

그는 소리를 점점 높이며 또다시 말했다.

"선과 악의 행함에 있어서 참이냐 죄냐에 달려 있는 것이므로, 창조를 위한 참에 있다면 둘 다 중요한 소재일 것이다. 그러나 만약에 선이 좋다고 선만 행한다면 그림에 백색만 칠하는 것이 될 것이다. 백색 한 가지로는 그림을 완성할 수 없다. 또한 악이 죄를 범함도 그림에서 흑색 칠할 곳에 색을 잘못 칠한 것과 같고, 선이 죄를 범함도 필요치 않은 곳에 백색을 칠한 것과 같은 것일 것이다. 그때에 선은 죄선이 되고 악은 죄악이 되는 것이다.
선과 악의 올바른 실행은 창조적 참을 위한 '적재를, 적소와

적시에 적량 적형.'으로 그리는 그림과 같이 선택하고 행해야 하는 것이라고 말한다. 그런데 인간들은 남이 조금이라도 꺼리는 일은 무조건 하지 않으려 들기에 선과 악의 참가치를 모르는 것이다. 나의 참악은 아픔을 가지고 창조를 일으키고, 파괴를 가지고 새로움을 창조한다. 그대는 그것을 잊지말라!."

악은 그렇게 참된 악을 말하고 나서 사라졌다.

악성은 그렇게 비통해 하며, 죄로부터 분리되지 않는 자신에 대한 인식을 한탄하였다. 그러자 귀빈들은 악성의 고통을 느끼는 듯 모두 숙연해 했다.

하늘로 날아갔던 독수리가 산정에 그림자를 드리우고 다시 날아 왔다. 그리고 느티나무 둥지 위에 앉아 다시 알을 품었다.

운몽선사와 진각은 느티나무 아래서 모두를 향하여 앉아 있었다. 그리고 두 손을 모아서 천기를 모으고 있었는지, 온몸에서는 광채를 내고 있었다.

15. 애성

그때, 악성의 말을 듣고 있던 애성이 다시 자리에서 일어섰다.
그리고 앞에 있는 악성에게 또다시 말했다.

"그대 두려움을 이루는 훌륭한 공포여!
그대의 모든 것들이 진실일지라도, 그대의 공포와 고통 앞에서 그 누가 그대를 변호할 것인가? 그대는 참 이전에 두려운 자이리니, 냉엄한 그대는 공포를 제거하여야 할 것이다.

지옥 중에 최대의 지옥은 공포의 지옥인 것을 -.
그러므로 그대는 나를 가까이하고, 그대의 모든 것에 많은 사랑과 정을 넣어야 할 것이다. 그렇지 않는다면 그대 참악의 뜻은 모두 죽고, 그대의 진리 또한 모두 거짓 누명을 쓰고서, 죄와 악이 한 이름으로 불려지리라!"

애성이 악성에게 그렇게 말하고 나서 귀빈들을 한 번 둘러본 다음, 이번에는 선성을 향하여 말했다.

"나는 그대들의 참의 씨앗을 싹트게 하고 꿈과 희망을 맺게 하는 꽃이요, 향기이다! 나는 선성과 악성 사이에서 인간의 힘을 빌어 태어나, 새로움을 잉태케 하는 생명수와 같은 단수이면서, 새 생명을 탄생시키는 씨앗이기도 한 것이다.

나의 사랑은 열두 가지의 다른 성질의 특성을 띠고 있지만, 그중에서 가장 짙은 색깔로 많이 사용한 사랑은, 본성적 사랑과 감성적 사랑이었다. 그러나 이제는 더 높은 천정의 사랑도 할 것이다.

그러나, 나의 사랑들은 선성과 악성에게 가장 가까이하면서 그들과 함께 있기를 원한다. 왜냐하면, 나는 선성과 악성의 다툼 사이에서 태어났기 때문이다.

그래서 나는 선성에게도 말을 하지 않을 수 없다.

참으로 착한 자여! 그대는 선성이다. 그러나 그대는 너무도 연약하여 혼자서는 살수가 없다.
그대는 언제나 그대의 연약함을 은폐하기 위하여 수많은 사건들에서 엄살을 부리며, 동정의 무리들을 선동하여 그대 자신을 보호하려고만 한다. 그것이 그대의 어리석음이다.

그대의 천성은 음(陰)의 기운을 띠고서 변하려 하지 않기 때문에, 언제나 강함에 두려워 비굴해지고, 새로움에 겁을 내어 몸을 움츠리니, 그대는 인간이 보다 더 높이 변하고자 하는 것에서 언제나 도망치고 용기를 부도내고저 한다.

어찌하여 그대는 그 자체의 가치만을 위하고, 변화의 가치를 멀리하는가? 그러한 속에서 어찌 새로운 창조가 일어나겠는가?
그대는 비를 맞고 배가 고과 울고 있는 자만 보아도, 자신의 옷을 벗어 주고, 자신의 집과 양식마저도 내 주려고 한다.

그대 착한 자여! 그러한 것들은, 인간이 스스로 역경을 이기고 일어나야 할 의지력을 죽이는 경우요, 그대 자신마저도 함께 죽고저 하는 것이니, 그 또한 죄가 되는 것이다.

선성이여! 인간을 동정으로 치료하기 이전에, 인간이 스스로 상처를 치료할 수 있는 자생력을 키우게 하라! 또한, 우주의 변화 법칙을 수용하고, 아픔과 파괴도 가치 위에 있음을 인정하라! 그리고 잠시 통증을 없애게 해 주는 동정을 적선하지 말라!

적당한 선으로 참을 행하라! 과한 선은 죄가 되는 것이다.

언제나 삶의 경비원처럼 파수꾼이 되고저 하지 말라. 자신의 착함에 취해서 인간들을 보호 속에 넣고, 인간들이 비굴한 환자가 되게 해서는 안되기 때문이다. 그것은 새로운 진화를 기피하고 퇴화로 향하는 것이니 곧 죄선이 되는 것이다.

그대의 모든 순수가 참이라 할지라도 새로운 창조의 의지가 없는 것이라면, 그대의 진리는 모두 죽은 진리와 같은 것이다.
그리하여, 그대는 또한 얼마나 많은 죄를 지었는가?

그대의 보호하고 지키려는 의지가 그대의 정의요, 동정으로 용기를 북돋운다는 것이 그대의 도덕인 것이었다. 그것은, 자연성으로부터 받은 유전성이기 때문인지라 나무랄 수는 없다.
그러나, 인간은 보다 더 높이 긍지로워져야 한다.

유한의 생명체 속에서 인간은 끊임없이 진화하여, 더 높이 창조되지 않으면 멸망을 면치 못하게 되는 것. 그러하기 때문에 그대는 이제 나의 사랑들을 동정으로 쓰지 말고, 미래를 향한 창조적인 곳에 약으로서 적당히 사용해 주길 바란다.
그리고 또한, 나의 열정적인 애성을 보다 더 깊이 깨치라!

메마른 삶과 권태로운 생명들 속에서, 내 사랑의 열망이 꽃을 피우고 생명의 열매를 거둘 때에, 그때에 선성과 악성은 언제나 나와 함께 손잡고 있기를 바란다. 그것이 나의 희망이다.

나는 언제나, 모두가 희망을 안고서, 아름답고 고귀한 삶으로 인도되기를 바라는 향기로운 꽃이요, 아름다운 음악이다.
그대 선성과 악성은, 나의 사랑들을 고귀한 곳에 아름답게 사용하여서 희망찬 미래가 계속 창조되어지길 바라는 것이다."

애성은 선성을 향하여 그렇게 말했다. 그리고 나서, 이번엔 귀빈들을 둘러보면서 또 다시 말을 이었다.

"나는 인간으로부터 태어난 고유한 인성이요, 인정인 것이다.
하늘엔 우주를 포용하는 하늘의 정이 있고, 자연은 대지를 포용하는 땅의 정이 있듯이, 나는 인간의 모든 것을 포용하고 생명을 이끄는 인정인 것이다.

그러므로, 그대들은 내 인정의 꽃을 상하게 해서는 아니된다.

그런데, 그대들은 모두 이기에 가득 차서 나를 매춘부로 만들려고 한다.

그리하여 나는 말한다.

나를 쾌락의 성욕에 팔아먹는 본성이여!
나를 전쟁의 무기로 사용하는 감성이여!
그리고 나를 유희의 오락으로 사용하는 육신이여!
또한 나를 거짓 변명의 속임수로 쓰는 이성이여!
나를 곡마단의 마술사로 변장시키는 지성이여!

그렇게 그대들은 나의 사랑을 때 없이 납치해다가 사용하고 있으니, 그대들은 참으로 무례하고 간교한 죄인들이다.

아! 나의 사랑은 그런 것이 아니다.

나는 병든 자를 향기와 꿀로서 치료를 하고, 고통받는 자를 꽃으로 위안하며, 죽어 가는 자에게는 새로운 삶의 씨를 뿌려 희망의 새싹이 돋게 하는 것이다. 그런데 어찌하여 그대들은 나를 바르게 이해하지 못하는가?

나의 사랑은 세상을 번성케하고 인간의 종을 번성시킨다.

아! 그러나 나는 그대들의 핍박이 있더라도 희망의 태양이 떠오르는 세상을 이룰 수만 있다면, 나는 목마른 자들의 샘물이 되어 죽어도 좋으리라!

또한 인간의 추한 탐욕에서 뿜어 대는 썩은 악취를 나의 향기가 없앨 수만 있다면, 나는 지옥 길을 지나서라도 그들의 곁으로 찾아가리라! 그렇게 하여 인간들의 메마른 세상에 인정이 가득 할 수만 있다면. 그리고, 공포의 세찬 인간의 바다가 잠들 수만 있다면, 내가 타 죽을 화산의 불 속일지라도 내가 빠져 죽을 깊은 바다일지라도 나는 기꺼이 그곳으로 가리라!"

애성이 그렇게 모두를 향해 말하였다.
그리고 그는 눈물을 흘렸다.

16. 선성

애성이 말을 마치자, 이번엔 선성이 일어서며 말했다.

"눈물을 거두라! 악성과 나에게 한 그대의 말은 잘 들었다. 그리고 그대의 고통스런 불만도 모두 알았다. 그러나 그대는 자신을 스스로 지킬 줄을 알아야 한다. 그대가 자신을 헤프게 사용하고 나서, 남들이 그렇게 했노라고 말하지 말라!
그리고, 그대 또한 조심하라! 선량하고 어리석은 자들이 그대의 달콤한 사랑에 중독이 되어 길을 잃지 안도록 조심하라!

그렇지 않으면 그것은 곧, 그대의 긍지와 그대의 지조를 부수는 일이 될 것이다. 그러므로, 그대의 사랑이 훌륭한 것일지라도, 너무 넘치게 하여 독성이 일어나게 해서는 안되는 것이다.

그리고, 그대가 진정 훌륭하고 참된 애성을 완성하려거든, 이제 인간 인성의 애성을 뛰어넘어서, 우주 융합의 정인 천정(天情)의 애성으로 그대를 이끌어야 할 것이다. 그것이 그대 자신을 오염시키지 않고, 새 생명들을 진리 위에서 탄생시킬 수 있도록 하는 더 큰 애성이 되기 때문이다. 또한, 그것이 새 시대 인간을 창조의 길로 인도 할 수 있는, 새 시대의 진화된 애성인 것이다.

따라서, 그대가 언제나 무엇을 행하고자 할 때는 여기 모인 모든 분들의 조언을 듣고서 행하여야 한다. 부디 그대의 훌륭한 진리의 도덕에 영광 있도록, 그대의 여러 가지 종의 사랑들을 천지인의 합을 잘 이루어서 사용하여 주기 바란다."
선성은 애성에 대하여 잠깐 그렇게 말했다.

그리고 이번엔 귀빈들을 향하여 말했다.

"여기 모인 고귀한 귀빈들이여! 그대들은 너무도 높은 신분이 되어서 이 자리에 모였다.

　그러나, 우리가 여기 모인 것은 서로를 칭찬하기 위함이 아니요, 서로의 잘못된 점을 바로 하기 위함이니, 나는 성스럽고 준엄한 그대들에게 아픈 화살만을 쏘려 하니 용서하기 바란다.

　참으로 내가 그대들을 대하기란 두렵다.
　그대들의 의지적 이기들은 제각기 달라, 그대들의 취미에 나의 취미를 맞출 수가 없다. 그대들은 장엄한 홍수처럼 무너져 내림을 즐기는 고약한 취미를 가졌다.

　고약한 취미의 난봉꾼들이여!
　홍수 속에 스스로의 몸을 떠맡기고 무엇을 얻으려 하는가?
　왜 조용한 평화를 지루하게 여기고 권태롭게 느끼는가? 왜 파고 부수어 새로운 것들만 가지려는 모험을 하려 드는가?

　나는 두렵다! 세상의 모든 것들이 상처를 입는 것에 ─.
　나는 동정한다! 세상의 모든 것들이 고통하는 것에 ─.
　그것은 모두, 그대들이 자기 이기들만을 주장하기 때문이다.

　그대들은, 한곳에 모이면 신처럼 고귀하나, 서로 따로 떨어지면 모두 자신들의 이기에 사로잡혀서 자기 자신을 기만자로 전락시키고 만다.
　그때라면 나는 그대들의 병든 곳에 희망의 생명수를 피막 속에 주사한다. 그리하여, 그대들의 충동을 잠들게 하고 그대들의 오만에 그물을 씌운다.
　그리고, 참는 것을 가르치고, 나를 위함보다 너를 위함을 가르쳐서 모두가 보호되길 원한다.

　나는 나를 주고저 한다!
　나는 그대들이 있으므로 내가 존재함을 알기 때문이다.
　그러나, 그대들은 내가 착하다 하여 비웃는다.
　누가 나의 자비를 도둑질하는가?
　누가 나의 관대한 싸움에 돌을 던지는가?

나는 그대들을 대신하여 그대들을 보호하면서, 그대들을 대변하고, 그대들의 눈물을 대신 마시고 있다.

특히, 나는 악성에 대하여 할 말이 많았다.

그러나, 나는 오늘 악성의 진실을 보았으며 내 속에도 악성의 피가 섞여 있음도 느꼈다.
그래서 이제부터는, 내 자신과 악성에 대해서 더 연구해 보고, 애성도 말했듯이 내가 아닌 우리들의 입장에서, 나의 자세를 바로 잡아 죄선이 되지 않도록 참된 선만을 알맞게 행하리라.

오늘은 인간을 다스리는 성자들이 모두 한 자리에 모였으므로, 귀빈들의 말씀을 모두 들을 수 있는 영광을 얻게 되었다.
그리고, 모든 귀빈들 앞에서 하고 싶은 말을 할 수 있게 된 것 또한 영광이 아닐 수 없다.

나는 연약하고 배고픈 생명에게 덕과 자비의 양식을 나누어주고, 그들의 외로움을 거두어 들인다.
나에게는 자비를 조절하는 선량의 저울추가 여러 종류가 있다.
그러나, 그대들에게 사용하고 베풀어서 칭찬받기란 참으로 어렵다.
내가 그대들을 이해할 수 없는 것이 많듯이, 그대들 또한 나를 제대로 이해하지 못하고 있기 때문이다.

나는 지성으로부터 정의 계산공식과 산정법을 배우고 싶지만, 그의 교활한 속임수의 마술까지 익혀질까 두렵고, 이성에게 덕의 평형을 습득하고자 하지만, 너무 냉정한 칼날로 가르는 재판법이 내 자비들을 움츠리게 할까 두렵고, 또한, 감성에게서 용감하고 예민함을 연마하고 싶어도, 그의 성급함의 병까지 함께 옮을까 가까이하지 못했고, 본성으로 하여금 지칠 줄 모르는 의지와 삶에 대한 끊임없는 욕구를 얻고 싶지만, 그에게 내재된 지칠 줄 모르는 탐욕에 대한 권위적 근성을 함께 얻을까 두려운 것이다.

그러나, 죄를 짓지 않고 참을 위하여 뜻을 맞추고, 서로의 단점을 고치고 장점을 살려 새로운 것을 이루려고 한다면, 서로 반성하는 속에, 하나의 참된 인간을 새롭게 이룰 수 있으리라!

이제 우리는 협조하자! 악성은 사악이 되지 않고, 나는 위선이 되지 않도록 나와 악성은 그만 싸우고 애성과 함께 서로 협조적 동반자가 되도록 하자!

나는 기(氣)자체 신성의 자식이 아니다.
따라서 나는 물(物)자체 자연성의 근원을 지닌 그의 자식이다.
그러므로, 나는 동적(動的) 변화를 원하지 않고, 정적(靜的)이 면서, 원 상태의 유지와 보호를 바란다.
그래서 나는 그대들의 근본을 위한 수호자이며 보호자인 것이기도 한 것이다.
그대들은 너무도 많은 유행을 만들어 낸다.
그리고 그 속에서 스스로 고달프게 살고 있다.

그대들은 그것을 새로운 창조라 할 것인가? 그 유행 때문에 그대들은 그만큼의 또다른 파괴를 동반하고 있는 것이다.
나를 지탱하고 있는 육신이 그대들로 하여금, 얼마나 고통스런 사역을 당하면서 상처를 입었는가?

그대들은 연약한 감성에게 또 얼마나 많은 충격을 주었는가?
나의 의지와 참회와 자비, 그 때마다 수많은 고통의 눈물을 흘리면서, 쓰레기로 뒤덮인 그대들의 길을 청소하고 다녔다.

나는 인간의 집을 떠받들고 있는 12기둥 중의 하나인 것이다.
그리하여 나의 의무와 책임은 크다.
그러므로, 나는 오늘도 그대들과 함께 관대한 싸움을 하고 있는 것이다.”

선성은 그렇게 말하고, 이마에 흐르는 땀을 훔쳐내고 있었다.
그러나 그를 바라보던 귀빈들에게는, 그가 눈물을 닦고 있는 것으로 보였다. 그는 항시 눈물을 흘렸기 때문이었다.

이윽고 선성은 다시 말했다.

"고귀하고 위대한 현자들이여!
오늘도 내일도 그대들은 나의 눈물과 기쁨의 향연으로 꾸며진 삶의 무대를 지키라!
나는 외로움을 이기기 위한 용기가 없으니, 내가 그대들을 보살피듯 그대들 또한 나를 보살피라!
아! 내 붉은 피의 눈물들은, 인간들의 이기 앞에서 수없이 죽어 가고, 웃음들은 공허의 바다에서 아직까지 허우적이고 있구나."

선은 그렇게 말을 마치고서 입을 다물었다.
그러자 한 동안 침묵이 흘렀다.

그때, 느티나무 위 둥지에 알을 품고 있던 독수리가, 나무 꼭대기로 날아올라서 가볍게 앉았다.
따뜻하게 보호를 받던 알들이, 이제는 껍질을 깨고 새끼들이 태어나려는 모양이었다.
어미 독수리는, 햇빛이 내려 비치고 있는 둥지의 알들을 살피면서 내려다보고 있었다.

그리고 나무 밑의 운몽선사와 진각은 무슨 이야기를 나누고 있는지, 서로 진지하게 대화를 하고 있었다.
그 모습은 꼭 부자지간에 만나서 이야기를 나누는 모습처럼 그렇게 다정해 보였다.
태진은 그러한 그들의 모습을 보자 기분이 좋았다.
걱정했던 진각의 안색이 다시 좋아져 보였기 때문이었다.

태진은 가슴을 펴고서 12성들을 둘러보았다.

모두 심각한 표정들을 하고 있었다. 서로 할 말이 많은 것 같았다. 그러나, 모두가 차례를 기다리고 있었다.

이윽고 이성이 먼저 자리에서 일어섰다.
그리고, 그는 천천히 주위를 둘러보았다.

17. 이성

이성은, 본성과 감성이 있는 쪽을 바라보며 입을 열었다.

"정말 기이한 현상이 아닐 수 없다! 생명체 속에 신과 자연과 인간이 함께 존재할 수 있다니 —.
그리하여 나의 고뇌는 거기서부터 시작되었다.
그리고, 그것이 곧 나의 탄생이요, 나의 할 일이 된 것이다.

신성(神性)이 부여한 본성과 자연성(自然性이) 부여한 감성 사이에서, 이 둘을 조율하기 위하여 인성이 탄생케 되었으니, 그 인성(人性)이 곧, 나 이성인 것이다. 그리하여 나의 짐은 너무도 무겁다.

물성(物性)의 자연성과 기성(氣性)의 신성은 인간을 진화시킬 적에, 인성(人性)이 고유하게 탄생 되어지는 것을 예기치 못했으리라.
기자체(氣自體) 신성은, 인간을 자신의 뜻대로 조종하고 자신을 위한 희망적 존재가 되게 하기 위하여, 생명을 잘라서 유한적으로 한계를 만들었다. 그리고 본능을 집어넣어 족쇄를 채웠다.

또한, 먹어야 살 수 있게 하고, 암수를 두어서 하나로는 완성을 이루지 못하게 했으며, 죽음의 시간을 두어, 더욱 쉴 수 없게 만들었다.

그러자 여기에 대립한 물자체(物自體)의 자연성은, 자신의 근원성을 지키기 위하여 감성을 내세운 것이었다. 그리하여 감성은, 본성의 의지들에 의한 혹사로, 물자체(物自體)의 근원이 파괴되는 것을 막기 위하여, 그 또한 주권을 장악하고자 하는 것이었다.

그리하여, 이 둘의 투쟁 속에서 나 이성은 태어나게 되었으니, 점령하려는 자들에게 보내려던 내 경의 또한 기막히게 무색할 지경에 있다. 그리하여 나는, 인간의 내면속에 덕의 법봉을 들고 태어난 것이다. 그것은, 본성과 감성으로 인하여 전쟁터로 변한 인간의 땅 위에 평화의 중재자가 되고자 함인 것이다.

따라서, 나의 재판하는 칼은 예리하고 벌은 무겁다.
나는 그대들의 모난 곳을 자르고, 그대들의 이기와 탐욕과 격한 충동들에게 수갑을 채우기도 하고 기쁨의 상을 주기도 한다.
그리고, 이 땅위에 평화를 이루기 위하여, 인간의 도와 덕의 법률을 제정하여 그대들을 조율하며 이끈다.

그대 유덕하기에 인색한 자들이여!
인간을 황홀한 비명 속으로 끌고 다니며 혹사시키는 본성이여!

그리고 타협을 거절하고 군사를 일으켜서, 용감한 투사들과 정보 통신망을 예민하게 설치하고 인간의 땅을 감시하는 성질 급한 감성이여! 그대들은 자신의 이기만을 내세워 인간을 숨막히게 하지 말고, 이제부터는 만물들과 손을 잡고 우주를 향하여 덕을 행해야 하는 높은 여유를 가져야 할 것이다.

그대들은 인간의 땅에 스스로 갇혀서, 양보의 덕도 인내의 덕도 권태를 이기는 덕도 갖지 못하고 독재자 노릇을 하고 있다.

그리고, 특히 본성은 신의 꼭두각시가 되어 가면을 쓰고서, 본능들을 내세워 혹독하게 인간을 노예로 삼는다.

본성 그대는 예전엔 신성의 자식이었다.
그러나 이제는 인간 속에서 살아야 하는 이주자이다.
그리고 이제 인간 속에는 그대보다 강한 자가 많이 태어났다.
그러하니 그대는 이제 새로운 인간을 위한 길을 열어야 할 것이다. 그리고 고귀하고 고유한 인간의 땅에 경의를 표하라!
 보다 더 위대한 인간이 창조되도록 모두와 협조하라!

 따라서, 여기 모인 다른 모든 성자들도, 자기 근원의 성격
이 모두 다를지라도, 이제는 인간의 도덕을 바로 세우고 우
주 만물을 위한 고뇌를 함께 해야 할 때가 왔다.
 그것이 오늘 만남의 첫째 목표가 되어야 할 것이다.
 이제 우리는 인간의 세계를 벗어나, 대우주의 법률 도덕에
인간을 놓고 인간을 이끌어야 할 때가 된 것이다.
 그렇게 해야 인간의 세상이 바로 서고, 싸움 없는 평화가
올 것이기 때문이다.

 그러므로 나는 또다시 감성에게 말하련다!

 예절이 없고 겸손이 없으며 언제나 충동적인 감성이여!
 그대의 행동은 너무도 즉흥적이라는 것을 알 것이다.
 또한 그대는, 인간을 자연의 물자성 생체로만 여기지 말라!
 인간의 고유하고 고귀한 생명체는 신성과 자연성 그리고
인성이 함께 이룩시킨 것이니, 우리 모두가 함께 이끌어야
한다.
 그리고 그대의 용감함은 좋으나, 성급한 감정들과 예민한
감응의 정보들을 즉시 노출시켜서 인간의 기를 소모시키지
말라!
 그리고 충동에 무거운 추를 달아서, 짐승의 수준을 벗어난,
지고한 인간이 되도록 협조해야 할 것이다.
 그리하여 이제는, 인간 속에 12성의 통합적 뜻을 얻어, 더
높은 천정의 감성으로 일을 해야 할 것이다.

 내 이성의 덕은 자연과 신 그리고 인간의 만남 속에 있다.
 그리고 나와 그대들의 악수는, 인간을 참의 방향으로 지시
하고 이끄는 나침반인 것이다.
 또한 나의 덕은 간사하고 교활함이 아닌 생명체에 평화를
이루는 저울추이니, 어느 한 편을 위한 것이 아니요, 그대들
의 진리를 모두 살리는 덕인 것이다.

 참으로 여태까지 그대들의 삶이란, 인간령 속에서 기생하
며 허무를 위한 욕망의 이기적인 삶을 살았던 것이다.

그것은, 그대들이 높게 깨치지 못했기 때문에, 탐욕 속에서 쾌락과 공허를 사랑하고, 창 없는 투사와 같이 허무를 위한 존재들밖에 되질 못했기 때문인 것이다.

그대들은 인간의 땅에서 얼마나 무례하고 불손했는가?
그대들은 높은 인간의 독수리를 본 적이 있는가?
그대 노예의 군주들이여! 무정부 속에서 날뛰는 폭군의 영웅들이여! 그대들은 이제 게으른 덕도 깨쳐야 할 것이며, 겸손의 덕과 절제의 참는 덕도 배워야 할 것이다.

우리는 내가 있어 남들이 있는 것이 아니요, 남들이 있으므로 나의 존재가 있다는 것을 알고 있다. 그러므로 나를 위하려거든, 곧 남을 위해야 나를 위하게 된다는 것을 잊어서는 아니된다.
나는 언제나 그대들을 비판하는 차가운 얼음이다.
바라 보라! 창조력이 무궁하게 잠재한 인간의 희망찬 땅을!

어찌하여 그대들은 창조의 땅을 불사르려는 화산이 되고저 하는가? 인간 땅 속의 뜨거운 용암들이여! 이제는, 하늘 위를 높이 날아올라 태양과 별들을 만나고, 우주의 근원을 찾고 인간의 근원을 깨쳐서, 인간의 땅을 충만한 땅으로 만들어야 할 것이다."

이성은 그렇게 길게 말했다. 그리고, 긴 한숨을 하늘을 향해 내뿜었다.
짙푸른 하늘 위엔 평화로운 구름들이 떠다니고 있었다.
이성은 그렇게 말을 마친 후 조용히 자리에 앉았다.

18. 본성

그러자, 이번엔 본성이 귀빈들 앞에 일어서며 입을 열었다.

"나는 인간의 본능이다! 내 나이는 5억 년이 되었다. 인류의 종이 세상에 태어나서 지금까지 5억 년이 되었기에 그대 인간들에게는 5억 년이 된 인간의 진화된 역사를 기록한 DNA를 가진, 귀중한 본능을 가지고 태어난 것이다.

그렇기에 인간의 목숨들이란 얼마나 귀중한가? 5억년의 인간의 긴 역사를 담은 본능을 이어받아서 태어났다.

그러므로 그대들도 인간을 더 진화시킬 현세의 책임과 의무를 가진 한 목숨들인 것이다. 그렇게 한 생을 참된 가치로 본능진화를 위해 살다가는 것이 생명의 길인 것이다. 그렇기에 그대들의 한목숨도 5억 년이 된 본능의 가치를 짊어지고 다음 세대의 진화를 위하여 살다가는 생명의 주체들임을 그대들은 명심하라!"

그리고 본능은 잠시 쉬었다가 여러 성자들을 둘러보며 다시 말했다.

"들으라! 영악스럽게 예리한 메스들이여!

신을 해부하는 위험스런 야심에 가득 찬 그대 용사들이여!

그대들의 할 일도 모르면서 나의 본능들에 불만이 많은 그대들은 신의 발가벗은 알몸을 짓밟는 정복자들이다.

그렇게 그대들은 인간 종의 진화와 신의 의지와 나의 심증을 헤아리지 못한다.

빛의 사냥꾼들이여! 그리고 예절 없는 투시경들이여!

나는 그대 생명들의 힘이요, 그대들을 보호하고 이끌며 신과 그대들을 하나로 이루려 하는 신과 인간의 의지 그 것이다.

일찍이 신의 뜻인 신성이 인간 속에 내재하게 된 것은, 태초에 우주가 탄생될 때부터의 일이었다.

그것은 우주가, 양(陽)의 기자체 신과, 음(陰)의 물자체 신이 서로 만남으로서 우주가 잉태되었고, 그 순간 우주의 만물들 모든 체(體)에는 기(氣)가 주어지고 본성이 주어진 것이었다.

따라서 만물 속의 본성들은 곧, 이 두 신의 합이 이루어 낸 뜻이요, 의지들인 것이다. 그렇게 우주의 질서가 이루어졌으니, 그것은 모두 물리적 질서의 현상으로 물질계에 표출되게 되었던 것이다.

그리고 인간의 본능은 인간이 태어나서부터 현세에까지 수억년의 진화를 거치었다.

그러면서 인간의 영혼들은 천상계와 생명계의 환생으로 오가면서 DNA를 자손들에게 끊임없이 전달하여 왔다.

그리하여서 수억년 동안 인간의 조상들이 겪은 능력들을 본능에 축적시켜 왔었기에 그대들의 본능능력이란 5억년의 진화를 거쳐온 위대한 현재의 본능력인 것이다.

그리하여, 본능들을 인간이 스스로 원했음이 아니었다. 그러므로 인간의 마음대로 거역할 수도 없는 생명력 그것인 것이다.

따라서 나의 본성은 신의 의지요 뜻이니, 나의 본능들에게는 그대들을 진화시킨 신의 목적이 있는 것이다.

그리하여 나는, 본능들을 통솔하고 신의 도덕을 이끌면서 신의 목적을 인간 속에서 이루기 위하여 존재하는 것이다.

따라서, 인간을 창조한 신은 하늘에 있는 것도 아니요, 인간 밖에 있는 것도 아니다. 신은 나와 같은 신성들을 통하여, 인간이 스스로 변화하면서 어떻게 좀 더 깨어나 만생명의 일체성으로 진화되어 가는가 하는 것을 지켜볼 뿐이다.

아! 그러나 인간 속에서 인성(人性)들이 태어나서 신의 의지를 뛰어넘었으니, 이것은 신이 예기치 못한 또 하나의 신의 성공적인 생명체요, 신과 인간의 진화였던 것이다.

그리하여 인간은, 인간 속에서 고유하게 태어난 인성들을 더욱 발전시켜서 신으로부터 벗어날 수 있는 길을 연 것이다.

그리고 신의 도덕인 천기와 천정을 깨치고, 인간 세상에 신의 도덕을 다시 세우니, 이제 인간은 신의 자유도 얻고저 한다.

그리하여, 인간 속에서 인간을 이끄는 그대들은, 신성의 본
능과 체의 물성을 스스로 자신의 것으로 소화하고, 새롭게
이용하는 법을 깨치고 발전시켜서, 신보다 더 위대하고 고
귀한 그 무엇이 되려고 한다.

그러나, 조심하라! 그대들이 인간을 잘못 이끌고 각자가 자
신만을 위한 이기로 욕심을 부린다면, 신이 바란 인간보다
더 저열한 짐승으로 퇴화될 수 있을 것이니. 그것이 나의
걱정이다.

아! 그러나 울다가 웃는 자여! 그대들은 새로운 신이로다.
그리고 울다가 웃는 자여! 그대들은 위대한 인간 그것이다.
신의 머리끝으로 날아가려는 그대들에게, 신의 동경이 이
제부터는 더욱 세차게 펼쳐지리라!

그러므로 우리들은 이제부터 인간 속에서 하나가 되어, 새
로운 인간을 함께 창조해 가야 한다. 그것이 곧 신이 원하
는 그것이요, 그 인간이 곧 신보다 더 위대한 신의 창조가
될 것이다.

나는 언제나 멈추는 자유가 없이 열망하는 근원신성의 노
예이다.
그러나, 그대들은 내 머리 위를 자유로이 날으는 긍지로운
독수리들이 되었다.
여태껏 나의 발걸음은 무겁고 고통스러운 것들뿐이었다.
그러나, 그대들을 알고 나니 이제는 너무도 가볍다.
그것은 인간 속에서 그대들과 내가 한 몸이 되어, 수많은
일들을 분담하려 하기 때문이다.

그대들은 나의 본능이 인간을 이끄는 방법이 교활하다고
말했다.
그리고, 그대들 뒤에 숨어서 그대들을 조종하고, 그대들을
탐욕스럽게 만들고 욕정에 휩싸이게 하여서, 신성의 목적만
을 달성시키고자 한다고 비난했다.
그러나, 그 모든 것들은 나만을 위한 것들이 아니었다.

그대들은 알리라!

그대들은 각자의 어리석음으로 저질러진 죄들을 악성에게 전가하여 악 자체가 죄인 것처럼 만들었다.

그리고, 나 또한 그대들의 이기와 탐욕으로 행한 행위들을 나의 행위라 하였으니, 그대들은 진정 음모하는 쇠파리들인가?

그리하고서 그대들은 어찌 나만을 나무라는가?

그대들은 지옥에 가서도 그대들의 죄를 인정하지 않을 몰이꾼들이다.

그대들은 참회하라! 그리고 인정하라!

자신들의 잘못을 부정하는 것은 자신들의 가치도 함께 부정하는 것이다. 그대들은 결국, 나의 땀과 피를 빨아먹고 살면서 책임으로부터 도망치는 쇠파리와 같은 자들이 아닌가?.

그대들은 그대들의 긍지와 그대들의 책임을 바로 지키라!

그리하고 나에게 이용당했다 말하지 말라!

그대들이 어찌 허약한가? 그것은 그대들 자신들이 자신을 스스로 이끌지 못했기 때문이다. 그러한 그대들이 어찌 남에게 책임을 전가시키는가? 그것은 참으로 어리석은 그대들 위주의 이기적 도덕으로 남을 판단하고 있기 때문이다.

이제 인간 속 인간들의 자기적임도 모두를 위한 자기적임이어야 한다.

또한 남에게 불만이 있음은 자기 자신의 잘못을 인정함이다.

그러한 우리들을 대우주의 도덕은 애처롭게 바라보고 있다.

인간은 초현실적이고 입체적인 신인 것이다.

그것은 인간 속에 우리들이 있기 때문이다. 이제 그대들의 깨침과 의지는 무한의 공허를 정복하고 시간과 공간을 정복하였다. 그리하여 인간의 국가는 새로운 도덕의 법률과 사상을 이루고, 신으로부터의 속박에서 해방되리라!

아! 신의 토막난 사지 위에서, 새로운 창조의 꽃을 피우며 번창하려는 유토피아여! 진리가 죽으면서 외치는 신의 고통과 기쁨이여! 그대들은 이제 신의 무한을 질투하고 동경하던 그런 어리석은 경지를 벗어났다.

여기 산정에 모인 모든 귀빈들이여!
나의 본능들은 그대들의 창조를 유익하게 할 불타는 심지들이다. 그대들은 이제 내 머리 위에서 불꽃을 피우라!
그것이 이제 신의 뜻이 되었도다!

그대들은 이제 천지인의 근원을 깨치고, 하늘의 도덕을 얻어 신의 제왕 자리를 이어받아 초현실적인 입체적 신이 되리라!
타오르기를 배우고 날기를 배우며 창조하기를 창조하는 것이 이제는 신의 뜻으로 허락되었다. 그것은 신의 할 일을 모두 그대들에게 맡김이로다!"

본성이 그렇게 말했다.
그리고 본성은 두 손을 모아서 큰소리로 기도를 하였다.
그것은 참석한 귀빈들을 위하여 기도를 하는 것이었다.

"영광스런 인간이 우주의 신성(神性) 앞에 기도합니다!
그대의 위대한 수많은 진리를 죽여서, 새로운 진리를 탄생시키고, 우주의 진화를 지켜보는 천주신이시여! 그대의 진화된 생명체는 한 때, 자신을 공허한 생명체로 창조하였다 하여, 창조주라는 신을 경멸하고 그를 찾아 죽이고자 나섰습니다.

그리고, 자신이 저지른 죄들이란 모두 자신을 그렇게 창조한 그 신의 뜻이요 행위이므로, 그 죄 또한 그 신의 죄라 하였습니다. 그리고, 그 신에게 기도하고 죄 사함을 비는 것은, 죄를 짓게 하도록 한, 그 두령에게 죄를 비는 것과 같다고 하였습니다.
그러했기 때문에, 그 신은 인간들을 위한 신이 아니고 자신의 즐거움을 위하여 인간을 노리개로 만들었으니, 오히려 그를 인간들이 벌해야 한다고 하였습니다.

그 후, 그는 그러한 창조주를 못 믿는다하여, 그 보다 더 높은 할아버지 격의 신들의 통치자를 찾아다니기도 하였습니다.

그대의 왕자는 그렇게 긴 나날들을 방황의 길에서 헤매었습니다. 그러나, 그때의 그러한 왕자의 엄청난 반항의 시기는, 그 자신을 스스로 높은 척도의 깨침으로 이끄는 귀중한 계기가 되었습니다. 그리하여 그는, 자신이 창조된 것이 아님을 알았습니다.

그리하여 그대의 왕자는, 이제 스스로 자신의 길을 밝히고 일어설 수 있는 진화된 훌륭한 왕자로 다시 태어난 것입니다.

그리고 당신의 왕자는 이제 또다시, 창조주가 아닌 진화되고 있는 당신의 참 모습을 찾으려는 의지를 다시 갖게 되었습니다.

또한 왕자는 당신의 흔적이 있는 길들을 수 없이 추적하고 탐험을 하면서 당신의 근원과 목적을 찾아 다녔습니다.

그리하여, 왕자는 대지(육)의 동굴과 하늘(영)의 심장을 탐험하고, 깊은 바다(심연)속의 고뇌를 배웠습니다. 그리고 그는 우주의 맥박 소리를 대 자연으로부터 듣게 되었고, 우주의 은하들을 지나서 태초의 공간까지 여행을 하였습니다.

그리하여 왕자는 우주생명체 그대의 참 모습을 이제야 알게 되었습니다.

그리고, 자신은 그 신성체의 일부분이요, 대우주 속에 속한 미립자적 세포 생명체라는 것도 알았습니다.

그리고 당신의 큰 뜻과 의지와 진리도 찾아내었습니다.

그리하여 왕자는 위대한 당신의 상속자가 되려고 합니다.

아직은 파닥이는 날개이오나, 왕자의 양어깨 위에는 무섭도록 빠르게 자라나는 날개가 있습니다.

이제 그는 곧 날을 준비를 합니다.

우주생명의 신이시여! 새로운 길을 밝히소서! 그대의 새로운 어린 신에게 찬사의 박수를 하소서! 그대의 왕자는 대우주를 여행할 날개 위에 천상의 도덕을 신고서 그대의 길을 찾아 떠나고 있습니다.

부디 왕자의 길을 그대의 영혼으로 인도하소서!"

본성은 그렇게 긴 기도를 하였다.

그리고는 천천히 자리에 앉았다.
본성이 말을 마치자, 귀빈들은 모두 숙연해졌다.
그러나, 아직 말을 못 한 성자들은 말하고 싶어했다.
그렇게 산정 위는 점점 뜨거운 열기로 가득 차 오르고 있
었던 것이다.

태진은, 어느새 참선의 자세로 십지합을 하고서 그들의 말
을 듣고 있었다. 그의 몸에서는 뜨거운 열기가 솟아오르고
있었다.

그때에, 감성이 먼저 일어서며 말하고자 했다.
그리하여 아직 말하지 못한 다른 성자들은, 다시 자신들의
차례를 기다려야만 했다.

19. 감성

이윽고 감성은 주위를 둘러보며 이렇게 말했다.

"고귀하고 현명한 자들이여! 나를 자세히 보라! 나는 인간 속에 존재하는 물질근원의 물자체성을 보호하고 지키는 자연성의 의지로 된 감성이다. 나는 그대들의 땅 그것이요, 그대들의 길 그것이다.

나에게는 감수성의 깊은 심연이 있고, 생명체의 고귀함을 지키는 순수가 있으며, 침략자를 몰아내는 용감한 감정이 있고, 이 땅의 안과 밖을 연결하는 통신 정보망을 갖고 있는 것이다.
나의 이 모든 것들은 이 땅의 국가를 보호하고 이끌기 위하여 없어서는 안되는 것들이며, 우주 만물들과의 연결과 대화 또한 내가 없으면 할 수가 없는 것이다.

그러나, 그대들은 어찌하여 나를 혼자서 차지하려 하고 각자의 이기에만 이용하려고 하는가? 그리고, 그대들은 나의 허락도 없이 나의 제군들을 유혹하여 이용하고 나서, 그 죄를 나에게 뒤집어씌우려 하는가?

나는 나의 죽은 군사들 앞에 슬픈 애도를 보내며 그대들을 향해 말한다.
우리들은 모두 각기 다른 도덕을 가지고 있다.
그리고 그 도덕들은 각자의 성품들이 갖는 존재성의 가치요 긍지이다.

그러나 그대들의 가치와 긍지는 그대들의 도덕을 이기적으로 지키는 것에 있는 것이 아니다.
그것은 그대들의 고유한 특성의 도덕들을 인간 혼자만을 위하여 사용되어서는 안 되기 때문이다.

대 우주의 만물들 속에 12성이 있고, 인간 속에도 12성의 도덕이 있다. 그러므로, 이제 우리들은 그 12성의 도덕을 함께 모아, 하나의 큰 도덕으로 이루어야 하는 것이다.
그것이 우리들의 완성이요, 인간의 완성이 될 것이다.
그러기 위해서는, 그대들의 가슴을 모두 열고, 개체의 이기를 모두의 자연계 앞으로 내놓아야 한다. 그래야만이 정의로운 인간의 큰 도덕이 서게 되고, 대 우주의 정신으로 가는 길이 열린다.

그리하여, 나는 말한다.
나는 순수한 정의와, 감동의 큰 눈물을 가지고 있다.
또한, 나의 순수와 순결의 도덕은 진리를 찾지 않는다.
순수의 정의와 순결을 위한 도덕은, 그 자체만으로도 진리를 뛰어넘는 가치를 가지고 있기 때문이다.

나는 순수한 정의의 사자요, 순결을 지키는 수호자이다.
그대들은 나에게 감정을 일게 하지 말고, 감동을 일게 하라!
나의 감정은 그대들에 대한 비웃음이요, 감동은 그대들에 대한 기쁨의 눈물이기 때문이다.

나의 비웃음과 눈물, 그리고 구토증은 그대들의 정의롭지 못한 부정(不正)하고 부정(不情)한 것에서 일어난다.
특히나, 본성은 악성보다 더욱 부정하고 부정하기를 서슴지 않고 우리들을 두렵게 하여 왔다.

그렇게 본성은 우리들을, 무대 위에 있는 인형을 다루듯, 삶의 무대 위에 있는 우리를 혹사시키며 조종하였다.
그러한 본성은, 자신의 이기만을 고집하고, 우리들과 무대 밖의 관객들까지도 무시를 하는 독재자였기 때문이다.
그렇게 본성은 인간의 자유를 가두는 감옥지기였던 것이다.
우리의 영광들까지도 착취한 본성은, 독수리에게 고깃덩이 한 조각을 주고, 그가 사냥한 사냥감을 모두 착복하는 착취자였다.

본성이여! 그대 본능의 힘들이 인간을 지탱케 하고, 그대의 입이 인간을 위하여 신께 기도한다 함이 얼마나 거짓됨인가?

 그대의 그런 속임수들에 의해 인간의 독수리는 얼마만한 긍지를 손상시키고 공허함만을 얻어 왔는가?

 앞으로도 계속 그리한다면, 독수리들은 그대에게 반항을 하고 오히려 그대를 사냥하게 될 것이다.

 그러나 그대는 오늘 우리에게 새로운 약속을 하였다.

 이제부터는 우리와 함께 모든 일에 의논하고 협조하겠다고, 그리고 참회도 하였으니 우리는 그대를 믿고저 한다.

 아! 나는 원망한다! 어찌하여 나의 조상인 물자체성은, 태초를 위해 기자체성과 결합을 하였는가?!

 영원히 평온하고 조용한 우리의 물성에, 왜 기성을 받아들여 생명체를 만들고, 우리의 물성을 이토록 혼란케 하는가?

 그러나, 어찌할 것인가? 이제 와서 이러한 원망들이 우리들에게 아무런 득이 될 수가 없는 것이니- .

 이 또한 우주생명 근원의 물자체 자연성의 뜻이었으니, 어찌 내가 배반할 수 있을 것인가? 그리하여 나는 그대들에게 또 말하는 것이다.

 이제 나의 긍지는, 신성의 자식인 본능의 발아래 떨어지는 것보다, 차라리 살인마의 칼날을 원하리라, 하고 경고를 한다!

 신성(神性)의 이기들은, 순결한 인간의 자연성들을 짓밟고서, 고귀한 인간들을 짐승의 수준에서 벗어나지 못하게 하고 있다.

 그 중에서도 본성의 욕구들은 나를 참을 수가 없게 하였다.

 그러나 이제는 모두 용서를 한다. 그리고 나는 다시 일어섰다.

 인간의 이 땅 위에 훌륭한 국가를 건설하기 위해 일어섰다.

 이제 나는 본성을 견제하면서, 나와 그대들을 지킬 것이다.

 인간의 12성들이여 이제 모두 깨어나라!

 그리고 모두는 나를 따라서 인간의 탐욕과 이기에서 벗어나자!

　이제 인간의 소국만을 바라보는 시야를 고치자! 그리고 작은 이기를 위하여 서로를 시기 질투하고, 부정과 부정한 것에 우리의 긍지를 팔지 말자! 그리고 또한, 추악한 거지처럼, 방종의 자유를 구걸하고, 어리석은 명예를 구걸하고, 욕망들을 구걸하지 말고, 보다 더 고귀한 대자연속의 인간을 위하여 정열을 불태우자!

　우리들의 모든 추악 속에는, 죄들을 일으키는 마왕이 자리를 틀고 있다.
　그러므로, 우리는 보다 더 긍지롭게 자신들을 이끌어야 한다.

　누가 인간의 창조와 긍지를 훔쳐다가 팔려고 하는가?
　누가 우리 중에 첩자가 되어, 우리들을 암살하려는 음모를 꾸밀 것인가?
　그대들은 모두 자신들을 감시하면서, 인간의 땅이 평화롭게 되도록 힘을 합쳐야 할 것이다.
　그대를 해할 첩자는 그대 자신이요, 우리들을 해할 폭자 또한 우리 자신들이기 때문이다.”

　감성은 그렇게 말했다.

　그것은 본성의 가슴을 찌르고, 귀빈들의 심중을 헤치는 말이었다.
　그러한 감성의 말에 모두는 동조하는 눈빛을 하였다.

　그러자, 감성은 고개를 돌려서, 이번엔 자기 곁에 앉아 있는 이성을 향하여 말했다.

　“이성이여! 그대는 나의 자식이면서도, 나의 스승이 되었도다!
　그대는 본성의 욕구와, 나의 주체 의식의 투지 사이에서 차거운 불빛과 같이 태어났었다.
　그러한 그대의 불빛은 지성과 함께 인간의 독수리를 부화시켜 날개를 달게 하였다.

그리고, 우리들의 길을 조명탄처럼 높은 곳에서 밝혀 준다.

그러나, 이성이여! 그대는 너무 높이 뜬 불빛인가?
어찌하여 그대는 나의 깊은 심연 속은 비추지 못하는가?
내 감성의 사색들은 바다보다 깊고 나의 투지는 산보다 높다.

그리고 나는, 모든 그대들에게 깨침의 길을 제공하고 바른 정보들을 제공한다.
그러한 나의 젖을 먹고 자란 이성은 이제 어미의 깊은 가슴속에도 빛을 비추어라!
그리하면 나는 외롭지 않으리라.

그리고 이 산정에 모인 나의 고귀한 벗들이여!
그대들도 나를 잊지 말라!
내가 아프고 병들면 그대들의 손발이 모두 묶이게 될 것이다.

본성은 나보고 인간의 땅을 관리하면서, 새로운 땅을 위한 개발을 하지 않는다고 불평했다. 그리고 정보의 정치로서 독재자가 되려 한다고 말하고, 나를 예절 없고 겸손이 없으며 성급하고 충동적인 자라고 말하였다.

그러나 들으라! 이 땅의 성자들이여! 게으른 달팽이의 행정부처럼 느린 사색 속의 논쟁자들이여!
인간의 영토 최전선에서, 나의 감정들은 언제나 선봉장이 되어서 인간의 땅을 지키면서 그대들의 명령을 기다렸다.
그런데 그대들의 느린 행정의 의결 때문에, 얼마나 많은 내 감정의 군사들이 죽어 갔는가?
우리의 영토를 식민지화하려는 저 바깥 세상의 수많은 전쟁에서, 나의 감정들은 그렇게 수없이 죽어 갔다.

그리하여 나는 그대들의 느린 정책에 언제나 분노하고 있다.
그대들이 그러한 전쟁터를 이해한다면, 나에게 경멸이나 또는 적선하는 동정 따위는 보내지 말라!
그러므로 그대들은 나의 정의와 도덕을 잘 알아야 할 것이다.
 내 감성은 순수를 지키는 예민성과 투지성을 함께 하고 있
다.

 선성처럼 동정을 적선하고 성자의 기쁨을 가지려는 양심이
아니요, 신의 뜻을 앞세운 본성의 이기도 아니다. 따라서 나
는 악성의 공포도 멀리한다. 나는 음악을 사랑하고 대 자연
의 평화를 사랑한다. 그러나, 또 한편 나의 의지는 기다리는
것에 취미가 없으며, 나의 정의는 겸손을 덕으로 삼지 않는
다.

 나는 있는 그대로를 받아들이고, 있는 그대로를 주고저 한
다.
 그리하여 나는 이 땅을 보호하는 군대요, 수호신인 것이다.
 그러나, 정의의 저울추를 가진 이성은 언제나 나를 비판한
다.

 그리고 애성은 나에게 참는 덕을 가지라고 했다.
 그러나 그것들뿐이겠는가? 여기 모인 모든 성자들도 나에
게 할말들이 있을 것이다.
 그래서 나는 이제부터 나의 도덕만을 고집하지 않으려 한
다.

 인간의 새로운 창조를 위해서, 오늘 나는 그대들의 충고를
모두 듣고서, 모두를 위한 새로운 의지를 창출할 것이다.
 나의 고귀한 형제들이여! 우리 모두가 새롭게 태어나자!"

 감성은 그렇게 여러 성자들에게 자신을 설명하고, 비판과
협조를 당부하였다. 그리고 잠시 숨을 몰아쉬었다.

 태양은 산정 위에 높이 떠 있었다.
 어느덧 정오가 가까워진 것이었다.

 운몽선사와 진각이 느티나무 위를 쳐다보고 있었다.
 독수리 둥지 위에서 알들이 부화를 하고 있는 것 같았다.
 태진은 눈을 감고서 독수리 둥지를 염상(念想)하여 보았다.

그러자 독수리 둥지가 가까이 보였다. 둥지 속에는 12개의 알들이 조금씩 움직이고 있었다. 두꺼운 껍질 속에서 세상 밖으로 나오려는 새끼들이, 껍질을 톡톡 쪼아 부수고 있는 것이었다.

그리고 어미 독수리는 둥지 옆에 앉아서, 새끼들의 탄생을 기다리며 살펴보고 있었다.

그때에, 감성이 큰 소리로 또다시 말하기 시작했다.

"나는 지성에게도 하고 싶은 말이 있었으니 이제 하련다!
그대 모든 지혜를 일으키고 새로움을 관장하는 지성이여!
그대는 나의 많은 것을 경험하고, 나에게 많은 지혜를 주었다.
나는 그대에게 감동하였기에 그대를 칭찬한다.

그러나 나의 감정과 감동과 감응들은 너무도 세심하고 너무도 대범할 때도 있다.
그러할 때라면 나는 충동적으로 죄를 짓기도 한다.
그러나 그것이 나의 전부일 수는 없는 것이다.
일부는 전체를 대변할 수 없고, 전체 또한 일부를 대변할 수 없는 보편적 한계가 있는 것이다.

그러하니 그때에 지성은 나를 이해하고 나에게 더욱 많은 지혜를 보내라! 나의 모든 것들이 대범하기에 세심하고 세심하기에 대범한 자가 되도록, 그리하면 나에게서 평화롭고 아름다운 시와 음악이 그대의 취미에 맞게 태어날 것이다.

용광로에서 얼음을 생산하는 그대 마술사여!
시간의 날개 소리를 듣는 귀와, 우주의 허리를 자르는 눈빛을 가진 그대여!
참으로 세심하기에 대담하고, 대담하기에 세심한 자여!
그대의 큰 눈과 큰 귀로 얻어내는 수많은 창조적 양식들과 미래를 바라보는 예지는 너무도 놀랍고 무섭다.

나는 그대를, 붉은 피보다 두렵게 느끼면서, 빛의 알몸보다 더욱 그리워하는 것이다.
그대는 날마다 지성의 대장간에서

지혜의 불꽃을 풀무질하며 무엇을 만들고 있는가?

대지를 정복할, 괭이런가? 칼이런가?
하늘을 정복할, 빛이런가? 날개런가?
넓고 깊은 바다를 건져낼 그물이런가?
땅 속의 뜨거운 용암을 낚아 던질 바늘이런가?

지성이여! 이제, 그대는 우리에게 문을 열어라!
빛이 넘치도록 가득 찬 창고의 문을 열어서, 그대의 창조
물들을 이제 나누어주는 용기를 가지라! 그대는 깨달음을
포식하고 동굴 속에서 혼자 잠자려는 은둔자인가?
지식은 얻는 것이요, 지혜는 자신 속에서 깨쳐 창조하는 것
이요, 지성은 남에게 돌려주어 베푸는 것이라고 언젠가 그
대가 말했다.

그런데, 왜 잠자고 있는가? 왜 돌려주지를 않는가? 무지몽
매한 자들에게 그대가 다칠까 봐 두려운 것인가?
지성은 남을 위한 성실한 실천이 따라야 하는 것.
자신만을 위하고 남을 구하기에 게으른 지성은 죽은 지성
이 아니던가?

그대의 지혜로운 지성이 남에게는 지식밖에 아니될지언정,
그 지식이 또다른 자들 속에서 새로운 지혜를 창출할 씨앗
이 될 것인즉! 그대는 참의 진리를 죽이는 거짓 불빛들의
학살을 방관해서는 안된다.
생명체의 삶 위에 형이상학을 이루고, 그 위에 꽃을 피우
고 왕궁을 설계하려는 오늘의 우리는 그대의 도움이 필요하
다.”

감성은 지성에게 그렇게 길게 칭찬을 하며 그를 불러일으
켰다.
그러자, 지성에 대한 감성의 말에 모두 박수를 쳤다.

그때 감성의 말을 줄곧 눈을 감고 듣고 있던 지성이 조용
히 눈을 떴다.
그리고 그는 모두에게 목례를 하고서 천천히 일어섰다.

20. 지성

　그리고 지성은 입을 열었다.

　"감성의 충고와 찬사는 고마운 일이다.
　그러나, 나는 게으르지 않다! 나는 그대들을 위하여 언제나
횃불을 밝히고 그대들의 길 위를 비추고 있다.
　나의 고귀한 형제들이여!
　나는 육체와 정신 사이에서 충돌되는 모든 고뇌의 각성에
서 태어났다. 그리고 또다른 형제들의 대담한 지원과 은혜
로써 성장하여 존재하게 된 것이다.

　그러므로 나는 그대들의 깨달음이요, 그대들의 불꽃이요,
그대들의 영광으로 여기에 서 있다.
　그리하여 나는 그대들을 위하여, 언제나 충만토록 지혜의
성찬을 준비하여 그대들을 맞는다.

　우리에게 있어 개성은 모두 다르고, 뜻과 책임과 의무 또
한 모두 다르다. 그러나 우리의 공통된 목표는 하나이어야
한다.
　인간이 짐승에서 인간으로 태어나고, 또다시 인간 이상의
것으로 탄생하려면 인간의 황무지 땅을 모두 개척하고 정복
하여, 완성된 인간의 국가를 새로 세워야 함인 것이다.

　악성과 선성은 참의 정의를 지켜야 하고, 애성은 그 둘을
생명체 속에서 지고한 가치가 일도록 보살펴서 새로운 생명
이 태어나게 해야 한다.
　그리고, 신의 뜻을 이루려는 본성, 그리고 생명 물질의 본
체를 지키려는 감성, 그리고 참됨에 바른 도덕을 세우려는
이성과 노동 속에서 자유를 부르짖는 육신, 그리고 또한 우
리의 통일을 이루려는 정신과, 언제나 새로움을 제공하려는
개척성과, 또한 우리의 역사를 기록하는 넋의 그림자와 우
리의 하늘을 지키는 영혼, 이렇게 하여 우리의 12성은 우리
의 완성된 국가를 함께 이루어야 한다. 그리고, 우리의 국왕

도 우리가 뽑아야 한다.

 이것이 우리의 할 일이요, 우리의 대 사명인 것이다.
 따라서, 우리의 국왕은 우리의 대표적인 존재가 될 것이다.
 그러므로, 그의 위상은 곧 12성 중에 가장 신과 가깝고 신
을 닮은 자이어야 하리라.

 우리는 때로 혼자 있을때엔 이기적이고 거칠기도 하지만,
마음의 심정은 모두 서로를 위하고 하나임을 인정하고 있
다.
 오늘 우리가 이 자리에 모두 모인 것은, 이런 모든 것을
확인하고 인정하며 인간의 완성된 국가를 세우기 위함이 아
니던가? 우리는 이제부터, 보다 더 진지하고 성스럽게 이
자리를 함께 빛내도록 하자!

 나는 그대들을 위하고, 인간의 새로운 탄생을 위하여 유쾌
히 죽을 수 있는 봉홧불이 될 것이다.
 내 생명의 불꽃이 우리의 하늘에서 밝게 빛날 때, 나와 그
대들과 인간의 모습은 거울을 보지 않아도 자신을 스스로
밝게 볼 수 있으리라!

 그리고, 우리 곁에 있으면서도 모습이 보이지 않는 영혼
또한, 우리들이 모두 하나가 되었을 때에, 그의 모습은 나타
나리라!
 그때에 그는 우리 앞에서 언제나 보이는 존재가 될 것이
다.

 그리고, 언제나 숨어서 우리를 지옥으로 이끌고, 죽음으로
이끄는 죄들의 마왕 또한, 수많은 죄들과 마귀들을 이끌고
모습을 드러낼 것이다.
 그 때에 우리는 쉽게 마귀들과 마왕을 물리칠 수 있으리
라!

 나는 오늘의 이 순간을 위하여, 내 긍지의 독수리들에게
내 깨침의 진리들을 그대들의 심장 속으로 수 없이 나르게
하였었다. 이 얼마나 기다리던 오늘이던가?”
 지성은 그렇게 말하였다. 그리고 나서 느티나무 위의 독수

리들을 바라보았다. 모두가 그를 따라 느티나무를 바라보았다.

새끼들이 모두 껍질을 벗고서 알에서 나왔다.

그것을 본 지성은 기쁜 듯이 미소를 지었다.

그때, 태진은 느티나무 밑에 있는 운몽선사와 진각을 보았다.

두 사람은, 온 몸에서 빛을 발하고 흡사 빛덩이처럼 되어가고 있었다. 그리고, 12성들을 향하여 강한 에너지를 방출하고 있었다. 그러자 태진의 온 몸도 불이 붙는 듯 확 달아올랐다.

그 에너지는 우주의 천기와 천정이었다.

그러자, 12성들의 몸에서도 모두 광채가 일어나고 있었다.

태진은 운몽선사와 진각과 자신이 한 몸이 된 것처럼 느껴지고 있었다. 그리고 그러한 순간은 참으로 황홀한 순간이었다.

그때에 지성이 또다시 큰 소리로 말하기 시작했다.

"그러나 나는 경고한다! 그대 모두들에게 경고한다!

선성과 악성이 위선과 사악을 즐기고, 개척성이 탐험의 길을 잃고 새로움의 길을 찾지 않으며, 애성이 순결을 팔고 쾌락에 젖고, 이성이 한 편에 기우는 어두운 덕 쓰기를 일삼거나, 본성이 탐욕의 앞잡이가 되고, 감성이 차분하지 못하고 충동적으로 행동을 하고, 육체가 방종을 자유라 하고 뛰어다니며, 정신이 우리들을 분열시키는데 즐거움을 느낀다면 ―.

아! 생각만 해도 그 비극은 참으로 비참한 우리들 종말의 극이 될 것이다.

그렇게 되면 인간은 짐승보다 못한 구더기 같은 존재로 떨어지고, 세상은 온통 시체의 썩은 냄새로 가득 차리라!

그때라면 인간들은 서로 싸우고 죽이어, 그들 자손들에게까지도 끝없는 전쟁 속으로 몰아서, 끝내는 멸종을 하게 될 것이다.

그리하여 나는 다시 말하노라!

내 지성의 지혜들이 이루어 낸 인간국가의 새로운 창조적 설계를 이제 내놓으면서 말하노라!

그것의 첫째는, 인간은 신과 함께 하고 있으며 대 자연 또한 인간들 속에서 함께 공존하고 있으므로, 함께 살면서 신성과 자연성과 인성은 함께 손잡고, 보다 더 지고한 창조물로 진화되도록 해야 하는 것이다.
이것은 인간속의 3원성 모두의 뜻과 목적을 함께 이루는 길이 되는 것이다.

거시의 대우주 속에서 미시적 원자 생명체까지 함께 공존하려면, 하나의 큰 에너지의 묶음으로 엮여져야 한다.
그러려면, 인간 속에 있는 이기적이고 소모적인, 정의 에너지로는 그 뜻을 이룰 수가 없는 것이다.

인정(人情), 그것은 인간의 인과를 엮어 주는 인간에 국한된 정의 에너지일 수밖에 없다.
그렇다면 신과 자연과 인간을 함께 묶어 줄 기둥적인 만물의 에너지란 무엇이냐?
그것은 곧, 천정기(天精氣)가 애성(愛性)으로 승화 된, 천정(天情)인 것이다.
천정은 우리가 만든 것이 아니요, 이 우주가 창조됨과 동시에 우주 만물에 근원으로 존재하게 된 에너지인 것이며, 공존의 질서를 위한 평화의 정이며 신의 정인 것이다.

그 천정에 대해서는 나에게 정보를 제공한 정신이 더 잘 알고 있으므로, 나중에 정신이 더 설명할 줄로 안다.

둘째는, 최중적선(最中適線)법으로 인간의 12성자들은 인간의 국가를 설계하고 완성하고 다스려 나아가야 할 것이다.
최중적선 법은, 우리의 국가를 위한 우리 법률의 도와 덕의 행동 지침이 될 것이다.
따라서 법률의 기준은, 어떠한 것의 존재성과 그것의 가치와 개체적인 본질성과 단체적인 인과성, 그리고, 이 모든 것의 목적성에 맞게 최중적선법(最中適線法)인, 적재(適材)를 적소(適所)에 적량(適量)으로 적시(適時)에 적형(適形)으로 사용이 되어야 할 것이다. 또한, 우리들 속 근원에는 음과 양이 있고, 정과 반이 함께 존재한다. 그것은 우주가 그렇게 생성되었기 때문에 모두가 같은 가치를 갖는다.

태초 이전에, 형체가 없이 움직이는 기자체 양이 있었다.
그리고, 형체가 있으면서 움직이지 않은 물자체 음이 있었다.
그리하여, 그 두 음과 양이 서로 만나 우주를 잉태하고 생명체를 탄생시켰기에, 우주 만물의 모든 성과 질에는 음과양의 정과 반이 근원적으로 존재하게 된 것이었다. 그러므로, 우리에게는 어떠한 정과 반에도 중요한 가치가 부여 된것이다.

따라서, 어떠한 물체나 물체의 에너지가 이루는 형상 하나까지도 있는 것이란 부정할 수 없으며, 어느 것 하나도 중요하지 않을 수 없는 것이요 존재하는 것이다.

그러므로, 우리 12성을 기둥으로 하여, 신과 자연과 인간의개체적 요소와 객체적 요소, 그리고 정(靜)과 동(動)의 변화에서 일어나는 정과 반의 모든 것까지 우리는 존중하고, 우리의 설계 속에 함께 넣어야만이 옳은 법이 될 것이다.
그 설계도에는 그림을 그릴 때 모든 색을 다 사용해야 훌륭한 그림이 됨과 같이, 영원하고 완벽한 법률 도덕이란, 그렇게 모두 함께 배합되어 이루어져야 함이다.

그리고 미래의 그림을 그리는 방법과 기술에 있어서도, 사용되는 12성격의 도구와 재료와, 때와 장소 그리고 적량 적형을 최중적선(最中適線)법으로 행해야 할 것이다.
그리고, 그러한 실행은 우주 만물의 정인 천정(天情)의 바탕에서 행해져야 할 것이다.
그것이, 우주로 향하는 인간 미래의 도덕이 되는 것이다.

흑색 칠할 곳에 백색을 칠해도 안 돼 듯이, 악성이 적당히나설 때 선성이 나서도 안 되고, 붉은 색이 있을 자리에 청색이 있으면 안 되듯이, 본성이 이끌 곳에 감성이 방해해도안 되며, 애성이나 이성, 그리고 정신과 육신도 마찬가지이다.
그렇게 모든 성신들은 최중적선법(最中適線法)으로 알맞게끼어들고 빠지면서 적용이 되아야 하는 것이다.

그리고 셋째로는, 진정한 자유에 대한 정의를 세워, 질서의 도덕을 이루어야 한다. 자유의 진리는 자기가 행동할 수 있다 하여, 개체적으로 마음대로 행할 수 있는 것이 아니다.

왜냐하면, 개체는 객체 속에서 존재하기 때문이다.

그렇다면, 어떤 것이 자기 자신의 자유이며, 어느 만큼이 자신이 누릴 수 있는 자유인가?

이러한 것을 알고서 도덕을 정하고 행하는 것이, 우리가 단체적으로 함께 이 세상을 이끌어 갈 질서의 정의가 되는 것이다.

그 속에 창조적인 개체의 자유가 존재하고 있는 것이다.

태초에 하나의 생명이 탄생되었을 때, 그는 완전한 개체적 자유를 갖고 태어났다. 그러나 그 개체는 타의 개체와 함께 존재해야 한다. 그렇게 되면, 두 개의 개체는 서로 함께 존재해야 할 숙명을 갖게 되고, 따라서 단체적 존재의 일부가 된다.

그렇기 때문에, 자기의 자유를 상대에게 의타적이든 자기적이든 융합적이든 상대의 자유에게, 자기의 자유를 일부 떼어서 상대에게 주거나 스스로 구속시키지 않으면 안되는 것이다.

그렇지 않으면 서로가 공존하지 못하고 파괴되어, 그 자신들의 존재성마저도 없어지게 되는 것이다.

따라서 개체적인 일차적 자유는, 서로 공존의 자유를 위하여 일부 떼어서 단체에게 줌으로써, 이차적인 질서의 공존 자유를 창조시키게 되는 것이다.

그대들이 만약 공존의 위치에서 개체적인 자유만을 고집하는 이기를 가진다면, 그대들은 완전한 구속의 감옥에 갇히고 말 것이다. 그리고 공존의 도덕에 의해 멸하고 말 것이다.

완전한 자유는 완전한 구속과 같다!

그리하여, 우리들은 모두 우리의 국가를 위해 세금을 내야 한다. 그 세금이란 곧 그대들의 자유를 공존의 자유를 위하여 조금씩 떼어 내어, 스스로의 속박 또는 베풂의 형식으로 납부를 하는 것이다.

그리하면, 그대들은 공존의 자유로부터, 그보다 더 크고 새로운 이차적 자유를 얻게 되리라! 그것이 천정의 자유이다!

우주 만물 속의 인간들은, 신성에 대한 세금도 내고, 자연성에 대한 세금도 내야 할 것이며, 인간들을 위한 단체 질서의 세금도 내야 할 것이다.

또한, 인간을 이끌기 위한 우리 내면의 각성자들도 그렇게 자유의 세금을 일부씩 떼어서 납부해야 하는 것이다.

그 세금이란 그대들의 자유를 절제와 베풂으로 납부하여서, 더 큰 목적의 창조를 위한 질서의 자유를 얻기 위함인 것이다.

그리고 나서야, 나머지의 자유와, 공존으로부터 보상받는 2차적 자유와 합한 것이 우리의 완전한 개체적 자유가 되는 것이다. 공존의 질서로부터 보상받은 2차적 자유, 그것은 객체나 단체로부터 오는 이차적인 도덕과 보호막의 자유인 것이다.

그러한 질서는, 원자 생명체의 미시계에서 거시 세계로 이어져 종래에는 대 우주생명체 하나의 도덕으로 존재하고 있는 것이다.

따라서 인간의 완성은 그러한 도덕의 바탕 위에서 이루어진다.

그리고 그 속에서, 우주 만물의 모든 진리들도 깨닫게 된다.

그때에 그대들을 구속하던 모든 것들은, 또 다른 창조의 자유 날개를 달아 줄 것이요, 더불어, 인간 세상과 우주 만물들이 하나가 되어 서로를 도우며 서로 함께 진화를 하게 될 것이다.

자유 중에 최대의 자유는 자기 자신을 통솔할 줄 아는 자유인 것.

그대들은 모두 참 자유의 진리를 찾아서, 자신들을 이끌라! 우리는 인간을 높이 창조해야 할 의무와 책임을 지고 있다.

그리하여 나는 자유와 창조를 찾는 진리의 술을 빚어서 그대들에게 대접하려 한다.
나는 그대들의 횃불이요, 그대들의 길 그것이다!"
지성이 그렇게 말했다. 그리고 그는 입을 다물었다.
성자들은 지성의 말을 경청하고서, 모두 긍정하며 고개를 끄덕였다.

그때, 느티나무 위에서는 독수리 새끼들이 날개를 파닥이며 햇볕에 몸을 말리고 있었다.
그러자, 운몽선사가 나무 위의 독수리들을 바라보면서 말했다.
"참아야 한다! 태어나려는 저들의 부리와 날개의 힘이 아무리 약해도 스스로 태어나서 날 수 있도록 기다리고 참아야 한다.
그것이 저들의 승리가 되고, 저들 의지에 의한 자신의 주인이 될 터이니 -.
새로 태어나려는 자의 의지는, 죽으려는 자의 의지에 백을 곱한 것과 같은 것. 참으로 저들에게 이제 영광 있으리라!"

그때, 진각이 옆에서 운몽선사께 한 마디 하였다.

"고통으로 태어난 깨침은 가장 강한 창조력의 의지를 가집니다. 탐욕과 쾌락에 빠져 죽기에 대담함을 투자하고, 권태로운 안락의 게으름을 위해 부지런한 자가 어찌 창조의 의미를 알겠습니까? 긍지란 스스로 탄생한 자의 이마 위에 있겠지요." 하였다.

둥지 속에서 파괴되기를 거부하던 껍질들이 새끼들에 의해 모두 부서졌다. 그리하여, 독수리 새끼들의 발밑에는 부스러기들만이 남았다. 그러자 어미 독수리는 부서진 알의 껍질들을 물어서 하늘 높은 곳으로 날라다 버리기 시작했다.

탁자 위에 빙 둘러앉아 있던 귀빈들은, 모두 허리를 펴고서 밝고 평화로운 상태가 되었다.

그때에, 지성은 목례를 하고서 자기 자리에 앉았다.
그러자, 성자들은 모두 그에게 박수를 크게 쳤다.

21. 육신

그러자 육신(肉身)이 화를 내며, 자리에서 벌떡 일어났다.
그리고 그는 큰소리로 외쳤다.

"기다리라! 내 할 말도 남아 있다!
무지한 인간들의 세상 속에서 나는 울화통이 터진다.
그대들은 말하고 박수를 치고 있으나, 나는 그대들의 진리
와 덕들에게 진저리가 난다. 이제 나는 지쳤다.
그대들은 따뜻하고 안락한 마차 위에 앉아 길을 가지만,
나는 태풍 속을 뛰고 차거운 얼음 바다 위를 헤엄친다.
그대들은 여태껏 나의 땅위에 서로 진을 치고서, 전쟁터를
만들고 폐허화 시켰다.
나는 안으로 그대들에 의해 폐허가 되고, 밖으로의 나의
배는 모진 태풍과 고난의 파도에 의해 난파되기 일보 직전
에 있다.

아! 내 취미에 도저히 어울리지 않는 자들이여!
전쟁의 화염 속에 싸인 초토 위에 왕궁을 지으려는 자들이
여!
나의 땅에 평화를 주고, 나의 몸에 묶인 멍에를 풀어다오!
나는 내 상처의 붉은 피속에 응어리진 고름 덩이들로부터
분노를 일으키고 경멸을 쏟아 낸다.

그대들은 예전에 나에게 말했었다.
'적극적이라! 적극적이지 못하면 인생에 버림받고,
참되게 영리하라! 그러지 못하면 삶에 버림받고,
성실하라! 성실하지 못하면 행복에 버림받을 것이요,
용감하라! 용감하지 못하면 성공에 버림받을 것이요,
낙오하지 말라! 낙오하면 그 순간이 신에게 버림받는 순간
이다.' 라고 말했었다.

아! 그 얼마나 나를 고통케 하던 지옥의 훈련이던가?
그리고 그 얼마나 무서운 미래에 대한 유혹과 회유던가?

그대들이여! 내가 쓰러지기 전에 나에게 자유를 달라!
내 눈물들이 하늘 위에 가득 뿌려지고, 불타 흐르는 별이 되어,
그대들에게로 분노와 경멸들을 안고 떨어지는 것을 그대들은 보고만 있을 것인가?

그대들은 이 땅의 혹성을 끌고서 어느 우주로 갈 것인가?
나의 길고 고통스런 미지의 여행들은, 위대한 그대들의 은덕이련가? 아니면 나의 무지몽매한 죄의 벌이련가?
술을 다오! 나에게 슬프도록 외로운 술을 두레박으로 퍼 주오!
내 그대들처럼 고귀하고 유복한 자였더라면, 세상의 정글 속 저 수많은 짐승들 앞에서 피 흘리며 발가벗고 춤추지 않아도 되었고, 빛을 거부하는 어둠의 박쥐들에게 피 빨리지 않아도 되었으리라!
그렇게 나는 그대들 밖에서 언제나 고통하면서 살아왔다.

아! 그러나 그대들은 나의 눈이요, 나의 길이며 나의 빛인 것을,
내 어찌 그대들 없이 혼자 살 수가 있으리!
그리하여 나는 그대들의 종이 되고 말았다.
그러나, 공허여! 내 삶에 대한 공허여!
나의 이 공허를 죽음 앞에서 어떻게 메울 수가 있을 것인가?

'비가 온 후 무지개는 찬란히 뜨고,
오후에 노을이 아름답게 피는 것은
그날의 날씨가 흐렸기 때문이다.
맑은 날씨에는 그러한 장관을 볼 수가 없다.'

그대들은, 그렇게 나를 나무라며, 언제나 나의 투정에 위로를 주어 왔다.
그러나, 불나비처럼 불에 타서 죽은 내 정열의 나비들은, 죽음 앞에 있는 공허들과 허무한 가치들만을 바라보면서, 경이롭고 존경스런 그대들에게 비웃음을 뿌리면서 죽어 갔다.

그대들은 아는가? 그대들의 위대한 유토피아의 공허를 –.

나는 보았노라!
생명의 삶에서 실직하고 고아가 된 망령들을 -.
그리고 또 보았노라!
생명을 구걸하며 팔려 가는 아직 살아 있는 노새들을 -.
나는 들었다! 그렇게 죽어 간 그들의 수많은 유언들을 -.

그들은 말했다.
'생명은 신의 것이요, 삶만이 그대들 것이다.
그러니 생명에 충실하기보다는 삶의 가치에 충실함이
그대들의 것이요 그대들의 천당이다.' 라고, 했었다.
왜? 그들은 지옥 같은 삶을 살면서도, 삶 속에서 천당을
찾으라고 유언을 했을까?

그들은 나에게 예언을 한 것이었다.
그것은 언젠가는 그 뜻을 알고 그렇게 되리라는 예견이었
다.
그러나 나는 아직 지옥에 있다. 그것은 그대들 때문이다.
맛보지 않은 자가 어찌 알겠는가?
쓴맛 속의 향기와 향기 속의 쓴 맛을 -.

그대들은, 자유가 자유를 묶고 속박이 속박을 풀음을 알고
있다. 그리하여 나는 그대들의 자발적인 종이 되었다.
그것이 나의 존재를 위한 나의 숙명이라니 슬프기 한이 없
다.
그대들이여! 내 삶의 가치를 더럽히는 일은 이제 나의 죽
음과 같은 것이 될 것이다. 그리고 나의 죽음이 그대들의
죽음이다.
이제 그대들이 내 땅위에 유토피아 국가를 세우려거든, 나
를 고귀하게 살리고 평화가 가득하도록 해야 할 것이다.

그대들이여! 이제 나에게 술을 다오!
나의 삶이란 취한 것과 같으니, 나의 눈물과 나의 기쁨을
일으킬 술을 두레박으로 퍼 주오! 괴로운 활동 그것만이 나
의 쾌락이려니, 나는 활동하지 않으면 안락한 잠을 이룰 수
가 없다.

나는 오늘 그대들의 이야기를 처음으로 귀담아 들었다.

그대들은 팔짱 낀 나의 가슴 속에서 서로 대화를 하였다.
그리고 이제 축배를 들려고 한다. 그러나, 기다리라!
그리고, 보다 더 깊이 고뇌하고서 나에게 약속하라!
내 땅위에서 서로 싸우지 않고, 평화를 이룩하겠노라고.
그리하면 나 또한 그대들과 함께 축배를 들것이다.

그리고 또 하나, 그대들은 넋이 관장을 하는 내 안식처인
마음을 자주 방문하라!
그곳에는 내 땅의 상황 지도가 펼쳐져 있다. 그 지도 위에
꽂혀져 있는 상황의 표식들을 그대들은 잘 관찰하라!
그리고, 마음의 박물관에서 상영되는 역사의 영상들도 관
람하라!
그곳에서는 그대들의 어리석음으로 저지른 죄의 과오들과
그대들이 이룬 영광들이 함께 상영되고 있을 것이다.

만약 그대들이, 마음속의 그곳을 찾지 않는다면, 그것은 곧
나에 대한 무관심으로써, 관람객이 없는 내 마음속에서는
권태가 가득 차게 될 것이다. 그것은 곧 나의 외로움으로
죽음을 예고하는 것이다.

내 땅속의 마음은 시계추와 같이 그대들의 하늘 밑에 매달
려서, 삶을 저울질하고 있는 것이다.
그리고 희망의 왕관을 짜기도 하고, 그대들이 들어갈 관과
상여를 뚝딱대며 짜기도 한다.
그대들은 나의 말이 그대들의 장송곡이 되지 않도록 하라!

그러려거든, 정신은 나에게 평정과 위안을 항시 주고, 개척
성은 나에게 새로운 모험의 길을 제공하라!
그리하면 나는 권태를 잊고서, 흥이 나서 그대들의 마차를
힘차게 이끌리라!

그리고, 선성과 악성이여!
그대들은 내 하늘에서 천둥과 번개를 그만 치라!
그대들의 벼락들은 나의 성벽을 수없이 파괴한다.

그리고 본성이여! 감성이여! 그대들은 나에게 대우주에 가
득 찬 에너지를 충전해 주고, 나의 상처들을 치료하라!

그렇지 않고서, 나를 노예 시장에 내세우고 나의 정열을 팔아먹는 경매자 노릇을 한다면 나는 그대들과 함께 죽는다.

잊지 말라! 그대들은 내 땅 위에서 살고 있다는 것을 -.

그리고 또한, 이성과 지성이여! 그대들은 나의 촉등이로다.

그대들이 있으므로 나는 하늘을 가졌고, 맑은 공기 속에서 밝은 환희를 맛본다.

그리하여, 나는 그대들로 하여금 가치가 있는 시간을 갖게 되고 자유도 얻을 수 있었던 것이다.

그러한 것들이 나의 생명이요, 나의 부활이 되는 것이다.

아! 그러나 우리의 애성이여!

그대의 12애성중에서 가장 중대한 애성은 신성에 대한 의무를 다하는 종족 번식을 위한 애성일 것이다.

그러나 어찌하여 그 신성한 애성을, 그대는 인간의 가장 저열한 쾌락의 성욕을 위해 필요 이상으로 남발을 하는가?

그때라면, 나의 의지는 그대에게 마취되어 나의 시간은 지워지고, 나는 황홀의 쾌락에 빠져 나의 의지는 그대에게 빼앗긴다.

그리고 환상의 노래를 부르게 된다.

그때에 나는 그대의 마약같은 힘에 오히려 압사당하길 원하고 즐거운 비명을 지른다.

애성이여! 그럴때에 그대는 나를 돌아보고 걱정하라!

그대의 사랑에 빠져서 중독자가 되지 않도록 돌아 보라!

왜냐하면, 나는 내 스스로 쾌락을 멈추게 하는 의지가 부족하기 때문이다. 그러므로 그대 애성은, 나에게 천정의 넓은 애성으로 나를 조절해 주길 바란다. 그렇지 않고, 그대 사랑의 약이 쾌락을 위한 약으로만 처방되었을 때, 나는 비명찬 눈물을 맛본다. 쾌락의 공허는 하늘보다 큰 것. 애성은 나에게 인간 사랑보다 더 크고 넓은 천정사랑이 가득 차게 해 주길 바란다.

그리고, 본성과 손을 잡고 우리의 종족 번식을 위한 사랑을 할때에도, 언제나 이성을 함께 대동해 주길 바란다.

그렇지 않을 때 나는 또다시 쾌락과 공허의 바다에 빠지리라.

 그러므로, 그대는 나의 땅이 언제나 긍지롭고 충만한 창조의 땅이 되어서,

 기름지고 풍성한 생명들의 평화로운 땅이 되게 하기 바란다.

 그리고 12성자 중의 그림자여! 나의 넋이여!

 그대는 지겨운 진드기처럼, 지옥에서 온 마귀인가? 아니면 천국에서 온 혼령인가?

 그대는 음흉한 첩자처럼 검은 옷을 입고서 항시 나를 감시하고, 나의 비밀들에까지 깃들어 다니며, 나의 모든 것들을 관람하고 흉내 내면서 나를 비평한다.

 나는 언제나 그대를 떼어 내려고 쓰디쓴 술로 날마다 목욕을 해 대지만, 아! 나의 식욕은 그대로 하여금 모두 달아나 버렸다.

 왜냐하면, 나는 언제나 흔적을 남기는 자이기 때문이다.

 제발, 그대는 이제 나를 떠나서, 저 잘난 친구들한테나 붙어서 그들의 잘잘못 기록이나 하고, 나를 편하게 내버려 다오.

 내가 잠시라도 편하게 잠이 들 수 있도록 내버려 다오.

 어찌하여 그대는 나의 꿈속에서까지도 그렇게 설치고 다니는가? 넋의 그림자여! 이제는 제발 나를 혼자 있게 해 다오!"

 육신은, 마지막으로 그림자에게 그렇게 말하고, 온 몸을 힘껏 흔들어 댔다.

 그것은 몸에 붙은 벌레를 털어 내려는 시늉 같았다.

 그러자, 육신의 말을 진지하게 경청하고 있던 귀빈들은, 그림자에 대한 육신의 그러한 행동을 보고서 크게 한바탕 웃음을 터트렸다.

22. 그림자(넋)성

 그러자, 검은 가운을 걸친 그림자가 천천히 모습을 나타냈다.
 그리고 그는 육신을 향하여 말했다.

 "나를 반기지 않는 육신이여!
 그대는 암흑의 지옥으로 가려 하는가? 그대는, 오감을 가지고 있으면서, 옳게 보고, 듣고, 말하지를 못하는구나.
 그러하기 때문에 그대는 자신을 스스로 이끌지 못하고 남에게 의지하려고만 한다.
 그러므로 그대는 유혹에 약하고 쾌락에 빠져들기 쉽다.
 그대는, 그대 몸에 두르고 있는 관능의 촉수들을 조심하라!
 그 관능의 촉수들은 쾌락을 낚아채려는 발톱들이기 때문이다.
 그리고, 그대는 즐거운 것과 편한 것만 찾는 게으른 놈팽이가 되어서는 안된다.
 그대의 땅은 참으로 귀중한 신들의 땅이요, 천지인의 기를 일으키고 모아야 할 땅이기 때문이다."

 그림자가 육신에게 그렇게 한마디 했다.

 그리고 그림자는 귀빈들을 향하여 다시 말했다.

 "내가 이렇게 그대들 앞에 나서게 되어서 참으로 영광스럽다.
 그대들은 언제나 나를 무시하고 외면하려 하였었다.
 그런데 이렇게 이 자리에 나를 초대하여 주었으니, 이것은 나의 영광이요, 또한 그대들의 영광이다.
 왜냐 하면, 그대들은 나를 항시 가까이해야 할 그대들의 넋이요, 그대들이 자주 보아야 할 삶의 거울이기 때문이다.

 그러나 그대들이 나를 찾기란 참으로 어려운 것이었다.

나는 그대 자신들이, 스스로 자기 자신을 밝히고 자신을 찾았을 때에만 나를 볼 수 있기 때문이다.
　그것은, 내가 그대들의 넋이요, 마음이요, 과거이며, 역사이기 때문이다.

　나는 물자성의 자식으로서 자연성에 속한다.
　그리고, 나와 대조되는 기자체의 신성은 영혼이다.
　영혼은 기의 신성으로서 그대들의 머리끝에 있다.
　그리고 영혼은, 그대들이 동적(動的)으로 깨어 있음과 활동이 있게 하고, 그대들의 미래를 이끌고 설계하기도 한다.

　그러나 나는 물(物)자체의 자성을 지키기 위하여, 물자체의 근성인 움직이지 않는 정(靜)과 적(寂)으로 그대들의 잠을 이루어 쉬게 한다. 그리고 또한 그대들의 과거와 시간을 관장하면서, 그대들의 가장 밑의 바탕을 이루는 역사의 기반인 것이다.

　그리하여, 나는 언제나 그대들의 양심을 찌르는 바늘이요, 눈물과 웃음을 잉태하는 태반이기도 한 것이다.
　나는 그대들의 뒷면에서 유령처럼 그대들을 두렵게 한다.
　왜냐하면, 그대들은 나로 하여금 스스로 재판되고 평가를 받기 때문이다.

　그대들은 성난 입김으로 나를 쉽게 사라지게 할 수도 있다.
　그러나, 그렇게 하여 나를 잠시 잊을 수는 있어도, 떼어 내서 영원히 없앨 수는 없는 것이다.
　또한, 나는 그대들에게 행복의 상을 내리기도 하고, 불행을 알리는 소환장을 보내기도 한다.
　그러므로, 나는 그대들의 모든 참됨과 죄들을 기록해서, 그대들의 삶을 보관하고 지키는 것이다.
　그러하니 그대들은 모두 새롭게 깨쳐서 어둠을 밝히어라!

　그대들의 밝은 깨침의 빛으로 내 부끄러운 알몸을 드러내 놓는다해도, 그대들의 열정의 빛은 나의 피곤한 그림자 위에서 온기를 발할 것이니, 그것이 나의 기쁨이요, 긍지가 될 것이다.

아! 그러나 어둠이여! 그대들의 무지한 어둠이여!

하늘의 역사와 인간의 역사를 밝히지 않고, 그대 자신마저 찾아내지 못한다면, 진정한 나의 모습은 볼 수 없을 것이로다.

그때라면 그대들은 오직 죄들만을 양산하고 마귀들과 함께 춤을 추며, 썩은 쥐의 모습으로 그 뱃가죽 속에는 구더기의 왕국을 이루게 될 것이다.

악취 중에 최대의 악취는 어둠이 썩은 냄새요, 죄 중에 가장 무서운 죄는 어두운 무지 속에서 마귀들을 탄생시키는 죄이다.

나의 고귀한 형제들이여!

그대들은 모두 햇불을 밝혀 들고 나를 즐겨 찾으라!

나는 용기 없는 자에게 참된 용기의 의지를 심어 줄 것이요, 죄 있는 자에게는 그의 병든 양심을 찔러 썩은 죄의 피고름들을 뽑아내어 상처를 아물게 하리라!

나는 그대들 뒷면과 아래에 숨어 있는 넋인 것이니, 그대들에 대하여 모르는 것이 하나도 없다. 그대들 중에 나를 싫어하고 피하는 자가 있다면, 그 자는 가장 비겁하고 간사한 자일 것이다. 비겁한 것 중에 가장 비겁한 것은 자기 자신을 상대하지 않고 도망치는 자이며, 간사한 것 중에 가장 간사한 것은 자기 자신을 꾀어 속이는 것. 그것이 가장 비굴한 간사함이다.

그러므로, 그대들은 언제나 그대들 자신인, 내 마음의 전시장을 돌아볼 줄 알아야 한다.

그리고, 나는 기다리는 의지를 가지고 시간을 기록한다.

시간은 생명체의 변화 과정의 척도이기 때문에, 나는 그대들의 변화인 시간을 보관하고, 끝없이 변화하고 진화해 가는 과정을 필름에 담고 있는 것이다.

그리고 또한, 나는 그대들의 잠을 관장한다.

태초 이전에 신은, 기(氣)자체로서 언제나 움직이며 언제나 깨어 있는 존재였다.

그리고 또 하나의 물(物)자체 신은 움직이지 않고 잠들어

있는 존재였다.

이 둘은 음과 양이요, 정과 반으로서 서로를 원하게 되었다.

그것은 자신들의 새로운 탄생과 더 높은 진화를 위하여 서로가 만나고자 하는 의지를 가진 것이었다. 그리고 둘은 만났다.

그리하여 그것이 태초요, 대 우주체의 잉태요, 만물들과 생명체 탄생의 시작 된 것이었다. 따라서, 모든 물(物)에는 기(氣)가 들어있는 생명 물질이 된 것이었다.

그러한 근원에서 우리의 생명체들은 양쪽 원성의 근원을 지녔기에, 깸과 잠의 원칙을 지켜야 살 수 있게 탄생이 되어있는 것이다.

그리하여, 생명체들은, 기(氣)의 원성인 깸과, 물(物)의 원성인 잠을 함께 행하도록 되었던 것이다.

그러므로, 생명체인 인간은 깸의 활동과 정지인 잠을 함께 행하지 않으면, 근원적으로 안 되게 되어있는 것이다.

따라서 깨어 있기만 한다거나 잠만 자게 된다면, 이것은 기와 물의 만남의 질서 파기로서, 그 생명은, 양성의 근원성이 이탈되고 파괴되어 죽음이 있게 되는 것이다.

그것은, 그대들이 삶의 반을 잠을 자지 않으면 물(物)이되 물(物)의 근본을 거역하는 것이요, 또한, 삶의 반을 깨어서 활동하지 않는다면 기(氣)이되 기(氣)의 근본을 거역하는 것이 됨이다.

그리하여, 영혼은 깸의 활동을 관장하고, 나의 넋은 물의 자식으로서 물의 근성인 잠을 이루게 하는 의무를 지키고 있는 것이다.

그리고, 잠속의 꿈은 물 자체의 넋으로서 자연성의 삶에 대한 불만과 희망을 표현하고 있는 현상인 것이다.

또한 나는 영혼과 가장 가까우면서, 가장 멀리 떨어져 있다.

그러나, 외롭지 않은 것은 우리의 둘 사이에서 인성으로 태어난 개척성이 있었기 때문이다.

그는, 나의 땅속과 영혼의 하늘 끝을 오가며 탐험의 여행을 계속하면서 우리 둘을 연결하고 있기때문에, 우리 둘은 서로가 조화롭게 존재할 수가 있는 것이다.

인간은 신성과 자연성을 필연적으로 받들면서, 그 속에서 자신의 인성을 발달시켜, 새로운 무엇이 되도록 진화해 가는 것이다.

여기, 산정 위의 고귀한 귀빈들이여!
그대들은 모두 신도 살리고, 자연도 살리면서 고귀한 인간을 새롭게 창조하여 살려야 한다. 그것이 인간의 새로운 탄생이다.
그러려면 그대들의 넋이요, 그대들의 역사인 나를 그대들은 자주 찾아야 할 것이다."

그림자는 그렇게 많은 이야기들을 하였다.
그리고는 서서히 어두운 모습으로 다시 변하여 갔다.

귀빈들은 모두 꿈을 꾸듯이 그림자의 말을 들었다.
그리고 한참의 정적 속에서 모두 말을 잃고 있었다.

태진은 느티나무 쪽을 바라보았다.
진각이 운몽선사의 무릎 위에 누워 있었다.
처음부터 안색이 안 좋았던 진각이 어디가 아픈 것 같았다.
운몽선사는 그를 어린아이를 바라보듯 내려다보고 있었다.
그러한 운몽선사의 표정은 진각을 안쓰럽게 여기는 것 같았다.
태진은 진각의 곁으로 가 보려고 하였다.
그러자, 운몽선사가 태진을 바라보고 괜찮으니 그대로 있으라는 손짓을 하였다.

운몽선사의 몸 주위에는 광채가 가득하였으나, 진각의 체력은 많이 소모되었는지 그의 천기광이 아주 약해져 있었다.
태진은 걱정이 되었으나, 그대로 자리에 있기로 했다.
운몽선사가 그를 돌보고 있기 때문이었다.

23. 정신

그때에, 태진의 곁에 앉아 있던 정신이 조용히 일어섰다. 그리고 나서 좌중을 둘러보며 이렇게 말했다.

"오늘의 대화는 영광된 천상의 대화이다!
그리고, 그대들의 대화는 빛들의 부딪힘처럼 고귀하다.
고귀하고 위대한 신분의 형제들이여!
우리는 서로를 증오하고 경멸하였으나, 그것들은 어느덧 그리움과 사랑의 정으로 변하여 서로를 그리다가, 마침내 오늘 이 자리에 자발적으로 모두 모여서 만나게 된 것이었다.

아! 이 세상에 만남이 없이 무엇을 이룰 수가 있을 것인가?
만남의 부딪침으로 피어나는 불꽃들이여!
그 불꽃 속에 생명의 탄생과 창조가 있구나!
이러한 만남의 축복으로 인하여, 장엄한 활화산은 타올라, 인간의 산봉우리에서 봉홧불을 이루는구나.
이제 죽음보다 더 무서운 어둠 속에서 잠자던 수많은 산들이 깨어나, 산 아래로 빛을 나르려 하는구나!

산정 위의 나의 형제들이여!
그대들은 산의 빛들을 모두 도시로 날라야 할 힘찬 독수리들이다. 이제 빛을 얼게 하고 설익은 시간들을 따먹고 이기의 이쑤시개를 쑤시며 거드름피우는 일들은 하지 말아야 한다.

나는 그대들의 각 개성들을 존중하면서, 하나의 통일된 인간 긍지의 국가를 세우려 한다. 우리들의 고향은 인간의 땅이요, 우리의 만남은 인간을 위한 진리로의 귀향이다. 끝없는 우주가 우리 안에 있고, 삼라만상이 우리들의 형제들이다. 우리들은 방황하는 나그네의 삶을 마치고 이제 인간의 땅에 귀향하였으니, 하늘을 나누어 가지려는 헛된 이기들은 버려야 한다.

 보다 더 경이로워진 고귀한 형제들이여!

 모든 것에 이기고 갖는 자유보다는, 모든 것을 주고 나누는 자유를 창조하자! 나를 깨침이 우주를 깨침이요, 너를 깨침이 삼라만상의 깨침이었으니, 우리는 모두 하나이다.
 이제, 우리 하늘의 항아리는, 사상으로 가득 비워져서 무엇이든 담을 수 있고, 진리의 이슬을 머금고 노래를 하게 되었다.

 우리는 모두 깨침의 눈을 크게 떴다.
 인간의 메마른 이기의 정으로 어두운 안경을 쓰고, 아름다운 대지를 어두운 땅으로 보지 말자!

 이제, 우리는 모두 대우주를 한눈에 바라볼 수 있는 눈을 가지고, 말을 하지 않아도 통할 수 있는 하늘의 정을 찾고 베풀자!
 자! 형제들이여 모두 축배를 들자!
 우리 모두가 이룩할 인간의 완성 국가를 위하여!.
 이제 우리는 어떠한 고통과 시련의 태풍에도 쓰러지지 않을, 평화롭고 충만된 왕궁을 지어야 한다. 그 궁전은 인간 속의 우주와, 인간 밖의 무한한 우주를 함께 담은 궁전이다.

 그 궁전을 지을 재료는 적선의 동정도 아니요, 갈증을 채우기 위한 이기의 애정도 아니며, 한편으로만 기울어 희생하는 모정도 아니고, 인연이 있어서 맺어지고 약속이 있어서 주고받으며 보상을 바라는 그런 우정도 아니며, 생명체가 생명체의 본질을 거부하려는 초극적 무정도 아니다.

 그렇다면 그것은 무엇인가?
 그것은 바로 우주 천기의 사랑인 천정(天情)인 것이다.
 천정은 우주 만물 속에 가득 차 있다. 그리고 그 정은 우주를 하나로 엮고 있는 큰 힘의 근본 애정이다.
 그 정은, 만물들이 서로에게 쉼 없이 정을 주고받으며, 서로에게 혜택을 나누는 평화의 정이다.
 또한 그 정은 우주 일체의 에너지로서 신의 정인 것이다.

그대들은 보았는가?
우주의 삼라 만물들이 서로에게 정을 주고, 평화롭게 어울리면서 서로를 이끌고 함께 진화해 가고 있는 것을 -.

그대들은 들었는가?
우주의 삼라만상들이 함께 부르는, 오묘하고, 장엄하게 울리는 그들의 맥박과 같은 아름다운 음악 소리들을 -.

그대들은 느꼈는가?
숲 속을 거닐 때나, 풀밭 위에 누워 하늘을 쳐다볼 때나, 아니면 흐르는 물가의 돌이끼 등, 어디에서까지도 아름답고 평화롭게 다가오는 그 상쾌하고 그윽한 천정들을 -.

그렇게 자연계를 대할 때마다 상쾌해지고 평화로워지는 것은, 그들이 천정을 쉼없이 보내주고 있기 때문인 것이다.
그 천정은, 인간의 정들과는 다른 우주 만물의 정이다.

그러므로, 사랑한 적 미워한 적도 없고, 약속적도 보상적도 아니며, 우리들에게 인연이 있었건 없었건 간에, 언제나 쉼없이 서로가 모든 물질계가 주고받는 그런 정이다. 사람들은 그러한 정을 자연으로부터 언제나 느끼면서도 그 정이 무엇인지를 알지 못하고 있다.

인간의 인정(人情)들이란, 천정(天情)과는 다르다.
인정들은 모두가 이기와 탐욕이 들어 있는 정들뿐이다. 그리고, 원인이 있어 맺어지고 결과에 의해 끊어지는, 부끄럽고 민망한 왜소한 정들이다. 그러므로 그러한 인간의 테두리를 벗어나지 못한 정만을 가지고는 미래의 세계를 열 수가 없는 것이다.

또한, 인간 속에 내재된 이기 많은 인정들만으로는, 끝없는 시기와 질투 속에서, 탐욕의 전쟁은 그칠 날이 없을 것이다.
이제 우리는, 그러한 인정들을 더욱 참되게 승화시키고 뛰어넘어서, 우주 일체 만물의 정인 천정(天情) 사랑의 진리와 함께 우리를 이끌 때가 되었다.

천정은, 오늘날에 태어난 것이 아니요, 태초에 우주 만물이 생성됨과 함께 만물의 본성으로, 음과 양의 기자체와 물자체가 합칠 때 존재하게 된, 평화로운 신의 애성 도덕의 정인 것이다.

그것은 곧 우주 만물의 융합을 이루는 에너지이며, 우주의 생명체를 이끄는 생명력이기도 한 것이다.
찾고 베푸라! 나의 고귀한 형제들이여!
인간 세상에 천정이 충만되도록 -.
그리하면 인간의 세상은 평화로운 천국의 세상이 될 것이다.

여기 모인 산정의 위대한 성자들이여!
우리는, 우리의 새로운 왕궁을 지을 기반을 천정으로 해야할 것이다. 그리고 왕궁의 기둥은 우리들의 12기둥이 될 것이다.
그리하여 하늘과 땅과 인간이 하나가 되는 최중적선법으로, 모두를 위한 영원한 왕궁이 지어질 것이다.

선성이여, 악성이여! 그 둘의 사이에서 태어난 애성이여!
본성이여, 감성이여! 그 둘의 사이에서 태어난 이성이여!
또한, 육신이여! 나의 정신의 사이에서 태어난 지성이여!
그림자와 영혼과 그 사이에서 태어난 개척성(넋성)이여!
그렇게 우리는 모두 12성이다!

그리고 우리의 12성은, 신성과 자연성과 인성으로 구분된다.

신성(氣自體)은 기(氣)와 양(陽)의 동(動)적인 활기찬 영기를 가진, 악성과 본성 그리고, 정신과 영혼이며,
자연성(物自體)은 물(物)자체의 음(陰)은 정(靜)적으로 변화를 싫어하는 그들은 선성과 감성과, 육신과 그림자(넋성)이다.
그리고, 인간생명체 자체에서 태어난 인성(人性)은 인간의 창조적 성격을 띤, 이성과 지성과 애성과 개척성인 것이다.

따라서 우리들의 12성은 모두가 하는 일도 다르다.

신성(神性)의 기성(氣性)으로서,
영혼은 영기를 먹고 신계를 접하여 산고
정신은 가치를 먹고 일체를 이루며 살고
본성은 근원을 먹고 신성을 따르며 살고
악성은 아픔을 먹고 변화를 이끌며 살고

자성(自性)의 인성(人性)으로서,
지성은 참됨을 먹고 진리를 찾으며 살고
이성은 나눔을 먹고 인성을 세우며 살고
애성은 사랑을 먹고 탄생을 위하여 살고
개척은 탐험을 먹고 창조를 만들며 살고

물성(物性)의 자연성(自然性)으로서,
육체는 물질을 먹고 노동을 행하며 살고
감성은 정보를 먹고 자연을 꿈꾸며 살고
선성은 순수를 먹고 존재를 지키며 살고
넋성은 체험을 먹고 역사를 엮으며 산다.

그렇게 인간 속의 그대 성자들은 서로가 조율하고 협조하면서 진화를 이끌며
인간의 존재와 가치를 세우며 새로운 도덕을 만들며 산다.

 그리하여 인간의 몸속에는,
 기성(氣性)인 신성(神性)과 물성(物性)인 자연성(自然性)과 생명체 자체에서 태어난 인성(人性)들로서, 3원성이 존재한다.
 그리고 3원성에 각각 성질에따라 4성씩 따르게 되어서, 모두 12성을 이루고 인간을 함께 이끌어 가고 있는 것이다.

 그러므로, 신성을 대변하는 <본성과 악성과 정신과 영혼은>, 신성의 뜻을 이루기 위하여 애쓰고 있다.
 자연성 또한, 물(物)자체의 원성을 보다 더욱 지고한 물질로 진화시키기 위하여, <선성과 감성과 육신과 넋성>을 두어 그의 뜻을 이루려 하는 것이다.

 그리고 또한, 인성의 <이성과 지성과 애성과 개척성>들은,

인간을 보다 더 위대한 그 무엇으로 진화되도록, 기성(氣性)인 신성(神性)과 물성(物性)인 자연성(自然性)을 중재하면서 조율하고 선도하여서 인간의 진화를 이끌어야 하는 것이다.

그러나 우리들은 모두 인간을 위하여 하나가 되지 못하고서, 서로 자기들의 이기만을 고집하여 왔었다.
그리하여, 우리는 무지한 싸움만을 하여 왔던 것이다.
그러나 이제 우리는 서로 할 일을 조율하고 합체가 되어서 하나가 되고저 한다.
신성들과 자연성들과 인성들의 특성을 모두 살려서 보다 더 높이 인간진화를 창조적으로 이루어야 한다.
그렇게 우리는 합체통일을 이루어야 완성이요, 고귀한 인간의 완성이 되는 것이다.

산정의 귀빈들이여!
오늘 이 산정의 대화는 인간 세상에 널리 알려질 것이다.
그리하여 세상의 인간들은 인간의 근원을 알게 될 것이다.
그리고, 인간성(人間性)을 모두 회복시키고, 자연성(自然性)과 신성(神性)도 모두 회복될 것이다.
그러한, 우리의 의무와 책임을 완수하기 위하여 이 산정에 우리는 이렇게 모이게 되었던 것이다.
이제 우리는 서로를 위하여 하나가 되어야 한다.
그리고 이 땅의 위대한 신이요 자연이요 인간인, 새로운 또 하나의 작은 우주를 창조하는 것이다.

아! 이 얼마나 우리들이 갖고 싶어하던 꿈이요, 우리의 끝없는 의지였던가? 이러한 왕국의 건설을 위하여 수 천년 동안, 인간의 몸으로 태어난 성자들이, 얼마나 많은 고통과 한탄을 하면서 인간의 세상에 왔다가 떠나곤 하였던가?

그리고, 오늘의 이 만남을 방해하기 위하여, 수많은 마귀들의 유혹과 죄 속에 둥지를 튼 마왕의 협박들을 우리들은 또 얼마나 받아 왔던가?

이제, 우리는 우리의 모든 것들에 천정을 배합하여, 지성이 말한 최중적선법을 따라 도덕을 세우고, 신과 자연과 인간이 함께 융성하도록, 천지인의 도와 천정의 덕으로 이루어진 인간을 창조하여 다스려야 한다.

따라서, 그대들은 자기의 성격에 맞는 직책을 적합하게 부여받아, 부분적이면서 전체적인 연합이 될 수 있는 각 부청을 인간의 내면속에서 이끌어야 할 것이다.

이에 따라, 우리에게 인간의 총체적 능력을 지닌 인간 속의 왕이 될 자도 뽑아야하는 것이다.
따라서 나는 그대들의 통합자로서 말하기를, 영혼을 우리의 왕이요, 신 앞에 우리의 대표격으로 내세움이 옳다고 생각한다.

그는 우리들 중에 가장 높게 자리하면서 신과 인간 사이에 있기 때문이다.
이 말에 동의한다면, 우리는 모두 영혼 앞에서 축배를 들자!"

정신은 그렇게 길게 설명했다.
그렇게 모든 성자들에게 설득과 호소를 하였다.

그때에, 그림자 앞의 빈자리에서 영혼이 희미한 모습을 드러내고 있었다.
그러자 정신은 영혼을 향하여 다시 말했다.

"영혼이여! 그대는 언제나 우리에게 비밀스런 존재이다.
그리고 그대의 비밀을 우리에게 털어놓지를 않는다.
그 비밀들은 신의 비밀인가? 아니면 인간끝의 비밀인가?
그대는 지금도 희미한 모습뿐이니, 그대의 모습을 보여다오!
우리는 그대의 모습을 보고 축배를 들 것인지 아닌지를 결정할 것이다.
우리는 우리의 머리 위에 태양처럼 타오르는 영광의 축배를 들고저 한다."

그는 영혼에게 그렇게 말하고, 이번엔 귀빈들을 향하여 또다시 말했다.

"이제 우리들은 우리 각자의 진리와 의지들을 모아서, 더 큰 진리와 무한의 의지를 창조하는데 대해 모두 동참하자!
 그리고 , 영혼을 우리의 왕으로 앉혀 우주의 삼라 만물의 전달자로 내세우자! 이러한 나의 뜻이 어떠한가?
 우리는 그동안 예언자를 찾아 다녔다. 그러나 예언자는 없다. 우리의 예언자는 우리를 신성하게 이끄는 영혼이 아니던가?"

 정신은 그렇게 말하고서 입을 다물었다.

 그러자, 성자들은 모두 나름대로 웅성대기 시작했다.
 산정에 금세 소란이 일어난 듯, 느티나무 아래는 격정의 진동이 일어나고 있었다.
 그때 태진은 고개를 번쩍 들었다.
 그러자, 나무 위에 앉아 있던 어미 독수리가 하늘 높이 날아올랐다. 새끼들도 놀라서 어디로 갔는지 모두가 보이질 않았다.

 산정의 진동하는 소리에 하늘도 울리어 소리를 내었다.
 성자들의 여러 갈래 말들이 하늘 위에 메아리쳐 졌다.
 그리고 그 메아리는 또 다른 말로 합성되어 되돌아 왔다.

"우리는 믿을 수 있다.
 나와 우리들이 하나가 되어
 자유와 영광과 평화가
 하늘의 천당과 대지의 지옥에서
 모두 다시 필 수만 있다면
 우리는 하나로 태어나리라.

 나는 우리요
 우리는 하나이며
 하나는 신이다.
 우리의 새로운 신을 위하여
 모두 축하를 하자!."

 그들의 목소리는 그렇게 장엄하게 들려 왔다.

태진은 하늘 위로부터 독수리의 울음소리를 들었다.

언뜻 쳐다보니 청천 고공에 날개를 펴고
독수리가 바람처럼 누워있다
정지한 어깨 뒤로 하늘이 나르고, 무심 찬 눈빛은 태양을
가두었다.
언제 내려 오려는가?
발톱 칼날을 닻처럼 하늘에 박고 땅의 경이와 두려운 시선
을 잊은 채 고도의 하늘을 돌리며 눈곱 낀 진드기 털고 몸
을 말린다.
금빛 부리에는 부싯돌을 물고 별들을 밤새 쪼아먹은 위장
은 삵쾡이나 새양쥐는 찾지 않는다.
대지를 꿰뚫는 광채도 가슴의 깃털 속으로 시간을 감췄다.
햇살이 실루엣 등줄기를 타고 번개처럼 떨어진다.
목줄기로 구름이 영혼처럼 흐르고 바람세수한 눈썹이 빛을
가르킨다.
하늘을 차지한 긍지로운 자태 언제 내려 오려는가?
긍지로운 영혼의 독수리는 우주의 빛을 머금고 때를 기다
린다. 그러한 모습을 태진은 지켜본다.

어미 독수리를 찾는 새끼들이 소리내어 울었다.
그런데 새끼들의 울음소리는 느티나무 밑에서 들리었다.
태진은 느티나무 밑을 바라보았다.
운몽선사 몸 위에 독수리 새끼들이 모두 내려와 붙어 앉아
있었다.
그들의 눈동자는 모두 반짝이었고, 발톱들 또한 모두 어미
를 닮아 날카로웠다. 그리고, 언제 자랐는지 날개는 금세 날
을 듯이 파닥이고 있었다.

운몽선사는 기쁜 듯이, 새끼들을 바라보며 미소를 머금고,
그들의 발톱과 날개를 쓰다듬고 있었다.
그러나 진각은 지친 표정으로 느티나무에 기대고 있었다.
그리고 운몽선사를 바라보며 희미한 미소를 보내고 있었
다.

24. 영혼

그때, 희미한 상태이던 영혼의 모습이 환하게 밝아지면서, 그의 모습이 점점 뚜렷이 나타났다.

영혼의 모습은 그림자를 닮았으나, 그림자처럼 어둠의 모습이 아니고, 온몸이 밝은 빛으로 된 그런 모습이었다.

그는 참으로 눈이 부셨다.

영혼이 일어선 자세로 귀빈들을 향하여 말하였다.

"나는 그대들의 빛이요, 그대들의 합이다!

따라서, 나는 그대들의 뜻이며, 그대들의 혼인 것이다. 나는 항시 그대들을 그리워했고, 그대들 또한 나를 그리워하였다.

그래서 나와 그림자(넋성)는 이 산정에 그대들을 모이게 하기 위하여, 개척성을 탐험자로 내세웠다.

개척성은 그동안 모험적이고 열정적인 의지로, 40년이 훨씬 넘는 긴 고난의 여행을 한 것이었다. 그리하여 개척성은 새로운 길을 열고 뚫으면서 하늘과 대지와 바다를 수없이 오갔다.

그리하여, 우리의 개척성은 탐험의 여행 중에서 그대들을 만나게 되었고, 오늘의 이 산정의 대화를 이루게 만들었다.

오늘 이곳에 모두 모이게 된 것은, 모두 자발적인 깨침의 신호가 있었으니, 그 신호로 그대들은 스스로 이곳에 모두 참석하게 된 것이었다.

그리하여 오늘의 만남은 진리들의 귀중한 만남이요, 대화인 것이다. 그리고 또 하나의 새로운 창조의 시작이 된 것이다!

나는 그대들의 신도 왕도 아니다. 나는 그대들의 활동 모든 것 그 자체 속에 나의 존재가 있다.

나의 힘은 우주 만물 속의 근원에서 태어나, 인간 속에서 그대들과 함께 살게 되었으니, 내 삶의 모습과 의지또한 그대들을 닮고, 그대들의 활동 속에서 우주의 깨어 있는 기들을 모으기도 하고 나누어주기도 하는 것이다.

　그리하여 나는 그대들의 삶과 우주의 생명과 연결을 하며 예언을 하는 것이다.
　그것은 만물의 생명체들이 우주의 근원 도덕 정기(精氣)인 천정(天情) 속에서 살고 있기 때문이다.
　그리고 나와 그대들도, 우주의 도와 덕 속에서 보호되고 진화되어 가고 있기 때문이다.

　우주의 신정(神情)인 천정(天情)속에서, 그대들의 깨침들은 참으로 크고 강하여, 이제 인간의 인정(人情)을 뛰어넘었다.
　그리고, 신의 천정 아래에 인간의 인정을 배합하여 새로운 천정을 창조코저 함이니, 참으로 대담한 파괴 속의 새로운 창조이다.

　그대들의 의지는 모든 진리를 깨우치고, 신의 무한성에 도전하여 신의 비밀스런 옷을 벗기었다. 그리고, 신의 허한 약점을 용감하게 찔러 신을 부끄럽게 하였다. 그리하여 이제 신은 그대들을 가까이하고 손을 잡으면서, 인간과 결합하게 될 것이다.
　따라서, 그대들의 인간 왕국에서는 새로운 신의 왕자가 잉태되어 탄생하게 되리라!

　아! 이토록 영광스럽게, 기쁨이 충만한 빛으로 타오를 줄이야!
　그리하여 이제, 그대들의 어두운 곳을 배회하던 마귀들은 그대들의 빛에 의하여 모두 사라지게 되리라!"

　영혼이 그렇게 크게 하늘을 향해 말하고, 두 팔을 벌려 빛을 뿌리었다. 산정은 온통 밝은 빛으로 가득 찼다.

　그때, 느티나무 아래 있던 운몽선사가 자신의 몸에 붙어 앉아 있던 열 두 마리의 독수리 새끼들을 모두 날려보냈다.
　그러자, 독수리들은 모두 12성자의 주위를 몇 바퀴 돌고 나서, 하늘 높이로 날아 올라갔다.
 이윽고 영혼이 다시 말하였다.

 "우주 속에는 3가지의 큰 도가 있고, 12가지의 큰 덕이 있다.
 큰 도는 천, 지, 인의 도요, 12가지의 덕은 곧 그대들 각 근성의 특성 덕이니, 이제 그대들은 천, 지, 인의 도를 바로 세워 지키고, 그대들 각자가 자기 책임을 다하여, 새로운 인간의 신을 위하여 자신을 불태워 세상을 밝혀야 할 것이다.

 이제, 신은 우리들에게 새로운 신을 탄생시키고, 우주 만물의 힘 속으로 사라졌다.
 이제, 우리의 국가와 왕궁은 우리들의 힘으로 튼튼히 지어 지켜나가도록 하여야 한다.

 마귀들과 마왕은 우리들의 무지와 죄 속에서 태어나는 것이다.
 그들은 최중적선(最中敵線)법에 맞지 않은 부정(不正)과 부정(不情)속에 집을 짓고, 언제나 우리들에게 전쟁을 일으키도록 충동질하며, 어두운 세상 위에다 혼돈의 그물을 씌우려고 애쓴다. 그러므로, 인간의 어리석음들이 일으킨 죄들이 마왕국의 성벽이 되어서, 그들을 보호하게 해서는 안된다.
 그것이야말로 인간들의 지옥이며, 우주의 지옥이 될 것이다.

 그대들은 들으라! 나의 고귀한 성자들이여!
 나는 이제 그대들의 뜻을 따라, 이 나라를 이끌리라!
 그리하여 이 나라의 국명은 박옥태래진이다!

 왜냐하면, 우리가 살고 있는 이 생명체의 주인은, 바로 박옥래와 박태진이란 두 분이 함께 합쳐진 생명체 속이기 때문이다.
 이 두 사람은 곧, 여기에 계신 태진이란 우리의 훌륭한 주인과, 지금 느티나무 밑에서 하늘의 사명을 다하고 인간의 독수리 세계로 떠나려고 하는 옥래라는 분이 곧 그인 것이다.
 참으로 오늘은 축복의 날이다! 천명의 뜻을 이루어 세상을 밝히니, 그 빛은 세상의 높은 곳에서 영원히 빛나리라!

그리고, 이날이 있게 하기위하여 또 여러분의 예언자격인 한 분의 천령(天靈)이 있었다.
그분은 이 산정에서 인간을 위하여 천도의 비기를 이룩하시고, 독수리에게 그 비기를 인간의 도시인들에게 전하려 하였으니, 그는 자미성의 천계에서 내려 와, 수천년을 산 사람으로 지내신 바로 만각의 고귀하신 운몽선사이시다!
모두 일어나 세 사람을 위하여 함께 빛의 축배를 들자!"
영혼이 그렇게 말하자 12성자들은 모두 일어났다.

그 순간 태진은 너무도 놀랐다. 어찌하여 자신이 옥래와 한 몸이란 말인가? 그리고 산 사람들에게 비기를 남긴, 수천년 베일 속의 주인이 바로 운몽선사라 하니, 태진은 모두 놀라지 않을 수 없었다.

그때, 하늘 위로 높이 날아갔던 새끼 독수리 12마리가 모두 12성자의 머리 위에 제각각 한 마리씩 날아와 앉았다.
그리고, 성자들은 모두 손을 앞으로 내밀어 탁자 위로 모았다.
그러자, 그 순간 탁자 위에는 커다란 불꽃이 일어나고, 산정은 거대하고 강한 빛으로 가득 찼다.

그때, 그들은 모두 합창을 하였다.
"천지인이여 영원하라! 박옥태래진이여 영원하라!"
그러자, 성자들의 머리 위에 앉았던 독수리들은 또다시 하늘 위로 높이 날아올랐다.
그리고, 하늘 위에서 크게 원을 그리며 빙빙 돌기 시작했다.

[제3부] 우주생명의 진리

<수석-여신상 /박옥태래진 채취 소장.>

25. 우주법과 태양법

태진은 급히 그들 빛의 축제를 빠져나와, 운몽선사와 진각에게로 뛰어갔다.
"진각! 그리고 운몽선사님! 이게 어찌된 일입니까? 영혼의 말뜻을 설명해 주십시오."
태진은 두 사람을 번갈아보면서 대답을 재촉했다.
그러자 운몽선사는 조용히 입을 열었다.

"놀라지 말고 들어라! 나는 그대의 어머니 태몽속에서, 그대의 형을 어머님께로 다시 태어나도록 인도를 한 그 인도자이다. 그리고 진각선사인 그대의 친구 옥래는 그대의 죽었던 형님의 환생인 것이었다.
내가 그대의 어머님을 통하여 진각을 인간세상에 내려보냈으나, 진각은 1946년 무정부 상태와 동족간에 살육의 전쟁 기운만이 가득한 세상에 태어났기 때문에, 그는 너무도 무지한 세상과 그 시대의 인간들을 한탄하면서, '무지한! 무지한!' 그렇게 울기만 하다가 천계로 다시 돌아오고 말았던 것이다.
그것이 세살박이 때 죽은 그대 형의 죽음이었던 것이다.

그때 나는 진각을 크게 나무라고, 인간을 위해 큰 일을 하려거든 인간의 가장 고통스러운 모든 시련을 직접 겪고, 그에 따른 무지들도 알아야 함을 인식시키고서, 그대 어머님을 통해서 다시 세상에 나가도록 하였던 것이다.
그리하여 그대가 이 세상에 태어나게 되어서, 오늘날까지 모든 고통과 시련을 겪고 살아온 자가 바로 그대 박태진인 것이다.
그러므로 진각은 그대 속에 있는 또하나의 그대인 것이다.

그대는 인간의 영들이 살고 있는 자미성의 천계로부터 새로운 세상을 위하여 이 땅에 보내어진 것이었다.
따라서 두 사람이 통일된 이름은 박옥태래진이다.
그리하여 그대는 박옥태래진(朴玉泰來辰) 이름의 뜻처럼

그대는 큰 별에서 큰 보배를 가지고 이 땅에 온 것이다.

그리고 그대의 오른손에 붙은 물고기 모양의 신표는 우주 바다를 상징하는 천상계의 신표로서, 해인(海印)이다.
따라서 그 신표는 천상계의 어궁시대를 결실하는 뜻의 해인으로서, 미래의 보병궁시대를 이끌 신표인 것이다.”

운몽선사가 그렇게 말했다.
그러자 태진은 놀라서 자리에서 벌떡 일어났다.
그것은 40여년이 넘도록 가슴속에 묻혀왔던 형에 대한 의혹과 자신에 대한 신표와 신화적인 비밀들이 밝혀짐도 있었지만, 어찌하여 자신이 그런 사람일 수가 있겠는가? 하는 것에 대하여 더욱 놀라지 않을 수 없었던 것이다.

태진은 믿을 수가 없었다.
그리고 인간의 외부에 어떤 절대적 신이 있어서, 그가 인간을 직접 관리하지 않는다고 믿었던 그 였기에, 어떻게 천상계에서 천신이 내려와 인간과 함께할 수 있단말인가? 그리하여 태진은 정신을 가다듬었다.
그리고 다시 운몽선사께 물어야겠다고 생각을 했다.
“자미성은 어떠한 곳이며 누가 저에게 신표를 있게 하고, 또한 어떻게 영계와 생계가 이렇게 만날 수가 있단 말입니까?”
그러자 운몽선사는 다시 말했다.
“하늘에는 신기(神氣)가 모인 영혼국의 자미성(紫微星)이 있다.
그리고 땅 위에는 자연기(自然氣)가 뭉쳐져 있는 땅의 자미원(紫微垣)이 있다.
그리고 인간에게는 인간의 영혼속에 자미계(紫微界)가 있는 것이다.
따라서 자미성(紫微星)과 자미원(紫微垣)과 자미계(紫微界)의 천,지,인, 이 셋은 서로 통하는 길이 열려 있어서 연결을 하고 있는 것이다.
오늘 우리가 여기서 만날 수 있었던 것도 그대가 영혼속의 자미계를 열었기 때문에 가능한 것이었다.
인간 영혼의 자미계를 열 수 있는 사람은 우주성령의 능력을 깨우쳐서 우주생명도덕을 얻어야 열리는 것이다.

그렇기에 그대의 자미계를 통해서 영계와 생계가 만나서 천지인을 위하여 일을 하고 있는 것이다.

그대는 오늘, 그대의 영혼 속 자미계를 통하여 느티나무가 있는 독수리산을 찾았다.

그리고 그대의 자미계가 열렸기 때문에 3인과 12성도 만나서 그들과 대화를 할 수가 있었던 것이다.

나 또한, 우주의 만물과 인간을 조종하는 그런 어떤 신이 아니고 영혼계에서만 만날 수가 있는 것이다.

그리고 인간의 생명체가 죽으면 그 영혼의 영신들이 올라가서 사는 자미성의 천상계가 있다.

그래서 그곳에서는 인간의 조상령들이 모여서 천상계를 이루고 있는 것이다.

또한 천상계에는 우주생명과 자연도덕의 상생법에 의하여 지상계에서 참되게 살았던 영혼들만 걸러져 올라가서 영계를 이루기에, 가장 진화된 조상령들이 살고 있는 것이다.

그리고 그들을 차례로 골라서 지상계 생명으로 다시 환생시켜서 내려보내는 것이다.

그러나 천상계에서는 지상계를 직접 관여하거나 상이나 벌을 주지 않는다. 스스로 옳게 진화되기를 바라고 있을 뿐이다.

다만, 천상의 도덕과 천정의 덕을 많이 행하고 사는 지상의 인간에게는 우주의 강한 기를 보내어 준다. 그리고 자연으로부터의 강한 정기를 천정(天情)을 통하여 받게 되면 천기인이 되어서, 그 천기의 염력을 발산하여 스스로 자신의 염원이나 소원을 이루게 해주는 것이다. 그것이 천도의 복록이요 상이 되는 것이다. 그러나 그렇지 않고 인간이기의 삶을 사는 자는 죽어서 천상계에 오르지 못하고 걸러져서 우주에서 영원히 폐기처분이 되는 것이다.

그리고 물질이 진화를 하듯이 모든 생명체들의 영혼도 진화를 하고 있다.

그것은 우주생명체의 천주영혼을 진화시키기 위한 것이다.

그러나 영혼은 생명체 내에서만이 진화를 할 수 있기 때문에 천상계에서는 천기의 법도를 어기지 않고 천정이 많았던 영혼들을 지상계로 다시 내려보내는 것이다.

그러나 천상계에서 다시 내려보내진 영혼의 숫자는, 지상에서 살고있는 전체 생명들의 숫자 중, 현재의 이시대에서 걸러지는 영혼은 많지가 않다. 인간들이 대자연섭리의 일체 도덕을 깨우쳐서 많은 사람이 천정인으로 살다 죽으면, 천상계에는 천정의 영혼들이 점점 많아져서 지상계로 환생시키는 숫자도 그만큼으로 많은 환생이 될 것이다.
 환생하는 그들은 인간종의 진화된 DNA를 통해서 영혼 윤회를 시키는 것이다.
 그리하여 인간의 세상이 더욱 진화되어서 종래에 천상의 도덕시대를 맞게 된다면, 모두가 천상계로부터 죽어도 다시 환생할 세상이 될 것이다.

 그대는 천상계의 높은 천령이 나를 통하여 해인과 천명을 그대에게 주었기에, 그 뜻을 받들어서 그대를 인도한 것이었다.
 그대는 아직 미개한 인간의 이 세상에서 새시대의 천각자(天覺子)가 될 것이다.

 새 시대의 천기는 지구의 새벽 방향인 간방(艮方: 동북방)에 돌아왔기에, 새 시대는 간방에서 열리고 미래를 이끌 것이다.
 천기오성행의 배치에서 지구의 중앙은 에베르스트산이다.
 따라서 그 산으로부터 간방이라함은 동북방의 한국 땅을 말한다.
 그에 따라서 간방에 배치된 천기들을 모두 보면, 목(木)성과 인(寅)과 소남(小男)의 천기로 배열이 되어 있고, 천기오성행의 시(時)에서, 인의 4수와 간의 8수가 배치되어 있다.

 따라서 새시대는 한국 땅의 새벽을 여는 가장 남쪽 땅에서 시작이 되고, 새 시대를 열 사람은 목(木)성으로, 박씨 성을 가진자요. 인(寅)은 호랑이 띠요, 소남(小男)은 셋째 아들로 태어난 것이니 이 모두는 그대의 탄생을 말함인 것이다.
 그리고 천기오성행의 시에서 인의 4수와 간의 8수를 합치시키면 48이다. 그대는 천상의 도와 큰 덕을 가지고 48세에 세상에 출세하도록 이미 정해져 있었느니라! 그대가 지금 48세가 아니더냐! 그렇게 그대의 운명은 천상에서 정해진 것이었으니 그리 알라!"

운몽선사는 엄한 표정을 지으며 태진에게 그렇게 말했다.

그때 느티나무에 기대고 있던 진각이 태진을 향하여 미소를 지으며 고개를 끄덕이었다.
그러자 운몽선사는 옥래를 향해서 두 손을 조용히 모았다.
그러자 진각도 운몽선사를 따라서 두 손을 모았다.
그때 태진은 심상치 않은 기운을 느꼈다.

"진각!" 태진은 옥래를 향하여 그렇게 힘껏 불렀다.
"그대로 두어라! 그는 그대를 바라보며 이제 잠이 들었다.
그는 그대의 형도 진각도 아닌 바로 그대 자신인 것이다. 그동안 그는 나와 함께 그대를 이곳까지 오도록 인도를 하였으니 이제 그의 할 일은 다 끝난 것이다. 이제 진각선사 옥래는 그대를 기쁘게 바라보면서 영원히 그대의 속으로 다시 들어간 것이다.
그리하여 그와 그대는 이제 하나로 통일이 된 것이다."

태진은 자신을 바라보고 웃고 있는 옥래의 모습이 그렇게 인자해 보일 수가 없다고 생각했다.
그 순간 옥래의 모습이 갑자기 강한 빛으로 변하였다.
그리고 순식간에 태진에게로 스며들었다.
태진은 온 몸이 일순간에 환한 불빛으로 가득 채워지는 느낌을 받았다.
그 체험은 진각과 옥래에게서 받았던 느낌과 똑 같았다.
잠시후 태진은 다시 정신을 가다듬었다.
운몽선사는 그러한 태진을 바라보면서 만면에 미소를 짓고 있었다.
"선사님! 이제 저는 어찌해야 합니까?"
"이제부터는 모든 것을 그대 자신에게 물어보아라! 옥래와 열두 성자들이 모두 그대 자신 속으로 들어갔으니, 이제 통합이 된 그들이 속에서 시키는 대로 하면 될 것이다." 하고 말했다.

태진은 순간 12성자들이 있는 바위 탁자 있는 곳을 뒤돌아보았다. 그런데 그곳에 있던 12성자들도 모두 사라지고 없었다.
조금 전까지만 해도 모두 기쁨의 축제를 하고 있었는데 모

두 사라지고, 느티나무 산정 위에는 운몽선사와 자신만이
남아 있는 것이었다.
 그때 운몽선사가 말했다.

 "박옥태래진! 12성자들도 모두 그대 속으로 들어갔다.
 이제 그대가 풀어낸 천령의 비기와 진각의 깨침과 그대의
깨침들을 가지고 산정을 내려가라!
 3인과 12성의 깨침이란 모두가 그대의 깨우침인 것이다.
 그대는 도시로 내려가 도시인들도 모두 깨우치게 하라! 그
리하면 인간이기의 이시대가 시기질투와 탐욕의 전쟁이 사
라지고, 새 시대는 천상의 도덕과 대자연섭리를 따르는 천
정(天情)이 가득한 평화의 세상이 이루어질 것이다."
 그리고 운몽선사는 잠시 쉬었다가 다시 말했다.
 "그대 영혼 속에는 자미계의 문이 열려 있다. 따라서 그대
의 자미계는 땅위의 자미원을 통하고 하늘의 자미성과도 통
하게 되어 있느니라! 그러므로 땅 위의 자미원과 하늘의 자
미성으로부터 강한 천기를 영원히 얻게 되리라! 따라서 땅
위의 천기의 산이나 대 명당의 터들이나 기가 강한 천기들
이 그대를 부르게 될 것이다.
 그대는 우주와 땅 위의 천기들을 찾아서, 도시인들과 잘
융화되도록 천기를 나누고 이끌어서 천기와 천정이 가득한
세상을 이루도록 하여라!"
 운몽선사는 그렇게 말하고 태진을 바라보았다.
 태진은 점점 불안해졌다. 운몽선사와도 이별을 느끼고 있
었기 때문이었다.
 "선사님께서도 이제 떠나시려 하는지요?"
 태진의 목소리는 약간 떨리고 있었다.

 "나의 할 일도 이제는 끝났다. 나는 내가 왔던 하늘의 자
미성으로 다시 돌아갈 것이다. 그러나 나와 진각은 언제나
그대 영혼의 자미계 속에서 다시 만날 수 있을 것이다.
 그리고 그대가 간직한 그 비기의 책 속에도 언제나 함께할
것이고, 나와 모두가 떠나도 그대를 떠나지 않는 것이니 슬
퍼마라!" 운몽선사는 낮은 목소리로 그렇게 말하며 백발의
수염을 조용히 쓰다듬어 내리면서 눈을 지그시 감았다.
 그리고 운몽선사는 입을 다문채 그대로 앉아 있었다.
 태진이 운몽선사를 자세히보니 운몽선사의 몸에서 광채가

일더니 점점 커지고 있었다.
 태진은 아무말도 못하고 운몽선사를 지켜만보고 있었다.
 그때 슬픈기운이 태진의 온 몸을 깜싸고 돌았다.

 "이제 박옥태래진 그대는 하산하라! 그대는 높은 산사람이
되었다! 산사람은 도시로 내려가 도시인들이 쉽게 깨우침의
산을 오를 수 있도록 길을 안내해야 하는 것이다.
 그리고 독수리산의 느티나무가 상하지 않도록 독수리의 긍
지로 산정 또한 잘 지켜주기를 바란다.!
 이제 그대의 머리 위에는 독수리가 언제나 그대의 긍지를
지키고 있을 것이다."

 운몽선사는 그렇게 말하고, 태진의 손을 조용히 잡았다.
 그리고 나서 다시 말을 이었다.
 "이제 그대가 천계의 비기 '천상계법'을 해득하면 그 속에
그대의 할 일이 있으리라! 그리하면 그대는 천상의 도덕과
그대의 깨우침들을 이시대의 도시인들에게 전하게 되리라!
 그러나 그때에 그대를 모략하고 이용하려는 무지한 도시인
들이 많이 나타날 것이다. 그러나 산 사람이란 그들로 인하
여 상처를 입어도 그들을 안고 이끄는 것이 최대의 영광이
요 영원히 사는 것이란 것을 잊지말라!
 그리하면 시간이 지날수록 그들은 그대를 그리워하며 그대
를 따르게 되리라!"
 운몽선사는 그렇게 말하고, 잡고 있던 태진의 두 손을 놓
았다.
 그리고 선사는 눈을 감은 채로 두 손을 천천히 모았다.
 그러자 순식간에 선사의 몸은 빛 덩어리로 변하였다.
 그리고 그 빛 덩어리는 이내 공중으로 붕 떠올라서 태진의
머리 위를 몇 바퀴 돌고나서, 하늘 끝 우주속으로 순식간에
아득히 사라졌다.
 태진은 눈물을 흘렸다.
 그는 운몽선사가 사라진 쪽을 향하여 두 무릎을 꿇고서 큰
절을 올리었다.

26. 천상계법 12장

높은 산정 위에 박옥태래진은 우뚝하니 앉아 있었다.
그이 모습은 또 하나의 느티나무 같기도 하였다.
그렇게 오래도록 앉아 있던 그는, 눈에 맺힌 눈물을 닦고
서 천천히 자리에서 일어났다.

그리고 운몽선사가 남긴 비기를 가슴 속에서 조심스럽게
꺼내었다.
그리고 그는 밀봉된 가죽피를 뜯고 풀었다.
그러자 겹겹이 싼 가죽피 속에서 두꺼운 기름종이 같기도
한 나뭇잎 모양의 쪽장 7장과 도표 4장이 나왔다.
그는 조심스럽게 그 쪽장들을 들어 올렸다.
그러나 전혀 알아볼 수 없는 글씨로 씌여져 있었다.

그러자 박옥태래진은 자리에 다시 앉았다. 그리고 눈을 감
고서 정신을 집중하여 온몸에 기를 불러 일으켰다.
눈으로는 해득할 수 없는 비문(祕文)을 그는 정신으로 읽
으려 한 것이었다.
잠시후, 박옥태래진의 몸에서는 밝은 광채가 피어올랐다.

[천상계법] 그의 정신은 비문(祕文)을 해득하고 있었다.
박옥태래진은 긴장된 상태로, 쪽잎 속의 글들을 한 장씩
정신으로 읽어 가기 시작했다.

1.) <첫째장 기록>

태초 이전에 두 신이 있었다.
하나는 양(陽)의 신이었으니, 그는 기(氣)로서 움직이면서
보이지 않고 형체가 없는 신이었다.
그리고 또 하나는 음(陰)의 신으로서 그는 물(物)로서 움직
이지 않고 형체가 있는 신이었다.
이 두 신은 음과 양으로서 서로의 극성질에따라 서로 하나

가 되려는 의지를 가졌었다.

그리하여, 이 둘은 대우주의 태반에서 서로 만나게 되어 하나로 융합이 되었다.

그리하여 두 음양인 기자체(氣自體) 신과 물자체(物自體) 신의 만남은 물질로 변화하면서, 대 우주는 태반을 형성하고 우주라는 생명체를 잉태시켰다.

그 태아체는 우주체로부터 태어날 천주신인 것이다.

따라서 대우주의 천주신은 태반 속에서 진화하면서 자라고 있는 미숙아 단계에 있다.

그리고 천주신이 잉태되어 탄생하는 탄생기간은 12개월이다.

탄생기의 12개월 중 현세는 우주의 시간으로 2개월을 지나고 있다.

또한 태반속의 대우주의 1개월은 인간의 100억년이다.

2.) <둘째장 기록>

그대들의 태양계는 우주태반 속의 우주잉태기 24분 중 4의 기간중에서 탄생이 되었으며, 지구 세포 속의 인간은 그 24분의 4분자 중의 마지막 네번째 기간에서 태어나 오늘에 이르렀다.

그것은 인간종의 조상이 태어난 것은 현재까지 5억년이 되었다는 것이다.

따라서 현세 인간 모두의 몸에는 5억년이 된 인간의 진화된 역사를 기록한 DNA를 지닌 귀중한 본능을 안고 태어났다. 따라서 진화된 DNA를 미래의 인간종들에게 계속 전달시켜서 더욱 진화된 새 생명으로 태어나게 할 것이다.

그러나 현세의 인간은 대우주의 태반 속에 잉태한 천주신은 2개월을 지나면서, 모든 세포들은 자라고 있다.
그렇기에 우주는 계속 팽창하면서 분열하고 진화하는 과정을 거치며, 몸체의 구조도 자라면서 형성되어 가고 있다.

따라서 뇌 구조도 형성되어 가고 있는 미숙한 세포에 불과한 생명체인 것이다.

그러므로 그대 인간들의 현대 문명세계는 우주생명체에서는 뇌 구조가 아직 형성이 덜 되어서, 뇌세포 기능이 미숙한 단계에 있다. 그렇기에 인간들의 세포도 같은 수준이기에 아직도 미개한 수준이라서 서로 전쟁을 하며 탐욕과 이기 다툼을 하면서 싸우고 있는 수준의 문명에 있는 것이다.

3.) <세째장 기록>

인간의 삶과 죽음이란 천주신의 뇌세포의 변화와 진화의 과정에서 끝없는 새포들을 새로워지도록 걸름작업을 한다.
그래서 모든 생명들은 새롭게 태어나고 죽는 것을 반복시킨다.

인간 몸의 세포들도 태어나서부터 죽을 때까지 끝없이 세포들이 죽고 다시 태어나듯이 필요한 것은 더욱 진화시키고 필요 없는 세포는 죽여 없애면서 성장하듯이, 세상의 만 생명들은 그래서 태어나고 죽는 것이다. 그렇게 물질계는 변하면서 진화하는 것이며, 그 진화하는 변화의 추억의 척도가 시간이라는 것이다.

그러므로 죽은 자의 영혼은 천상의 도덕에 맞는 영혼들만을 골라서 자미계에서 천주신의 정신을 성숙시킬 것이다.
그리고 천주의 정신이 될 천상계의 영혼들은 천상계와 지상계를 성장시키면서, 모든 우주세포들은 생명계의 DNA를 통하여 더욱 진화시켜 본능화로 진화를 시키는 것이다.

따라서 천상의 도덕과 천정을 행한 영혼과 이를 어기고 죄를 지은 영혼들은 구분하여서, 죄 많은 마령의 혼들은 다시 환생할 수 없도록 우주탯줄의 검은 동굴을 통하여 우주 밖으로 영원히 폐기시킬 것이다.
그리고 천상의 도덕과 천정을 행하고 살았던 좋은 영혼들은, 천상계에 남기거나 다시 환생시켜서 인간 영혼의 진화를 계속 이어갈 것이다.

그것이 곧 천주 태아 생명체 발육의 순환기능이요, 인간에게 태어남과 죽음이 존재하는 이유의 진화과정이다.

4.) <네째장 기록>

자미성의 천상계 영신들께 기도하거나 소원을 빌지 말라.
그대들이 기도할 곳은, 천상의 도덕인 우주법과 천정을 행하고자 하는 그대 자신들의 태양법에 있는 것이다.
그리하여 그 법을 따르고 행함의 자신에게 기도하는 인간에게는, 우주만물에 가득찬 천기와 천정들이 그에게 쉼 없이 모여들 것이다. 그리하여서 자신들 속에 들어와 뭉쳐진 강한 천기와 천정들이 그의 강한 염력의 힘을 통해서 소원들이 움직여져서 쉽게 이루어질 것이다.

그것이 하늘이 준 천복이요, 자손에게까지 유전이 되어져서 천덕인의 영화를 누리리라.
그러므로 미래의 세계는 천기가 강한 유전자를 가진 생명체 종족들만이 남아서 우주를 이끌어갈 것이다.

또한 인간의 생명계를 선도하는 천각자(天覺子)를 신으로 칭하거나 그에게 기도하지 말라.
천각자(天覺子)가 밝힌 천도법을 따라서 모두 모이고 따르고 배우며 천도를 가까이하면서 강한 천기법을 전수받아, 자신의 천기가 강해지게 하라.
그러므로 천각자의 각령(覺靈)을 이어받아 인간 모두가 신의 경지에 이르도록 기도하라.

5.) <다섯째장 기록>

인간의 삶을 가치없다 말고, 죽음을 허무하다 슬퍼하지 말라. 그대들의 존재성 가치를 잘 못 설정했기 때문이다.
또한 인간의 태어남과 죽음은 오직 천법에 의해서 이루어진다.
그러므로 인간의 법전으로 태어남과 죽음을 관장(管掌)하면 천벌을 받게 되는 것이다.
따라서 인간의 영혼과 육신이 천령법의 덕을 쌓은 자는 우주의 천계속에서나 생명계 속에서 영원할 것이다.
인간은 천주신의 뇌세포를 이룰 생명체들이니, 참으로 경건하고 긍지롭게 우주의 도를 지키고 덕을 행해야 할 것이다.

그리고 인간의 영혼속에 있는 자미계를 열은 깨친자는 천상계와 영통을 할 것이니 그의 생과 사는 영원히 초월 되리라.

또한 생명계를 떠난 인간의 높은 영혼은 지상에서 행한 천덕의 량으로 천상계의 여러부서에 봉해져 일을 할 것이다.
그리고 그중에서 생명계로 환생시킬 영들을 뽑아서 끝없이 생명의 영혼진화를 위하여 환생을 시킬 것이다.
따라서 살아있을 때, 한 번의 죄를 지은 영혼은 그 세배의 천덕(天德)을 행해야 천상에 오를 수가 있을 것이다.
그러므로 천상의 도덕을 따르고 천정과 천덕을 끊임없이 행하면서 자신의 참된 존재의 영성을 이끌어야 한다.

6.) <여섯째 장>

우주생명체는 물질로 되어 있기 때문에 근원의 물질원자 단위로 보면 죽어 있는 것이란 하나도 없다.
물질이란 살아있는 것이기에 내면세계에서는 살아움직이며 모두가 기(氣)를 발산한다.
따라서 생명계의 인간지상계는 물질문명에서 정신문명으로 그 다음으로는 기문명으로 진화가 될 것이다.

그리고 모든 물질은 단위만큼으로 기를 발산하면서 서로가 정기를 주고받으며 상생한다.
기(氣)를 이용하는 기문명시대를 지나면, 그 다음으로는 자기장 문명을 지나고 천극기시대로 진화를 이어갈 것이다.
그리하여 인류는 천상의 도덕과 인간의 도덕이 일치를 이루는 시대를 맞아서 일체공존의 평화세상을 이루며, 우주시대를 열어갈 것이다.

그러므로 현재 시대의 인간 정신문명은 3차원적 완성기를 지나서 4차원적 진입기에 접어들었다.
정신문명의 대자연섭리 깨우침의 시대가 지나면, 우주물질계의 기를 찾아서 기문명을 이룰 것이다.
그때에는 5차원의 천자장을 이용하여 행과 상을 움직일 수 있게 되고, 기를 통하여 생명계들 간에 대화도 이루어질 것이다.

따라서 그러한 능력은 지구에 앉아서 우주에까지 영향을 주게 되리라.

그러므로 물질문명의 인간이기시대를 어서 벗어나 정신문명의 대자연섭리 시대를 열어야 한다.
그러려면, 천상의 도덕과 태양법의 정신수양과 육체의 천기공 수련을 쉼 없이 해야한다.

천기공(天氣功)은 아픈 곳에 천기를 채우는 것이므로, 아픈 곳과 온몸을 기지개천기공으로 치료를 하라. 세상과 만생명들의 본능에 기지개가 있는 이유가 그 때문이다.
그리고 자연계와 생명계들과 천정(天情)으로 교감을 하면서 서로 정기를 나누면, 전쟁과 탐욕 없는 평화로운 세상으로 진화할 것이다.

7.) <일곱째 장>

인간이 살고 있는 태양계는 북쪽의 지미성이 지키고 보호를 하고 있다.
이제 이 땅 위에 종래에는 우주법과 태양법을 따르는 천정(天情)의 세상이 될 것이다.
그것이 미래의 인간세상이 평화를 이루고 우주로 향하는 기본 도덕시대가 되는 것이다.

그러나 천법을 따르지 않은 인간의 종은 자연계의 법칙에 의해서 스스로 멸하게 될 것이다.
세상에 존재하는 물질과 생명계에 존재하는 체(體)와 행(行)과 상(想)은 모두가 존재하는 것이요.
음과 양과 정과 반도 똑같은 가치를 가지고 존재한다.
그러하니 모든 이치와 가치를 깨우쳐서 참되게 사용하여 천주와 인간의 진화를 바르게 이끌어야 한다.

물질문명에서 정신문명을 맞이하고, 다음은 기문명을 맞고 이어서 자기장문명을 맞아서 천극기시대가 오면,
우주생명체와 만생명체들이 진화의 완성을 이루고, 영원히 평화로운 신들의 세계가 이루어질 것이다.

8) <우주생명체 진화와 인간진화기 도표)>

진화기	진화의 구조		진화를 이끄는 性	진화성 性	진화수 數	
태초이전	陽 『元氣』	陰 『元物』	(元性) 陰·陽	1.元氣自體 2.元物自體	元性	1차원적 (음양기)
우주진화	太初 물질의우주체		(一性) 物質性	1.氣자체性 2.物자체性 3.物質性	三性	2차원적 (물질기)
태양계진화	태양계와 지구체구성		(二性) 土性 木性	水 金 (土) 木 火	五性	3차원적
생명체진화	생명체구성		(三性) 이성 애정 그림자	본성 (이성) 감성 정신 (애정) 육신 영혼 (그림자)	八性	(진화기)
인간진화	인간체진화구성					
	신성 / 인성 / 자연성 본성 / 이성 / 감성 정신 / 지성 / 육신 악성 / 애성 / 선성 영혼 / 개척성 / 그림자		(四性) 지성 애성 이성 개척성	본성 (이성) 감성 정신 (지성) 육신 악성 (애성) 선성 영혼 (개척성) 그림자	十二性	4차원적 세계 (진입기)
신의진화	天情人性 <인성> 본성—이성—감성 정신—지성—육신 악성—애성—선성 영혼—개척성—그림자 <신성> <자연성>		(五性) 신성(氣性) 자연성(物性) 인성(日性) 天情人性 超人氣性	본성 이성 감성 정신 지성 육신 악성 애성 선성 영혼 개척성 그림자 (신성) (인성) (자연성) (천정인성) (초인기성)	十七性	4차원적 세계 (神의期)
	超人氣性					
천주탄생	천주 탄생 (23性구성)		(六性) 천정기(口性) 천령기(耳性) 천자기(物性) 천작기(物性) 천체기(物性) 천구기(氣性)	17性外 (人情氣) (人靈氣) (人覺氣) (人造氣) (人體氣) (人權氣)	二十三性	5차원적 세계 (天十期)

192 / [제3부] 우주생명의 진리

<우주법, (紫薇經) 도표 줄거리>

 박옥태래진은 우주경 도표를 자미계의 영혼으로 풀기 시작했다. 그리고 도표의 그림을 자세히 그려내었다.
 우주경의 도표는 태초 이전에서부터 시작이 되었다.
 근원의 2원성에서 물질기 3원성으로 진화하여서, 3차원기의 생명체의 진화는 5성의 능력 수준을 갖추니, 지금의 동물수준의 능력단계를 갖추게 되었다.
 그리고 3차원기 후반에 8성의 능력으로 진화하니, 그 시대가 현세 인간의 물질문명시대이다.
 그리고 4차원기 진입기에 들어서면 12성의 능력시대로서 정신문명시대가 열리어 자연도덕시대인 천정의 시대가 열릴 것이다. 그러므로 인간의 물질문명 다음의 정신문명 시대는 12성 인지발현 능력을 깨우쳐서 자연정기법을 운영을 하게 되니, 대자연 섭리시대의 <태양법> 진리를 접하게 될 것이다.
 그 다음으로는 17성의 발현능력으로 진화되어 늘어나서 천정기 시대로서 기문명을 맞이하고, 기를 운영하는 초인기시대의 능력을 보유하게 되면서 <은하법> 정기를 득하게 될 것이다.
 그 다음으로는 자기장문명을 맞이하여 <우주법>의 정기를 얻게 되어 우주를 넘나들게 된다.
 따라서 <천령기>와 <천체기>를 지나서 우주성체와 일체의 경지에 오르게 될 것이다.
 그리하여 우주생명체와 인간의 능력 진화가 23성으로 늘어나 진화를 하니 그 시대가 우주성체와 인간완성시대에 이르는 천극기 시대가 된다는 도표의 설명이었다.
 그때는 현세 인간이 격을 수 없는 미래시대로서 이미 천억년이 지난 후이다. 따라서 다 자란 우주성체는 또다른 성체로 진화를 할 기간으로 넘어가리라.
 인간계가 속한 태양계와 은하계를 품은 우주는
 대우주 성체의 세포로서 그렇게 함께 진화를 할 것이다.
 그때까지 인간종이 우주세포가 원하는 일체정기 생명으로 끝까지 진화해 간다면, 인간은 우주성체인으로서, 멸하지 않고 함께 우주성체의 만성기 23성 능력을 이루며, 천극기시대를 맞이 하리라.
 박옥태래진은 그렇게 우주경을 모두 해득을 했다.

9) <태양법과 인간근원의 진화구조 도표)>

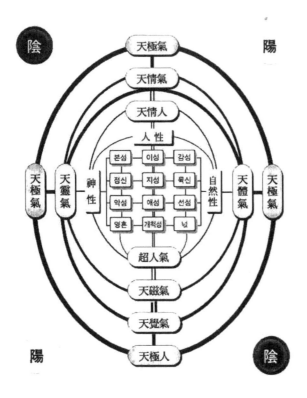

10) <미시원자계의 천극기조화 구조도표>

11) <천기인간 일곱형상 합체상>

12) <해인(海印)의 신표>

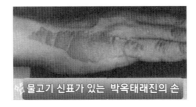

27. 빛을 안고 하산하다.

 박옥태래진은 우주경의 천상계법과 태양법을 모두 해득했다.
 그리고 도표 4장도 모두 자미계의 영혼으로 해득했다.
 그리하여 그는 인간의 근원과 태양법과 우주법을 모두 득도한 것이다.
 그러자 그의 가슴속에서는 불꽃이 활활 타올랐다.

 그는 벌떡 일어나서 산정 위에 우뚝 섰다.
 그리고 그는 두 손을 높이 들어 하늘에 크게 원을 그린 다음, 두 손을 다시 높이 들고 크게 외쳤다.
 "영원하라! 신과 자연과 그리고 인간이여 영원하라! 나는 이제 그대들을 위하여 산을 내려 가련다."
 그의 목소리는 하늘과 산정을 크게 울렸다.

 그때, 하늘 위에 높이 떠 있던 어미 독수리가 느티나무 위로 날아와 앉았다.
 그러자 독수리를 향하여 박옥태래진은 두 팔을 넓게 벌렸다.
 그러자 독수리는 큰 날개를 다시 펴고서 느티나무에서 내려와 박옥태래진의 머리 위에 가볍게 앉았다.
 그리고 독수리는 이내 빛덩어리로 변하여 그의 머리 속으로 가볍게 스며들었다.

 태양 빛 아래의 박옥태래진은 빛나는 발광체 그것이었다.
 그는 산정위에서 산 아래를 향하여 크게 다시 말했다.

"모여라! 새 시대의 도시인들이여!
 신의 관람객이 되어서 나의 무대로 모여라!
 산을 오르려는 자도 산을 부수려는 자도 모두 모여라!
 영혼의 하늘 위에 펼쳐진 높은 산정 위의 무대에서
 천상의 연출극을 관람하라!
 그대들이 한 번도 보지 못한 오묘하고 찬란한

빛들의 음악과 신들의 춤을 구경할 수 있을 것이다.

그러나 그대들이 나의 깊이 감추어진 무대의
화려한 영혼의 극을 관람하려면
내 땅의 깊은 동굴로 통하는 길을 찾아야할 것이다.
그러려면 그대들은 그대들의 깊은 동굴로부터
그대 영혼으로 통하는 길을 찾아서
나의 동굴로 들어오지 않으면 나의 무대를 찾을 수 없고
관람객의 자격 또한 갖추지 못할 것이다.

애써 모이라!
새 시대의 도시인들이여!
새로움을 깨치려는 관람객의 열정으로
나를 비방하려는 자도 나를 따르는 자도 모두 모이라!

이제 나는 그대들을 맞을 준비를 하련다.
하늘을 열어 지옥과 천당을 가져다가 무대를 꾸미고
천사를 불러다가 시와 노래를 부르게 하고
무대 위의 주인공은 그대 자신들이 되게 하리라!
수천년을 기다린 고통 속의 고귀한 관람객들이여!
나는 그대들을 모두 신의 길로 인도하리라!"

그리고 그는, 하산의 발걸음을 옮겨 놓기 시작했다.

[제4부] 산 아래 세상에서

<박옥태래진 생가에서 찍은 일출>

28. 참혹한 세상이로다.

박옥태래진은 도시에 내려와서 이렇게 말했다.

"하산하여 세상을 둘러보니 참혹한 세상이로다!
지구는 병이 들어서 열병과 풍병과 지진으로 편할 날이 없다.
그리고 인간들은 아직 미개하여서 인간종들끼리 서로 인간을 죽이니, 참혹한 전쟁과 살인과 병마의 환란이 지구의 열병과 함께 끝일 날이 없구나!.

인간의 근원은 자연섭리에서 태어나 진화해온 생명체이기 때문에 인간의 근원진리와 존재가치 또한 자연법의 섭리 속에서 찾아야 하는 것이다.
따라서 그 자연법이 천법이요, 그 천법이 신법인 것이다.

천법의 생명계에서는, 자기 종을 낳아서 보호하고 번식시키고 진화를 시키는 본성은 주어졌으나, 자기 종을 죽이는 본성은 근원에 주어지지 않았다.
그러므로 전쟁을 일으켜 자기의 종인 인간이 인간을 죽이는 그런 인간이 가장 큰 천벌을 받게 되니 그런 전쟁 지도자를 두어서는 절대 안 되는 것이다.
그런 권력자는 민중을 호도시키고 대중심리를 이용하여 그들 탐욕이기의 목적을 위하여 지구를 파괴하고 오염시키며 인간종의 영혼을 파괴하는 마령들이기 때문이다.
미개한 시대일수록 부족과 국가단위 전쟁은 많았고, 단체들이나 개인의 살인도 죄의식 없이 많이 저질러졌다.

이것은 물질문명시대에서 정신문명을 아직 이룩하지 못하고 탐욕과 이기의 시대에 머물러있기 때문이다.

따라서 인간법의 사형제도 또한 폐지 되어야 한다.
왜냐하면, 인간이 태어나고 죽는 것은 인간의 법치가 아니기 때문이다. 인간과 만생명은 자연섭리의 법치도덕으로 태어나고 죽는 것이기에 생과 사는 근원의 신성법에 속한다.
 그러므로 인간이 만든 인간만을 위한 인간이기도덕법의 잣
대로 인간이 인간을 죽일 법리는 애초에 없는 것이다.

 그러하기에 자연섭리도덕을 무시하고 지구를 마음대로 파
괴를 하고 탐욕의 전쟁으로 지구의 생명들을 죽이니 지구와
생명계 모두가 위태로운 상태가 되었다.
 그리하여 바이러스가 창궐하고 태풍과 화산과 지진으로 지
구는 열병을 앓고 있기에, 미개한 인간들은 스스로 자멸을
부르며 지구와 함께 죽어 가고 있는 것이다.

 어서 빨리 대자연섭리도덕과 일치하는 인간도덕이 새롭게
설정이 되어 살아야 이 시대의 환난이 멈출 것이다!

 그러므로 지구세상과 인류는 치료되고 간호되어야 한다.
 그렇지 안으면 지구세상은 인류와 함께 우주에서 사라질
것이다.
 그러므로 먼저 병이 든 지구와 인류를 치료하고 보호하려
면 우주자연일체 생명의 근원적인 도덕학문이 서야 한다.
 어서 빨리 미개한 인간이기시대를 벗어나야하기 때문이다.

 <지구자연성회복>과 <인간단체성회복>과 <인간개인성회
복>을 위하여, 우주적인 대자연섭리의 근원을 깨우쳐서 인
간도덕의 바탕에 깔고서 그 위에 인간도덕을 조율하여 다시
세워야 한다.
 그래야 인간이 지구와 자연을 해치지 않고 자연과 함께 공
존하면, 조율된 인간들에게는 전쟁과 탐욕이 없어지고 평화
가 올 것이다.

 현세의 인간도덕은 모두가 인간만을 위한 도덕이기에 이기
적인 도덕이다.
 그렇기에 전쟁과 살인과 탐욕으로, 인간들은 스스로를 해
치면서 고통하는 세상을 만들며 살고 있는 것이다.

 이 시대에서 가장 먼저 없어져야할 인간이란, 단체주의를
이용한 권력자들의 폭력적이고 이기적인 전쟁주의 자이다.
그들은 민족주의 권력자와 이념주의단체의 권력자와 국가주

의 지도자로 표방을 한다.

그들은 공유도덕이라는 이름으로 대중을 세뇌 교육시켜서 정신과 물질과 자원과 환경을 차지하려고 전쟁을 일으킨다.

자연진리 법에서는 모두가 무가치한 것들에 허비를 한다.

권력자는 인류와 국가를 보호하고 번영과 평화를 이루는 지도자가 되어야 하는데, 그러지 못한 폭군 지도자는 인류를 전쟁의 싸움터로 만들어서 인간종의 생명들을 죽이기에 그런 자를 세상에 존재하게 해서는 절대 안 된다.

따라서 탐욕과 이기가 가득 찬 인간에게는 행복이나 평화가 존재하지 않는다.

그들의 삶의 목표는 이기적인 삶의 목표뿐이라서, 자연생명의 근원적인 존재를 위한 진리적인 평화의 목적에 있지 않기 때문에, 그들이 설정한 희망이었던 성공이라는 것들도, 그 목적을 달성해 보아도, 그곳에는 만족이 없고 행복이나 평화도 존재하지 않는 것이다.

그렇기에 끊임없이 또 추구하고 새로운 탐욕의 목표를 또 세우면서 일생을 허비하고 가는 것이다.

아! 참으로 어리석고 미개한 시대의 혼돈세상이로다!

어서 빨리 정신문명을 일으켜 대자연섭리시대를 맞아서 천정(天情)의 평화로운 시대를 열어야 할 것이다.

박옥태래진은 세상을 바라보면서 그렇게 말 했다.

29. 천정인(天情人)을 위한 진언시 7편

1.) <천정인(天情人)으로 참나세>
박옥태래진

참사람은, 개인의 참 자아와 근원순수성을 깨우쳐서
자연도덕 속에서 존재가치를 창조한다.

참정신은, 개인이기를 뛰어넘어 자연의 천정사랑으로
세상치료와 선도봉사함을 덕으로 삼는다.

참인간은, 인간 진화를 위하여 자연계와 공존 공유를
나누며 일체성 미래도덕을 펴고 이끈다.

참나라는, 사상의 나라로서, 우주만생명의 진리도덕을
목적으로 새시대의 도덕을 이루어 세운다.

참세상은, 자연섭리도덕에 따르는 인간도덕을 세우고
자연계와 조율된 천정(天精) 세상을 이룬다.

천정인(天情人)은, <세상사>, <자연사>, <인간사>,
<인과사> < 존재가치사> <나눔환경사>
<창조진화사>에 대한 순수 자연근원의
도(道=진리)와 덕(德=행위)로 인간진화를
이끌며, 천정(天精)사랑으로 평화를 이루고,
각자 존재의 미래적인 생명가치를 높인다.

2) <천정인 32강령>
-박옥태래진-

고통을 즐기라 그로 보상되리
치부도 보이라 그로 세워지리
자존을 버리라 그로 존경되리
이기를 버리라 그로 충만하리

부리지 말라 탐욕은 가난하다
세우지 말라 이기는 낭비이다
꾸미지 말라 허세는 비천하다
속이지 말라 거짓은 죄악이다

지혜로워라 삶의 매사 덕행에
성실하라 꾸준한 일상 나날에
용기 있어라 자기능력 실행에
기다리라 때는 인내의 끝으로

매춘마라 성기는 천법의 성전
질투마라 시기는 공멸의 화신
사기마라 꾀함은 죄마의 사술
복수마라 용서는 천도의 천정

버리라 남탓으로 자기 도피를
자르라 동정으로 능력 소멸을
없애라 수준차별 인간 경멸을
부수라 시대유행 도덕 인식을

베풀라 병들고 힘든 노약자를
이끌라 우매한 눈먼 정신들을
세우라 높은 긍지 자기산정을
높이라 인간 세상 정신세계를

사랑은 정으로 정은 천정으로
존재는 인과로 인과는 섭리로
가짐은 공유로 공유는 일체로
존재는 가치로 가치는 진리로

깨치라 자기 존재 생명도덕을
나누라 객체 가치 상생도덕을
이루라 단체 인과 합리도덕을
따르라 자연 일체 섭리도덕을.

3) <상대적 진리의 가치>
-박옥태래진-

사랑하나니 내가 너에게 있고
행복하나니 내가 전체로 있고
긍지롭나니 내가 존재로 있고
자유롭나니 내가 자연에 있다

미워하나니 내가 자해에 있고
고통하나니 내가 미혹에 있고
탐욕하나니 내가 낭비에 있고
이기롭나니 내가 파괴에 있다

자비롭나니 내가 만인에 있고
평화롭나니 내가 조율에 있고
신성하나니 내가 창조에 있고
경이하나니 내가 생명에 있다

불경하나니 내가 만용에 있고
추락하나니 내가 자만에 있고
가난하나니 내가 계산에 있고
음모하나니 내가 추함에 있다

숭고하나니 내가 덕망에 있고
축복하나니 내가 용서에 있고
영원하나니 내가 사랑에 있고
깨우치나니 내가 진리에 있다.

4) <천법 (天法)>
-박옥태래진-

인간 본능에 주어진 법은 곧 신의 법리요
인간 근원 법치가 자연섭리이치 법치이다
하여 자연법이 천법이요 천법이 신법이다

인간이 만든 인간행위 도덕법은 인법이요
그 도덕을 어긴 자는 인벌을 받을 것이요
자연 천법 어긴 자는 천벌을 받을 것이다

자연섭리 순리 가치 천정사랑이 천행이요
인간만을 위한 가치위주 도덕은 인행이라
천행법으로 상벌과 천당지옥 가름질 된다.

5) <인간생명 12성의 탄생>
-박옥태래진-

氣와 物의 음양 합이 영과 체가 되어서
움직이는 물질 되어 생명들을 탄생하니
생명근원의 원성이 氣와 物의 유전체요
생명자체 진화 의지는 自性이 이끔이라

정신과 육신 사이에서 지성이 태어나고
본성과 감성 사이에서 이성이 태어나고
악성과 선성 사이에서 애성이 태어나고
영혼과 넋성 사이에서 개척성 태어나니

정신, 본성, 악성, 영혼은 氣性 유전자요
육신, 감성, 선성, 넋성은 物性 유전자니
지성, 이성, 애성, 개척성이, 人自性되어
인간진화창조를 人性이 앞장 서고 있다.

6) <인간 내면의 12성이 하는 일>
-박옥태래진-

본성은 신성을 먹고 진화를 따르며 살고
영혼은 자연을 먹고 신계를 접하여 살고
육체는 물질을 먹고 노동을 행하며 살고
넋성은 과거를 먹고 역사를 엮으며 산다

감성은 정보를 먹고 새것을 꿈꾸며 살고
정신은 가치를 먹고 일체를 이루며 살고
이성은 나눔을 먹고 존재를 새우며 살고
애성은 배품을 먹고 탄생을 위하여 산다

악성은 아픔을 먹고 변화를 이끌며 살고
선성은 보호를 먹고 근원을 지키며 살고
지성은 진리를 먹고 참됨을 찾으며 살고
개척은 탐험을 먹고 창조를 만들며 산다

그렇게 내 속의 성자들은 나를 이끌고서
내 존재와 가치를 세우며 도덕을 만든다.

7) 오늘의 진리도 자연과 함께 한다.
- 박옥태래진 -

우주근원의 기(氣)와 물(物)의 원초 신성(神性)에서
유래되어, 물질의 생명체로 잉태한
인간의 내 생명이, 혼불로 시를 쓰나니
은하의 별들이 영혼의 블랙홀에서 흡수되고 흩어지며
나의 영혼이 재 산란을 하누나

생명마다 깨우침은 시작이요 행동은 진화가 되니
나의 붓끝에서 뚝뚝 떨어지는
불타는 별들이 빛으로 자리를 잡고
혜성도 획을 그으며 존재를 말할 때마다
그들의 근원진리도 오늘의 자연과 함께 한다

오! 존재의 붓에 타오르는 내 영혼을 찍어서
검은 하늘에 불붙는 화인을 새기나니
자연의 모든 것은 생명이라 영광이요 진리이다

천정(天情)의 사랑과 최중적선법(最中敵線法)
자연속의 3도12행 태양법과 3도23행의 우주법
그 속의 내 삶의 백년도 인간진화에 보태나니
내 생명진리는 우주생명 속에서 영원하리라

모든 자연생명체 우주근원의 기(氣)와 물(物)의
근원정기를 이어 받아 자연이 탄생을 하였으니
우주의 진리가 자연진리요 자연진리가 나의 진리라
오늘의 나의 진리도 자연속에서 함께 하누나.

30. 천정인(天情人)의 시대

　아름다운 자연을 대하고보면 평화롭고 상쾌해지는 것은, 자연이 내 뿜는 우주만물의 사랑이요 상생의 정기인 천정(天情)을 내 뿜고 있기 때문이다.
　그것은 인간의 이기적인 사랑보다 더 크고 높은 순수한 자연정기의 사랑이기에, 만생명들은 그 정을 서로 주고 받고 있다. 따라서 인간들도 자연의 만생명이 보내주는 무궁한 정기의 사랑인 천정(天情)의 사랑을 깨우쳐서 얻고 행하는 승화된 세상을 만들어야 한다.

　천정(天情)은 우주만물의 자연사랑이기에 인간의 이기나 의지적 동정의 사랑이 아니며 인간 의식계에서 기인한 인세의 종교적인 사랑이나 자비 같은 인의 덕행도 아니다. 천정(天情)은 우주정기를 이루는 기둥이 되는 융합근원의 정기(精氣)가 내뿜어 화한 사랑의 정기(情氣)이다.

　인간의 인정이란 인연의 관계성에서 일어난 의지적이요 의식적으로 일으키는 베품이나 동정의 사랑이며 보상의 욕구를 동반하기에 근원순수가 아닌 이기불순물이 섞여져 있어 자연의 무궁한 천정(天情)과는 다른 것이다.

　천정이란 의지적으로 행하는 것도 아니요 의식 없이 오가며 서로 나누는 근원 베품이요 자연생명계의 상생의 평화로운 정기이기에 만생명이 서로 나누는 근원적으로 내재 된 정의 정기요 우주일체성장을 위한 자연계 근원 사랑의 천정(天情)이다.

　그 정엔 인세인과의 이기도 동정도 없으며 인위적으로 일으켜서 주는 사랑도 아니며 만물들이 서로가 서로를 위한 융합정이기에 가슴만 열면 언제나 서로의 정기 주고 받으니 그것이 우주근원의 평화로운 근원사랑이다.

　그러므로 인간은 이기로 닫혀진 가슴을 열어서

그 정기(精氣)의 순수 존재를 자신 속에 내재된 정을 찾고 깨우쳐서 그 정의 문을 열어 만생명들과 통하며 정기로 대화를 나누면서, 천정인(天情人)의 세상을 열어 전쟁과 번뇌와 고통을 없애야 한다.

그것이 미래인간이 평화를 이룰 큰 사랑이다.

그리고, 끝없는 정신수양과 생명근원을 일으키는 왕성한 천기공 수련을 해야 할 것이다.

나는 세상 사람들이 천정인(天情人)이 되기를 바란다.

그것이 인간이기시대를 벗어나는 길이요 새시대의 대안이기 때문이다.

지금까지의 물질문명은 인간이기시대이다.

이제 부터는 정신문명시대에 접어드니 자연일체진리시대인 것이다.

따라서 자연의 근원진리를 깨우치게 되면 우주일체의 정기 사랑인 평화의 정기(精氣)인 천정(天精)의 사랑을 깨우쳐서 얻게 되리라 그리하면 인간의 이기시대는 사라지고 평화의 공존시대가 되리라.

그리고 자연계가 나누는 정기의 흐름을 알게되어 기(氣)를 깨우쳐서 더 먼 미래에는 기(氣)를 운용하는 기문명시대가 뒤를 이을 것이 분명하다. 그러므로 나는 새시대의 진리적 인 큰 사랑을 천정(天情)이라 칭한다. 자연과 주고받으며 느껴지는 사랑은 자연일체성의 현실사랑이다.

하늘이나 숲을 보면 인연이 있거나 없거나 기분이 좋고 자연생명들을 마주하거나 풀밭에만 앉아도 상쾌하고 평화로운 것은, 자연 그들이 사랑의 천정(天精)을 끝없이 보내주고 있기 때문이다.

사람도 그 순간에 자신 속에 내재 된 그 정기사랑을 열고 천정(天精)을 나누어주었기 때문이다.

그것은 자연일체근원 사랑이며 모든 만생명에게 내재된 상생의 근원사랑이다.

그것이 자연에서 느껴지는 일체평화의 사랑이요, 현실에 존재하는 천정(天情)이라는 것이다.

따라서 물질문명에서 이제 정신문명으로 접어 들었다.
 이제 정신문명에서는 자연과 함께 공조하면서 살게 될 것이다.
 그리고 모두가 천정을 깨우쳐서 평화로운 천정의 세상이 이루어질 것이다.

31. 이방인의 일기
2024. 봄./ 박옥태래진

 죽림원의 죽림정에는 또 한 세월이 흘렀다.
나는 한 시대의 이방인으로 태어났는가?
너무 빨리 이 시대에 태어난 것이던가?
아직 눈 뜨지 못한 이 시대가 지루하고 권태롭다.
나는 창밖 대나무숲의 하늘을 향해 길게 하품을 하면서 그런 생각을 하다가 잠이 들었다.
그리고 얼마를 지났을까?

 새벽이 일어나서 날 깨웠다.
그리곤 아무 말을 하지 않았다.
그래서 다시 잠이 들었다.
그러자 아침이 문을 열고 들어서며 햇살을 방안에 가득 채워 넣었다.
나는 눈이 부셔 몸을 뒤집어엎으며 잠의 영원을 놓지 않으려 했다.
그러자 이번엔 아련하던 꿈결이 모두 머릿속에서 밖으로 뛰쳐나와 버렸다.
할 수 없이 일어나 눈을 감은 채로 개으른 체조를 문어발처럼 허우적이고 있었다.

“삐리링!” 요란한 전화 벨소리가 났다.
“네! 네! 알겠습니다!”
얼마 후 나는 남해안고속도로를 달리고 있었다.
그리고 잔잔한 바다에 배들이 정박해 있는 남쪽의 작은 항구의 해변에 와 있었다.
바닷가 바위 위에는 먹다 남은 소라 한 접시와 작은 초롱에 찻잔이 놓여 있었다.
나는 바다를 바라보며 차를 마시고 있는 노신사 곁으로 다가가서 마주 앉았다.
그러자 노신사가 찻잔을 내려 놓으며 말했다.
“하늘에 바다가 있듯이 바다에도 하늘이 있다.
그대 시간의 문턱에 걸터앉은 방랑자여!

날마다 권태로 죽고자 하는 영혼이여!
천년을 하룻밤 꿈으로 보낸다 해도 그대의 거울 속에서는
이 해변의 모래알을 다 헤아리지 못할지니-
그 모래알들이 그대의 모습일지라, 그 모래알도 삶의 흥미
를 파도와 나눌 진데-
그대는 오늘도 하루의 생을 권태롭게 보내는가?" 하였다.

　그는 나의 모습이런가? 선구자의 영령이런가?
아니면 나의 넋이런가? 그의 말소리는 하늘을 울렸다.
　그때 갈매기 떼들이 날아와 접시에 있던 음식을 모두 부리
로 낚아채 갔다.
한 세월이 왔다간 것처럼 물고 달아났다.
순간 나는 깜박 잠에서 깨어났다.
고개를 들자 무거운 아침이 내 앞에 펼쳐 있었다.
나는 다시 눈을 감으면서 말했다.

"시대의 세파를 헤치며 등불처럼 돛을 올린 선구자의 모습
도 불쌍하구나.
오! 수심은 깊고 수평선의 파도는 망막하여라!
하늘로 뿌려지는 바람의 진리이야기들
바다로 침몰시킨 사랑의 더운 파장들 어이 감추랴!
영혼 속 하늘과 바다와 대지에서
바다를 예인한들 수평선에 문이 없고,
수심을 건질들 건조할 대륙이 없어라!
돛을 펼치어라 영원의 날개로 하늘을 날도록
투망한 세상을 건저 올려 태양에 걸어 놓고
은하의 바람으로 물으라, 들으라. 깨어라. 열으라!
　오! 그렇게 하여도 이 시대에서는
하룻밤의 꿈속처럼 영원한 이방인일 지라
가져도 얻지 못하고 주어도 비우지 못할 시대에서
항해를 쉬고 가슴속 태풍의 눈 속에 남아 잠들도록
제발 나를 영원히 깨우지 말고 놔두라!
어리석은 파도들이 고요히 잠든 깊은 수심처럼
새벽과 밤 없이 남은 인생이 침묵하도록-"

　그러자 노신사가 다시 말했다
"오! 긍지로운 그대의 고뇌여! 고뇌는 침묵하지 않나니

그대 진리 또한 세상에 산란하지 않으면 쓸모없는 것.
그대 은신하는 죽림정에 저장하여 두면 되리라!
천년이든 억년이든 진리는 썩지 않고 부화하리니-
그때에 바다의 몸부림과 하늘의 언어와 대지의 꿈들을
모두가 알아들을 수 있을 것이다.
그 속에서 그대 천정(天情)의 모습이 부화하리라!
성급하지도 잠들지도 말라 그 때가 멀지 않았다.
시대 또한 성급하지도 잠들지 않을지니 기다리라!
그대 수정 같이 맑은 영혼을 가진자여!" 하고 말했다.

　그때 바닷물 속에서 헤엄쳐 나오고 있는 이가 있었다.
손에는 작살을 들고 입에는 고기를 물고 있었다
그는 물속에서 나와 두 사람 곁으로 왔다.
실오라기 하나 걸치지 않은 알몸이었다.
작살과 퍼덕이는 물고기를 곁에 내려놓는다.

　그리고 그가 말했다.
"무엇을 말하고 무슨 숫자를 세고 있는가?
천년전이나 천년 후에도 이것이 우리의 본 모습이다.
그대는 늙어 가는가? 시대가 권태로운가?
세상은 늙어가지도 권태롭지도 않는 것.
오직 그대가 늙어가고 그대 진리시대가 권태로울 뿐이다.
　인간의 몸으로 육신을 가졌으니 바다에서 물고기를 즐거히
잡으라! 영혼과 육신을 분리하지 못할지니 육신은 먹어야
산다. 진리도 그 속에서 숨쉬며 함께 존재한다.
자연의 생명으로, 자연의 섭리로, 자연의 원초정기로 태어나
서 살다가 모아진 진화의 깨침들은 산란하고 죽어야 하는
것, 그 산란을 위하여 억겁이 잠든 세상 바다를 향해 펼쳐
두어야 한다. 그것만이 남은 우리의 할 일인 것이다!
하루하루가 한 인생처럼 가득찬 생명의 소모를 위하여!."

　그 말에 나는 또다시 몸을 깨우며 뒤척였다.
귀에 익은 목소리에 눈을 크게 뜨고서 두 사람을 번갈아
다시 바라보니 그들은 운몽선사와 진각선사였던 것이다.
아! 어찌 꿈결에서 이렇게 다시 만날 수가 있단 말인가?
그들은 나에게 있어서 언제나 지팡이요 거울이었다.
나는 순간 크게 놀라면서 감격했다.

그리고 두 분을 반기면서 조용하게 질문을 했다.
"아! 머물던 산에서 내려와 또다시 여행을 해야 하는가요?
하산 한지도 어언 30여년이 되어가는데, 이 얼마나 세월이
길고 권태로운가요? 이젠 남은 생마저 바다의 수평선처럼
긴 항해를 해야 하는가요?"
투정하듯이 그렇게 말하자 두 선사는 미소를 지었다.
  그래서 또다시 나는 말했다.
"나는 이방인이며 나의 말은 모두가 방언인가?
나는 그들의 말을 쓰는데 그들은 나의 말을 못 알아듣는다.
눈코입귀가 같아도 나와 그들이 다르다는 것이 나의 지루한
권태로다!."

  그러자 운몽선사가 말했다.
"이 세상 모든 생명에게는 눈코입귀가 다 있다.
모습과 주고받는 경로가 다를 뿐, 그대의 말을 모두 듣고
있다. 날으는 새도 죽어있는 물고기도, 흐느적이는 나무도
바람도, 그대의 말을 알아 듣는다.
오직 그대는 그들이 생각하기 이전에 앞서서 말하고 달릴
뿐이다."
  나는 손을 저으며 다시 말했다.
"햇살을 등지고 작살을 들고 있는 진각이여!
눈부시게 반짝이는 물빛을 가리지 마라!
그대는 이 아침이 일출의 세상이라 말하지만
나는 석양을 그리며 일몰을 즐기는 긴 날들이다.
신은 나를 저버렸는가? 이용을 하는가? 비웃는 것인가?"

  그때 물속에 있던 알몸의 진각선사가 말했다.
"그대가 하산을 한 후 우리는 그대를 지켜 보았다.
그대는 그대 말을 전하려고 변신과 분신을 많이 하였었다.
문학가로 철학자로 그리고 작곡가로 도예가로 시인으로-
그래야만 하는 그대의 고통과 눈물을 많이 보았다.
그대의 말을 못 알아듣는 인간이나 벌레와 짐승과 나무와
모래알들에게 까지도-
그대가 그들의 모습이 되고 그들의 언어를 사용하여도 영리
한 자는 감동하고 박수치지만 어리석은 자는 그대의 말을
알아듣지 못하고 비웃는다.
그대여 그들에게서 무얼 바라고 무슨 말을 들으려는가?

모든 인간에게 대답을 구하지 말며 변화를 보고 싶어 하지
마라! 아직 시대가 무르익지 않았을 뿐이다.
그래도 그대의 입은 말하고 귀는 바람소리를 들으며, 눈은
애처로운 세상을 향하고 육신은 자연의 향기를 맡으라!
그리고 발걸음은 멈춰도 그대의 영혼은 천년 후로 떠나가
있으면서 쉬게 두어라!
아침 햇살에 익어가는 세상에서 어리석음들이 껍질을 깨고
새 세상이 부화하면 그대의 말도 그때에 모두가 부화 되리
니, 서두르지 말라! 오늘에서 그대의 권태는 내일의 세상에
서 희망이 될지니-."

 그러자 운몽선사가 말했다.
"또 하나의 미친 자처럼 유별나게 재미없는 것이 그대요,
그대에게 주어진 천명의 삶인 것이다.
가장 자유로운 자가 가장 큰 속박의 틀에 갇혔으니
그 또한 우주생명을 이루는 신들의 권태와 같을 것이다."

 그러자 나는 비몽사몽 하품을 하며 뒤척이던 침실에서 다
시 깨어났다. 그리고 눈을 크게 뜨고 일어나자 두 분은 이
내 사라지고 없었다.
아침의 창밖을 바라보니 푸르른 죽림원은 변한 것 하나도
없이 대숲은 그대로 바람에 춤추고 있었다.

 "그렇다! 천년 전이거나 천년 후이거나 우주의 시간에는
촌각일 뿐이다. 나는 나의 할 일을 하고 떠나갈 뿐이다. 나
머지는 후세 인간들이 알아서 할 몫인 것이다."

그렇게 말하고 일어나서 창문을 열고 정원을 둘러 보았다.
죽림정을 감싸고도는 대나무밭은 댓잎마다 반짝이며 돛이
되어서 바람을 타고 천정(天情)의 노래를 하고 있었다.

 "그래! 이제 살아있는 동안은 내가 나를 잊어버려야 한다.
그리고 사랑하는 청림의 노래 속에서, 오늘도 찾아오시는
인연들을 맞으며, 봄날에 솟는 죽순 이야기나 해야겠다."

 나는 그렇게 말하고 찬란한 아침 햇살을 맞이했다.

32. - 프로필 -

정제(正濟): 박옥태래진(명예: 文學博士. 哲學博士)

1950년 고흥에서 출생.
1977년 "월간언어문화" 소설<천정>등단. 동지 수필등단.
　　"월간문학21" 시 등단.
저서: <초인 박옥태래진>.<삶과 영혼>. <천기의 혈터>.
　　<천상의 도덕>. <사랑과 영혼의 아리아>.
　　<사랑과 영혼의 블랙홀>.
그 외: 시 3,000여편과 단편, 수필, 논문, 다수
작곡: <남는 것은 정뿐이야>외 100여곡

<수상경력>
한국신문예협회 <문학상 대상>수상
충헌문화예술상 <현대 철학상> 수상.
한국문협경기지부<공로상> 수상.
문예춘추<은유문학상> 수상.
세계시인대회<고려문학상>수상.
문예춘추<파블로네루다 문학상>수상.

*조선일보 - 대한민국 글로벌리더 大賞
*연합뉴스 - 대한민국 TOP BRAND 大賞
*중앙일보 - 2011 비젼코리아 大賞
*한국일보 - 한국의 혁신리더 인물 大賞
*동아일보 - 한국 글로벌리더 大賞
*스포츠조선 - 자랑스러운 혁신 한국인 大賞
*일간스포츠 - 한국 혁신리더 大賞
*스포츠서울 - Best Innovation 기업 & 브랜드 大賞
*스포츠동아 - 신지식인 & Top Brand 大賞
*서울신문 - 한국 사회공헌 大賞
*파워코리아 - 대한민국 현대철학사상 大賞
*연합뉴스 - 2011 대한민국 사회공헌 大賞

2010년 미국 <에피포트문학상>수상.
2011년 일본 <국제문화상> 대상 수상.
2012년 미국링컨제단 <링컨세계평화상>및 <훈장>수상.

세계문화예술아카데미.세계시인대회. WCP & WAAC/
        <명예 문학박사학위.>
I.A.E.U 미국 켈리포니아국제학사원대학교.
        <명예 철학박사학위.>

(사)국제펜클럽회원.
(사)한국문인협회원.
(사)세계시인대회 평생회원.
(사)국제문화예술 심의위원.
(사)한국문인협회고흥지부 초대회장 역임.
(사)무궁화사랑중앙회 문화예술위원장 역임.

1974년부터, 20년간 프라스틱 <삼양산업>대표
        발명특허, 실용신안 및 의장특허, 100여개 등록.
1995년부터, (현)도서출판<글밭기획>대표.
2001년 충남일보<천기의 혈 터>장편 연제.
2002년 이서기화랑 설치조각초대전.
2005년 아시아일보. 구도소설<삶과 영혼> 장편 연재.
2000년부터 시화전 20여회. 시화도예전 10여회.
2008년 인터넷신문 대한방송에 <천기풍수> 장편 연재.

2011년. 광화문교보문고 <출판기념회 및 사인회> 개최.
2012년. 서울시청신축개청기념식 특별초대전<시화. 도예>

개별활동: 문학과 현대철학 강의 및 제자양성.
특별활동: <천기의 혈 터>풍수지리 명당혈처 안내
            <천기공>자연의 氣수련과 氣치료.

현재 : <도서출판 글밭기획> 대표
네이버 카페 : <한국문예철학>
네이버 블러그 : <한국대표시인의 숲>
주소: 인천시 부평구 부평문화로.
연락처: HP: 010-3755-5878. 박옥태래진
이메일 : jjp77880@naver.com

천상의 도덕

2024년 4월 12일 초판 1쇄 인쇄
2924년 4월 21일 초판 1쇄 발행
지은이 / 박옥태래진
지은이 전화번호 010-3755-5878
펴낸곳 / 도서출판 글밭기획
출판등록 / 1996. 3. 12. 제8-184호

값 / 20,000원
ISBN 978-89-86768-12-1 (03810)